Oscar bestsellers

Dello stesso autore

nella collezione Oscar

Akropolis
Aléxandros. Il figlio del sogno
Aléxandros. Le sabbie di Amon
Aléxandros. Il confine del mondo
I Celti in Italia
(con Venceslas Kruta)
Chimaira
Il faraone delle sabbie
I Greci d'Occidente
(con Lorenzo Braccesi)
Mare greco
(con Lorenzo Braccesi)
L'oracolo
Palladion
Le paludi di Hesperia
Lo scudo di Talos
Storie d'inverno
(con Giorgio Celli e Francesco Guccini)
La torre della solitudine

nella collezione Omnibus

L'ultima legione

VALERIO MASSIMO MANFREDI

I CENTO CAVALIERI

OSCAR MONDADORI

I edizione Oscar bestsellers settembre 2002

ISBN 88-04-491175

Questo volume è stato stampato
presso Mondadori Printing S.p.A.
Stabilimento NSM - Cles (TN)
Stampato in Italia. Printed in Italy

Ristampe:

2 3 4 5 6 7 8 9 10 11

2003 2004 2005 2006 2007

www.mondadori.com/libri

I cento cavalieri

A Giorgio, un amico per sempre

I cento cavalieri

Percorreva ogni giorno con lenti passi il breve perimetro del suo doloroso albergo decine di volte, come se seguisse un arduo sentiero interiore, muto, con gli occhi fissi davanti a sé. Il suo sguardo andava oltre le pareti bianche di calce a inseguire giardini perduti, ritrovi d'amore e di canto, lungo le rive del Po lutulento e regale.

A volte invece parlava a voce bassa, lasciava udire bisbigli, come di confidenze mormorate *in secretis*, o di orazioni. Quando si arrestava era per abbandonarsi sul giaciglio che gli faceva anche da panca o da sedile e restava per ore con le membra rilassate e come disarticolate, con gli occhi lucidi e febbrili.

Fuori, per le vie della città percorse da diafane lingue di nebbia, passavano le brigate di Carnevale e i loro canti e grida e lazzi facevano strano contrasto con il grigiore algido del cielo, con l'umida atmosfera stagnante. Il poeta si fermò davanti alla feritoia che lasciava filtrare fra le sbarre l'unica luce nella piccola stanza e volse lo sguardo all'esterno: c'era un gruppo di giovani mascherati che cantavano e suonavano ritmando la musica dei loro strumenti con un incedere di danza. Il capo dell'allegra brigata era camuffato da uccello e agitava grandi ali e un lungo becco grifagno; ultima e un po' distaccata era una elegante e aggraziata figura femminile, chiusa in una scintillante armatura.

Il poeta fermò su di lei lo sguardo affascinato e stupito e anche la donna si arrestò, come trattenuta dalla forza di quegli occhi lontani e invisibili: teneva la destra appoggiata al pomo della spada mentre impugnava con la sinistra uno scudo con al centro l'immagine di una gorgone. La donna levò gli occhi in alto dritti allo stretto pertugio e il poeta si ritrasse come sorpreso e ferito e tornò al suo giaciglio:

«Egli al lucido scudo il guardo gira...»

mormorò tra sé. Poi tacque.

«Messer Torquato,» disse improvvisamente una voce «una visita per voi.»

La porta della cella si aprì e una figura fantastica si stagliò nel vano: la fanciulla armata gli stava di fronte, la snella figura stretta in un giaco attillato di pelle, un mantello cremisi sulle spalle, corazza, gambali e bracciali adorni di arabeschi dorati. Il volto, nascosto dietro la celata dell'elmo, lasciava intuire a tratti il luccicare dello sguardo.

«Clorinda...» disse il poeta con la voce piena di meraviglia, e si levò in piedi.

La porta si richiuse e la fanciulla depose lo scudo e si tolse l'elmo sciogliendo una chioma di capelli neri.

«Sono Laura Contrari,» disse «ho corrotto i custodi di questo luogo per potervi vedere, per potervi parlare, messer Torquato.»

«Laura Contrari...» disse il poeta «madonna... un grave lutto vi opprime... non è così?»

«È così, messer Torquato. Un lutto che ha colpito crudelmente me... e anche voi. Io sono venuta per sapere la verità sulla morte di Ercole, mio fratello. Voi eravate suo intimo amico.»

«Altri ancora lo erano...»

«Ma voi eravate amico... di tutti: di Ercole, del duca Alfonso, del Bentivoglio... di madonna Lucrezia... Eravate perfino amico di Francesco Maria della Rovere, il marito di Lucrezia. Siete stato suo compagno di studi... Qualcuno dice che i vostri carmi gli abbiano ispirato tanto desiderio di avventure militari. Quando si batteva a Lepanto contro i Turchi, egli impersonava gli eroi della vostra poesia.»

«Così sono i poeti... non c'è altra strada. Se il poeta non ha amici, non può cantare.»

«Che cosa sapete della morte di mio fratello?»

Il poeta si strinse addosso il mantello come colto da un brivido e abbassò il capo.

«Nessun maggior dolore che ricordarsi del tempo felice nella miseria... Perché io?»

«Non a voi solo rivolgo questa domanda, messer Torquato, ma anche a ognuno di coloro che conoscono forse una parte di verità. Mia madre Leonora dovette credere alle parole del messo del duca Alfonso: come avrebbe potuto pensare diversamente che a una fatalità? Il signor Baroni le comunicò che era successa una disgrazia, che mio fratello era stato colpito da un improvviso malore e si era accasciato fra le braccia del duca, suo amico da sempre... ma voi sapete altre cose, messer Torquato. Voi non sapete forse dell'amore che legava Ercole alla sorella del duca... a Lucrezia? Lei vi confidava molte cose... e voi, voi forse anche l'amaste...»

«Perché menzionate l'amore se pensate a un delitto?»

«Voi, avete parlato di delitto. Non io.»

Il poeta le alzò in volto uno sguardo smarrito: «Delitto. Molti lo pensarono, ma io non posso aiutarvi».

«Il matrimonio di Lucrezia con Francesco Maria della Rovere non fu mai una vera unione. Lei era di troppo più vecchia di lui.»

«Lei era una dea. Una dea non è più vecchia né più giovane.»

La donna sorrise ironicamente: «Le dee non si ammalano e non muoiono, amico mio. Lucrezia è minata da un male ripugnante. Dicono che il marito l'abbia contaminata di mal francese. Il duca di Urbino ha sempre preferito frequentare i bordelli piuttosto che il letto di sua moglie».

Il poeta sembrò non udire. Taceva con gli occhi bassi. Dalla strada proveniva il rumore di un drappello di cavalieri che passavano al galoppo sull'acciottolato.

«Si amavano» disse a un tratto.

«Lucrezia e mio fratello Ercole?»

Il poeta annuì: «Da sempre. Ma da quando fu promessa al duca di Urbino, Lucrezia gli serbò fede».

«Fede, dite? Ma Ercole è morto per colpa sua e la mia famiglia è rovinata.»

Il poeta si levò in piedi: «No! Non per colpa sua. Si amavano, e nulla può vincere l'amore».

«È vero che il duca Alfonso sapeva della loro relazione? Ditemelo, vi scongiuro.»

«Lo sapeva, come tanti. Ai due amanti era difficile tener nascosta la loro passione.»

«E dunque avrebbe potuto far uccidere mio fratello per evitare uno scandalo. Alfonso aveva posto in quel momento la sua candidatura al trono di Polonia, voleva dal cognato Francesco della Rovere appoggio per le sue ambizioni. Era importante che i rapporti fra le due famiglie, già tanto difficili, non fossero compromessi del tutto. Alfonso non aveva avuto figli nemmeno dall'ultima moglie: non aveva altro scopo nella vita che soddisfare la sua ambizione.»

«E questo basta per uccidere un amico?»

«Nelle stanze del potere basta molto meno, messer Torquato. Ditemi se potete aiutarmi, se avete visto o saputo qualcosa...»

«Aiutarvi?» disse il poeta con un sorriso mesto «e chi aiuterà me? Io debbo combattere ogni giorno per salvare ciò che resta della mia mente... la mia mente che se ne va, Clorinda...»

«Avete visto o saputo qualcosa? Eravate a palazzo quel giorno?»

La luce si spegneva lentamente nel lieve crepuscolo invernale e il biancore delle pareti diffondeva sulle guance di Torquato Tasso un pallore mortale: i suoi occhi divennero improvvisamente fissi e vuoti.

«Io cercherò di aiutarvi,» disse la donna «ma ditemi ciò che sapete.»

La voce del custode dietro la porta si fece udire: «Dovete andare, madonna, non c'è più tempo».

Il poeta si riscosse a quella voce, sembrò cercare le parole. Allungò la mano a sfiorare la gorgone dipinta sullo scudo della bella guerriera, poi disse:

«Per sostenere il prence son partiti
cento guerrier dall'armi sfolgoranti.
Settantacinque son da feudi aviti
da castelli e da ville, tutti quanti,
venticinque son d'oro rivestiti...»

«Che intendete dire? Vi prego, spiegatevi.»

«È questa, forse, la ragione» mormorò il poeta. «Questi sono i miseri versi di cui posso farti omaggio... Clorinda. Ma tu non dimenticarli perché furono proferiti nel palazzo da una voce che la mia mente non può più riconoscere. È passato molto tempo...»

Ripeté ancora, lentamente, scandendo le parole, la strana filastrocca.

Il custode entrò in quel momento: «Vi prego, signora, dovete andare o non rispondo di quanto può accadere». La donna raccolse lo scudo, infilò l'elmo nascondendo il volto con la celata e fece per seguire il custode, poi si voltò ancora una volta verso la cella ormai buia.

«Lucrezia...» disse «voi l'avete amata?» Non avendo ottenuto risposta, la dama scomparve nel lungo corridoio appena rischiarato da qualche lucerna. Il custode richiuse la porta e solo le mura dell'angusta cella udirono gli ultimi versi del poeta:

«Ma il varco al suon chiuse il dolore
sì che tornò la flebile parola
più amara indietro a rimbombar su'l core.»

Il notaio Pigna, avvolto in una pesante palandrana, si affrettava verso casa per non essere sorpreso dalle tenebre e dalla nebbia che scendeva sulla città sempre più fitta. Le maschere del Carnevale erano sparite a una a una dalle vie di

Ferrara: si erano rifugiate nelle taverne a cercare il calore del fuoco e del vino, e nei palazzi per cenare e danzare fino a mattina nei saloni splendidamente illuminati.

I servi che dovevano riportarlo a casa con il palanchino si erano ubriacati e aveva dovuto incamminarsi a piedi brontolando e maledicendo la propria eccessiva indulgenza con la servitù. Mentre svoltava dietro una cantonata, gli parve che un'ombra lo seguisse. Affrettò ancora il passo con una sua andatura da papero che gli conferivano le gambe corte e i piedi lunghi, trotterellando alla volta di una piazzetta su cui si affacciava la sua casa.

La città non era sicura durante il Carnevale: molti malintenzionati circolavano di notte e i bargelli non erano sufficienti a mantenere l'ordine pubblico.

Si voltò temendo di essere ancora seguito, ma non vide nulla. Si arrestò un attimo tendendo l'orecchio, ma non udì alcun rumore. Doveva essersi sbagliato: la nebbia poteva creare strane impressioni. Riprese il cammino e, giunto davanti alla porta di casa, trasse di tasca la chiave e la infilò nella toppa, ma in quell'attimo una grossa mano callosa si appoggiò sulla sua facendolo trasalire.

«Per pietà,» disse «risparmiatemi, vi darò il denaro che ho.» Poi subito mutò cipiglio e tono di voce: «Sei tu? Che cosa vuoi? Mi hai fatto prendere uno spavento...».

«Fatemi entrare, signor notaio, devo parlarvi con urgenza. Accadono ultimamente strane cose.»

«Sei matto. Il boia Burrino nella casa del segretario ducale estense Giovan Battista Pigna? Come osi? Vattene prima che...»

Il boia ritrasse la mano ma non si mosse: «Signor notaio, non ci vede nessuno: è buio e c'è la nebbia. Mi faccia entrare...». Aprì la boccaccia mezzo sdentata in una smorfia che voleva essere un sorriso. «E poi... son cavaliere anch'io... il Cavaliere della Corda, mi chiamano.»

«Non dire corbellerie» brontolò il Pigna, ma poi si persuase, si volse intorno per assicurarsi che nessuno lo vedesse, girò la chiave nella toppa e fece entrare l'ingombrante compagno nell'androne appena rischiarato da una lucerna per via dell'avarizia del padrone di casa che non voleva si sprecassero troppi denari per l'illuminazione.

«Allora, che cos'è questa faccenda? Che cosa vuoi?»

«Signor notaio, ieri sera, mentre rincasavo, sono stato avvicinato da un paio di gentiluomini che non ho mai visto da queste parti. Mi hanno offerto una borsa di denaro se avessi rivelato loro come è morto il signor marchese di Vignola, Ercole Contrari.»

«E tu?»

«Io ho detto che non dovevano chiederlo a me, che non c'entravo nulla; che lo chiedessero ai medici e ai barbieri che lo avevano soccorso per cavargli sangue e mettergli serviziali e dargli botte di fuoco per rianimarlo e che non era contato nulla e che il signor marchese di Vignola era spirato per essere stato colto da gocciola.»

«Idiota,» disse il Pigna con stizza «hai parlato troppo.»

«Ma se ho detto che...»

«Tu dovevi tacere e basta. Ti sei tradito, pezzo d'idiota. Chi erano costoro? che aspetto avevano? dove si trovano ora?»

Il Burrino farfugliava scuse, non potendo dare risposte precise. Descrisse come poté l'aspetto dei due cavalieri e si dichiarò disposto a riconoscerli, se fossero stati presi. Poi il Pigna uscì di nuovo in gran fretta dirigendosi alla volta di un palazzo dalle parti del duomo per confidarsi col signor conte di Montecchio, zio del duca Alfonso, e per riferire quanto aveva appena appreso.

Il Burrino rimase per un poco istupidito in mezzo alla strada e alla nebbia, poi si ficcò le manacce in tasca e si incamminò verso casa.

Non aveva percorso molta strada che gli apparve sotto l'insegna e la lanterna di un'osteria a lui ben familiare una femmina dai capelli rossi come fiamma che non aveva mai visto prima e che sollevava con una mano le gonne e gli mostrava due cosce bianche come il latte e con l'altra scopriva una delle poppe, grossa e soda come un melone. Il Burrino non seppe contenersi e, contati i soldi che aveva appena riscosso per aver tirato il collo a un malandrino nelle prigioni del castello, si avvicinò alla donna.

«Quanto vuoi?» disse mettendo mano alla borsa.

«I soldi non son tutto, bello mio,» rispose la donna «se uno non mi piace, non ci son soldi che tengano.»

«Ma sei una puttana o non lo sei?» chiese il boia interdetto.

«Forse sì e forse no. Non hai mai udito di certe gran dame che gli viene a noia di star sempre col marito vecchio e grasso o con bellimbusti profumati e che si travestono di notte per divertirsi nei bordelli con veri uomini?»

Il Burrino spalancò due occhiacci bianchi: «Vuoi dire che la dai *gratis et amore Dei*?».

«Dipende» disse la donna respingendo con uno schiaffo la zampa pelosa del boia che si avvicinava al suo seno scoperto. Al Burrino non sfuggirono le dita lunghe e affusolate, bianche e ben curate, mani che non avevano mai lavorato. Disse:

«E da che?»

«Da come sai usare quel tuo piolo...»

«Oh, se è per questo, vi assicuro signora che...» disse il Burrino mettendo mano al cavallo dei pantaloni.

«E anche se sai stare in conversazione.»

Il Burrino abbassò il capo deluso: «Signora, i bei discorsi non son roba da poveracci. Se v'interessa il piolo son qua, ma per il resto...».

«Lo vedi che invece ti va di discorrere? Ecco, a me piace uno che stia un po' in conversazione, non uno che mi monti sopra in quattro e quattr'otto come un caprone.» Lo guardò con una tale espressione che il Burrino fu certo di trovarsi di fronte a una gran dama che però aveva smanie di divertirsi con un vero uomo, e che quel vero uomo era proprio lui.

«Però un regalino me lo dovrai fare» aggiunse la donna.

«Ah» disse il Burrino rimettendo mano alla tasca.

«Non ho detto che voglio soldi. Vedremo... dopo.» E con un altro sorriso che avrebbe fatto innamorare anche sant'Antonio nel deserto si ricompose e si volse verso l'interno dell'osteria muovendo i fianchi in tal modo che il Burrino le sarebbe saltato addosso lì dove stavano, altro che conversazione. Gliel'avrebbe data lui la conversazione, gliel'avrebbe data.

Mentre passavano l'uno dietro l'altra sì che pareva che lei lo tenesse al guinzaglio come un cane, due signori che giocavano a carte in un cantone col cappello sugli occhi alzarono la testa e li guardarono, poi quando furono spariti in cima alle scale fecero come un cenno d'intesa e gli si incamminarono dietro con passo così agile e leggero che dovevano essere per forza o dei malandrini o dei gentiluomini di cappa.

La donna si sedette da un lato del letto e al suo compagno che si avvicinava per sederlesi accanto indicò invece, con gesto imperioso dell'indice, ma sempre sorridendo graziosamente, una sedia. Quell'indice arricciato all'insù, liscio e levigato come il marmo, convinse del tutto il boia che quella doveva proprio essere una di quelle dame che hanno mariti vecchi e flaccidi e pieni di denari e che sono costrette a cercare qualcuno che gli dia soddisfazione, poverine. E chissà, forse, se si fosse portato bene, avrebbe potuto lei pagarlo, come si sentiva dire che a volte accadesse.

«Voi dovete avere una forza smisurata» cominciò a dire la donna slacciandosi lentamente i nastri del corpetto. L'omaccione ridacchiò: «Eh, signora, col mio mestiere...».

«Ah, sì?» chiese la donna smettendo di slacciarsi «che mestiere fate?»

«Ma, non vorrei dirlo, magari vi farebbe un po' impressione.»

La donna rise divertita: «Impressione? Ma caro mio, son proprio certe cose che a noi donne ci fanno eccitare. Dite, dite, a me piace sapere che cosa fate con quelle braccione così forti e muscolose». Finì di slacciarsi il corpetto e rimase in camicia, una camicia bianca, attillata e abbastanza trasparente da lasciar vedere che sotto non portava nulla. Il Burrino sentì che gli veniva il fiato grosso.

«Be', se lo volete proprio sapere,» disse «ecco, io faccio l'esecutore di giustizia, ecco.»

«Il boia!» rise divertita la donna battendo le mani «ma è straordinario. Chissà a quanti briganti avete tirato il collo. E dite: che fanno i condannati quando voi gli volete mettere la corda al collo? Si difendono? Non ve n'è mai scappato nessuno?»

Il Burrino era impacciato e in imbarazzo, ma la donna sembrava eccitarsi al parlare di quelle cose e lui pensò che fosse una delle tante stranezze dei signori. Inoltre si sentiva lusingato dall'interesse e dalle esclamazioni di meraviglia della ragazza che ora si era slacciata i primi bottoni della camicia ma mostrava chiaramente di volersi ancora perdere in chiacchiere.

«Scommetto» disse «che voi siete capace di strangolare l'uomo più forte a mani nude.»

«Altro che,» disse il boia «ma non con le mani; per certe cose si usa il laccio di seta e il manganello per manganare il laccio intorno al collo.»

«Ma scommetto che un uomo molto, molto forte, potrebbe sfuggirvi.»

«Impossibile» disse il Burrino che non capiva più nulla vedendo la ragazza che aveva ora la camicia completamente aperta sul petto. Si alzò per avvicinarsi, ma la ragazza si ritrasse.

«E io dico, invece, che un vero cavaliere, addestrato all'uso delle armi e della cappa, non potreste mai sopraffarlo.»

«Oh, se è per questo, una volta ne ho sistemato uno che era considerato qui il più forte di tutti... figuratevi che era capitano delle guardie dei...»

«Ah, sì?» disse la ragazza togliendosi del tutto la camicia e restando a torso nudo appoggiata alla testiera del letto «addirittura. Non posso crederlo. E come si chiamava costui?»

«Questo non ve lo posso dire.»

«Ah, ah,» disse la ragazza «le donne sono curiose. Me lo dovete dire se volete togliervi con me le vostre soddisfazioni. E io vi giuro che non ne avrete mai provate di così grandi e che vi farò io vedere la differenza che c'è fra una gentildonna e le donnacce di malaffare a cui siete abituato.»

«Vi ho detto che non ve lo posso dire» brontolò il boia insospettito; poi, fuori di sé, si avvicinò alla ragazza. «E ora, gentildonna o puttana che tu sia, ti giuro che avrai il fatto tuo prima di uscire di qua. Ne ho abbastanza di chiacchiere» e cominciò a sciogliersi i legacci dei pantaloni. In quel momento la porta si aprì silenziosamente dietro di lui, due ombre scivolarono alle sue spalle e lo colpirono alla testa con un randello fasciato di stracci.

«Ha parlato?» chiese uno dei due.

«Abbastanza da lasciarmi capire» rispose la ragazza mentre si rivestiva. I due uomini allora lo misero sul letto e lo strangolarono con comodo, stordito com'era, con un laccio di seta manganato attorno al collo.

«Diranno che è morto di goccia,» fece uno dei due mentre gli sfilava i pantaloni e le mutande «in una tenzone amorosa troppo ardua.»

«*Requiescat in pace*» fece l'altro riavvolgendo accuratamente il laccio attorno al manganello e nascondendoli sotto la cappa. La ragazza uscì per prima e i due uomini per ultimi, alla spicciolata. In quel momento si fermò una carrozza trainata da due pariglie di cavalli neri, nera anch'essa come la pece e con un cocchiere a cassetta travestito da moro, con brache a sbuffo e fascia in vita, un gran turbante in testa e la faccia tinta di nerofumo.

I tre salirono in fretta, il cocchiere diede una voce ai cavalli che si misero al trotto sparendo ben presto alla vista nei foschi vapori che avvolgevano la città.

Il conte di Montecchio, zio del duca Alfonso d'Este, e zio anche del duca d'Urbino Francesco Maria della Rovere per avere sposato sua zia Giulia, raggiunse la biblioteca in veste da camera perché si era già coricato per leggere un po' a letto, com'era sua abitudine. Da tempo le carnevalate non lo interessavano più e le incombenze politiche lo stremavano al punto che la sera si coricava di buon'ora, se ne aveva la possibilità.

Si chiedeva che cosa potesse avere mai il Pigna di così importante da raccontargli per disturbarlo a quell'ora e con quel tempo.

Una fantesca si affrettò a ravvivare il fuoco che languiva nel caminetto aggiungendovi una bella bracciata di stecchi e facendo levare una fiammata gagliarda, poi si ritirò dopo aver domandato licenza e avere chiesto al conte se desiderasse altro.

Il Pigna fu introdotto poco dopo da un valletto.

«Sono desolato di incomodare così barbaramente vostra eccellenza a quest'ora, ma sono venuto a conoscenza di un fatto della massima gravità talché ho pensato che sia necessario deliberare con la massima urgenza.»

Il conte s'appressò al fuoco e armeggiò un poco con l'attizzatoio: «Parlate, v'ascolto».

«Il signor conte deve sapere che questa sera stessa, mentre rincasavo a piedi, ché quei lestofanti dei miei servitori si erano ubriacati e non potevo tornarmene in palanchino; dunque, dicevo, mentre me ne tornavo a casa fui avvicinato dal Burrino...»

«Il boia?»

«Per l'appunto. Dunque il Burrino mi dice che ha premura di parlarmi d'una certa strana faccenda che gli era occorsa la sera prima, e cioè che due gentiluomini che non s'erano mai visti prima in giro gli s'erano avvicinati e gli avevano offerto denaro purché lui dicesse di che morte era morto il signor marchese di Vignola, Ercole Contrari.»

«E lui?»

«Lui, signor conte, malauguratamente ha detto e non ha detto... Insomma, ha ripetuto la cosa che gli abbiamo insegnato, ma in modo così bestia da lasciare intendere che qualcuno l'aveva imboccato e che sotto c'era del sospetto. Non so se mi sono spiegato.»

«Altro che» disse il conte di Montecchio.

«Io gli ho detto tutte le villanie che mi son venute alla bocca e che se ne stesse zitto per l'avvenire. Poi mi sono fatto descrivere le facce di quella gente e promettere che li avrebbe riconosciuti se noi si fosse riusciti a metter loro le unghie addosso. Dopo di che l'ho mandato con Dio.»

«Vi siete portato come conveniva, signor segretario. E

avete anche dato disposizione per cercare quei due cavalieri?»

«Non ancora, signor conte, volevo io prima consultarmi con l'eccellenza vostra. Temo che con una notte simile sarebbe come cercare un ago in un pagliaio, ma se vostra eccellenza pensa che dovremmo prendere qualche decisione... o magari avvertire il signor duca.»

«No. Alfonso non deve saperne nulla: ha già abbastanza grattacapi. Quel che mi chiedo è chi possa essere interessato a rivangare questa faccenda.»

«Ci ho pensato anch'io, signor conte.»

«E che cosa ne avete dedotto?»

«Il povero signor marchese di Vignola non ha lasciato eredi... Forse la signora duchessa di Urbino...»

«Mia nipote Lucrezia? E perché mai? Le fu detto che il conte Ercole Contrari si era sentito male e che poi era spirato nonostante le cure dei medici. Era un uomo focoso, facile a impeti di collera ma da sempre amico fraterno del duca che gli aveva attribuito il titolo di marchese solo pochi mesi prima. Lucrezia non può aver dubitato delle parole di suo fratello. Credette la madre del Contrari, la contessa Leonora Campeggi, perché non avrebbe dovuto credere Lucrezia che ne era solo... l'amante.»

Il Pigna sospirò: «La signora duchessa d'Urbino è donna di grande temperamento che purtroppo ha sortito un matrimonio infelice... In fondo è comprensibile che ritenesse d'aver diritto a un affetto sincero...».

Il conte di Montecchio lo fulminò con lo sguardo: «Inutile tornare su questa vecchia storia: il matrimonio di Lucrezia con Francesco Maria avrebbe rinsaldato i rapporti fra le nostre due famiglie e la nostra posizione nei confronti del Papa. Fu una scelta giusta. Quanto poi alla faccenda del Contrari, Lucrezia ha avuto da suo fratello ogni assicurazione. Alfonso l'ha sempre trattata con affetto e riguardo, ha cercato di proteggerla in ogni modo. Lucrezia non ha verso il fratello alcuna animosità e il suo comportamento lo dimostra. Mi sembra che questo basti. E quand'anche fosse come voi pensate, a cosa mai potrebbero portare queste sue indagini? Che cosa potrebbe mai fare una donna debole e malata?».

«Ho anche pensato alla contessa Contrari Pepoli, la sorella del povero marchese di Vignola... Anche lei potrebbe avere interesse a sapere... In fondo ha fatto resistenza al momento in cui furono incamerati e venduti i feudi del povero signor marchese... Se potesse avere delle prove, forse potrebbe impugnare le decisioni di vendita di sua signoria il duca Alfonso...»

«Questa è un'ipotesi che mi pare più verosimile. Comunque Laura Contrari non è per ora in condizioni di nuocere e suo marito è troppo saggio per volersi mettere contro di noi. Ho bisogno di riflettere, signor segretario. E quindi, per ora, andatevene con Dio.»

«Con licenza, signor conte.»

Il Pigna si volse per andarsene, ma il conte di Montecchio lo richiamò: «Signor segretario, mi sono ricordato di quella vostra mania di verseggiare che vi era venuta addosso quando tutti in questa corte avevano preso la malattia del poetare da quel Torquato Tasso: quella vostra bizzarra filastrocca che imbastiste dopo che avemmo fatto il conto dei debiti ducali da coprire... Non l'avete magari scritta da qualche parte?».

«Scritta?» disse il Pigna con manifesto imbarazzo. «Io non ho imbastito nessuna filastrocca, e nemmeno l'ho scritta. Buona notte, signor conte.» Fece per avviarsi ma tornò presto sui suoi passi: «Se il signor conte mi fa questa grazia, mi farei accompagnare da un famiglio... è tardi e buio, e a dire il vero...».

«Buona notte, signor segretario generale. Sì, si faccia accompagnare da Berto che conosce la via.»

Il Pigna uscì in strada col famiglio del conte e fece per avviarsi, ma in quell'attimo fu raggiunto da un bargello trafelato che parlottò con lui fitto fitto. Il Pigna impallidì; poi, voltosi verso la porta che aveva appena richiuso dietro di sé, cominciò a scampanellare gridando: «Signor conte! Signor conte!».

Il signore di Montecchio riapparve sull'uscio: «Signor segretario, che può mai essere successo in due minuti che abbiate di nuovo bisogno di parlarmi?».

«Il Burrino, signor conte, l'hanno trovato morto stecchito poco fa in un bordello.»

«Pace all'anima sua,» disse il conte «avrà presunto delle proprie forze e sarà anche finito dritto all'inferno, visto che è morto fuori dalla grazia di Dio. Fate togliere di mezzo la sua carcassa e informatevi minuziosamente su come è morto. Date qualche buon tratto di corda alla ruffiana e anche alla puttana che gli ha fatto il servizio, naturalmente. Voglio sapere come sono andate le cose. La carogna del Burrino fatela seppellire fuori dal cimitero che tanto, come ho detto, è morto di sicuro in peccato mortale.»

«Sarà fatto» disse il Pigna.

«Ma subito, non domani.»

«È già domani» disse rassegnato il Pigna, seguendo mestamente il bargello.

Don Alfonso di Montecchio rientrò nel proprio alloggio un po' sottosopra per tutte queste novità che ormai a sette anni dall'accadimento dei fatti si stavano manifestando senza che, apparentemente, ve ne fosse una particolare ragione.

Inoltre, stranamente, avevano cominciato a frullargli in testa quei versi balordi che il Pigna aveva impastocchiato quella volta che avevano fatto i conti delle dissestate finanze del ducato:

"Per sostenere il prence son partiti
cento guerrier dall'arme sfolgoranti.
Settantacinque son da feudi aviti
da castelli e da ville, tutti quanti,
venticinque son d'oro rivestiti."

Senonché il carico delle cure di governo, le preoccupazioni per questo erede del duca che non voleva saperne di nascere, nemmeno dalla duchessina nuova che era fresca come una rosa e sana come un pesce, le difficoltà di mantenere i buoni rapporti con il Papa, coi Medici, con il caratteraccio di suo nipote Francesco della Rovere gli opprimevano la testa in tal modo che aveva dimenticato di aver lui scritto da qualche parte quei versi e non il Pigna il quale, appunto per quello, aveva fatto una faccia sorpresa.

Il conte decise comunque che conveniva dormirci sopra e ripensarci l'indomani a mente fresca e riposata. Intanto nella notte i carnefici avrebbero fatto il mestiere loro cosicché, quando si fosse alzato, avrebbe saputo come era morto esattamente il Burrino. La coincidenza della morte del boia con quegli strani precedenti di cui gli aveva parlato il Pigna potevano benissimo non essere casuali.

Si coricò addormentandosi quasi subito, ma il suo sonno fu infestato dagli incubi. L'anticamera del duca: il marchese di Vignola che attendeva di essere ricevuto e poi, d'un tratto, il conte Bentivoglio e Palla Strozzi che gli si avvicinavano con aspetto cordiale per afferrarlo poi d'improvviso per le braccia mentre il Burrino da dietro gli metteva il laccio al collo e lo stringeva torcendo il manganello fra quelle manacce... gli occhi di Ercole Contrari che quasi schizzavano dalle orbite, il volto che si gonfiava di sangue, le arterie del collo turgide da scoppiare, le membra che davano i tratti, poi in un momento s'afflosciavano, le gambe che si distendevano come quelle d'una marionetta cui siano recisi i fili, la chiazza d'urina che si spandeva sui pantaloni di velluto rosso...

Era parsa l'idea migliore da proporre al duca: purtroppo il matrimonio tra sua sorella Lucrezia d'Este e Francesco Maria della Rovere era stato un pieno fallimento, ma se proprio si fosse venuti alla separazione i Della Rovere non avrebbero potuto rifiutarsi di restituire la dote di centocinquantamila franchi e diecimila scudi col pretesto che Lucrezia aveva un amante e dunque mettendo gli Este dalla parte del torto. E si sarebbe evitato lo scoppio di uno scandalo che avrebbe potuto travolgere la casa d'Este, mandare in fumo tutti i progetti del duca sul trono di Polonia, inimicargli tramite i Della Rovere anche il re di Spagna, dare una scusa in più al Papa per allungare le mani su Ferrara.

E Lucrezia non avrebbe potuto sospettare di nulla.

Dal canto suo, don Alfonso di Montecchio era ben certo, per essersi confidato con il medico Brasavola, che era il duca a essere sterile e a non poter avere eredi. E ciò avrebbe potuto spianare la strada a suo figlio Cesare... con i dovuti accorgimenti. Il duca aveva dovuto convincersi che era comunque nel suo primo interesse togliere subito di mezzo il Contrari, anche se davanti al cadavere del vecchio e caro amico aveva mostrato qualche segno di sconcerto.

Rivedeva nel suo sonno agitato i medici recitare la commedia del tentativo di rianimare un cadavere e gli pareva in sogno che fosse lui al posto della salma del Contrari, e che tutti quei cerusici gli s'affollassero intorno, gli riempissero il corpo di sanguisughe, gl'infilassero a forza purghe e serviziali in ogni orifizio.

Si svegliò pesto e malconcio come se l'avessero bastonato tutta la notte e, come tutto ciò non bastasse, le notizie della mattina furono pessime: il Pigna, di umor nero e con le occhiaie di chi non aveva dormito per nulla, gli riferì che la ruffiana sapeva solo d'una donna coi capelli rossi che aveva affittato una camera e c'era salita con il Burrino, e che quando avevano trovato il cadavere quella era già sparita da un pezzo. Il Pigna riferì anche che era meglio lasciar perdere quel tipo di interrogatorio perché rischiavano di venir fuori storie men che edificanti su dame e cavalieri assai in vista nella corte estense e che ci mancava anche quello con tutti i pettegolezzi che già circolavano e con tutte le malelingue accreditate a corte con dignità d'ambasciatori esteri.

Il conte di Montecchio lo mandò dunque con Dio e gli disse di star di buon animo che non c'era nulla da temere.

La seconda cattiva notizia gli giunse all'ora di colazione quando lo scalco di casa, il Rossetti, gli si presentò mentre sorbiva un po' di brodo caldo per dirgli che, con sua licenza, se ne voleva andare.

«Perché qui cosa ti manca?» gli chiese il conte con aria sbalordita.

«Nulla, ma non è questo il punto, vostra signoria.»

«E qual è allora?»

«È che ho ricevuto un'offerta di entrare al servizio di un'altra casa, e poiché si tratta di persona a me molto cara e per giunta grandemente bisognosa di cure e di servizio, ho pensato che...»

«Ah. È un'opera di bene dunque la tua: non è che te ne vai perché ti pagano di più.»

Il Rossetti se ne stette imbarazzato senza sapere che rispondere.

«E si può sapere chi è questa persona che mi porta via lo scalco?»

«È la nipote di vostra signoria,» rispose il Rossetti «la duchessa d'Urbino e sorella del signor duca, donna Lucrezia.»

Il conte di Montecchio non seppe che dire: alla fin fine era meglio non contrariare Lucrezia in una cosa di secondaria importanza come quella dopo che aveva dovuto, per ragioni di Stato, accettare un marito di quindici anni più giovane di lei che non l'aveva mai voluta e che per giunta l'aveva impestata di mal francese e dopo che era stata privata, sia pure per il suo bene, dell'unico uomo che forse avesse mai amato in vita sua.

Poteva pur tenersi il Rossetti, che diamine. Assentì, quindi, e lasciò che partisse facendo comunque le viste di un forte disappunto e lamentandosi dell'ingratitudine umana.

Il Rossetti preparò in fretta i suoi bagagli e se ne andò con una carrozza alla residenza della duchessa. Nessuno lo riconobbe quando uscì dal portone di servizio vestito da contadino su un barroccio trainato da un vecchio brocco in direzione della porta meridionale della città. Quanto alla duchessa Lucrezia, nessuno la vedeva da tempo se non il medico Brasavola che le faceva visita per curare la sua infermità.

Il sole della sera successiva affogava in un orizzonte nebuloso e fosco quando la carrozza si arrestò sulla sponda del fiume a San Martino. I tre occupanti – la donna, ora non più rossa ma bruna di capelli, e i due uomini – scesero, s'imbarcarono su una chiatta e raggiunsero un'osteria sulla sponda opposta dove presero tre cavalli freschi dalle stalle e si rimisero in viaggio al galoppo. Cambiarono ancora a Bondeno e pernottarono la notte seguente a Nonantola: era il Martedì Grasso che chiudeva le feste di Carnevale di quell'anno di grazia 1582. L'indomani, Mercoledì delle Ceneri, avevano istruzione di portarsi al calar del sole in un casale nascosto in un bosco di querce in fondo alla valle del Panaro, a Vignola. E non erano i soli a essere convocati a quell'ora in quel luogo.

Galvano Galvani uscì dalla chiesa dopo aver ascoltato il canto del Vespro e si diresse verso la strada che giungeva da settentrione costeggiando la valle del fiume. Si volse indietro a guardare gli spalti del castello su cui sventolavano le insegne del Boncompagni, nuovo signore di Vignola, e in quel momento tutti i ricordi del passato riaffiorarono alla sua mente: le cacce con Ercole Contrari, i padiglioni eretti lungo le rive del Panaro, i corni dei capibattuta, le mute di cani trafelati che inseguivano la selvaggina nelle folte macchie di salici e di querciolі, i cavalieri lanciati al galoppo attraverso i guadi in una nube di spruzzi iridati, le dame sedute sull'erba o assise sotto le tende ad ascoltare i versi di Bernardo Tasso e del suo inquieto figlio, il grande Torquato... Torquato... qual era la sorte di quella mente eccelsa prigioniera di un avaro, angusto spazio?

"Vago pensier tu spieghi ardito il volo..."

pensava Galvano levando gli occhi a uno stormo di gru che trascorreva nel cielo grigio incurvato come un catino di peltro sulla valle silenziosa.

Imboccò un sentiero che scendeva dall'argine verso l'alveo del fiume attraversando un macchione di rovi che appena mostravano l'ingrossarsi delle gemme. Giunto nei pressi del vecchio casale, notò un paio di cavalli che pascolavano liberi e una carrozza nera sotto la barchessa. L'ospite era già in attesa dei suoi visitatori mentre la giornata volgeva al termine e l'oscurità scendeva dai monti lasciando solo sulle acque del fiume un tenue bagliore ferrigno.

Si portò al centro della corte e là si fermò, immobile, fissando il sentiero che si snodava alla base dell'argine e si perdeva nella vegetazione spoglia verso settentrione. Sentì sulle sue spalle quello sguardo e avvertì quella presenza muta e disperata, ma non si volse continuando a spiare l'orizzonte, in fondo al sentiero, sull'argine orientale e su quello occidentale, con ansia.

Finalmente apparve la sagoma di un cavaliere che avanzava veloce spronando il suo destriero e ben presto la valle risuonò del rombo sordo degli zoccoli sulla terra battuta. Il cavallo, un morello dagli occhi ardenti e dalla testa lunga e nervosa, si fermò a poca distanza e il cavaliere con la testa coperta da un cappuccio balzò a terra.

«Sono Laura Contrari» disse, liberando con un rapido gesto la chioma corvina. Galvano Galvani si inchinò e le indicò la porta socchiusa del casale: la donna lasciò il morello, che andò a raggiungere gli altri due cavalli al pascolo, e scomparve nell'interno.

Un bagliore incerto gli fece volgere il capo dalla parte del bosco sull'argine orientale e poté ben presto distinguere tre ombre che avanzavano a piedi tenendo i cavalli per la briglia al lume ondeggiante di una lanterna. Quando gli furono davanti, vide che erano una donna e due uomini.

«Sono Anna Guarini,» disse la donna «e questi gentiluomini sono la mia scorta. Speriamo d'essere giunti in tempo.»

Galvano Galvani annuì: «Siete attesi» disse, e indicò loro il portone del casale da cui traluceva ora un pallido chiarore. I cavalli avevano smesso di pascolare, si erano ritirati, uno dopo l'altro, al riparo sotto la barchessa e strappavano ogni tanto un ciuffo di fieno da una greppia colma. La campana della pieve suonò a compieta e il tocco argentino si perse nella valle lasciando dietro di sé soltanto il mormorio del fiume e il soffio del vento che scendeva ora, freddo, dall'Appennino nevoso.

L'ultimo messaggero tardava: forse era stato impedito... forse era stato scoperto. Galvano Galvani si volse e si avviò verso l'ingresso del casale ma fu trattenuto all'ultimo momento da un cigolio di ruote che proveniva dalla sua destra: si volse verso l'argine occidentale e a malapena poté distinguere, stagliata contro il cielo buio, la sagoma di un carretto trainato da un cavallo. Un uomo ne scese, sembrò parlottare con il conducente e poi imboccò il sentiero da cui egli stesso era sceso non molto tempo prima.

Il cono di luce che filtrava dalla porta socchiusa del casale gli fece da guida e l'uomo attraversò poco dopo la corte raggiungendolo sulla soglia: «Voi dovete essere Giovan Battista Rossetti» disse Galvano.

«Sono io infatti.»

«Seguitemi allora. Voi siete l'ultimo.»

Entrarono in una loggia rischiarata da alcune lucerne, poi salirono la scala che portava al piano superiore. Percorsero un corridoio deserto ed entrarono in una grande camera spoglia e scarsamente illuminata dove sedevano in attesa gli altri quattro ospiti: da un lato le due donne in silenzio, dall'altro i due uomini che parlavano fra di loro sommessamente. La poca illuminazione non valeva a rischiarare il fondo della camera che restava immerso nell'ombra, ma non passò molto tempo che il Rossetti si accorse con sorpresa che c'era un seggio appoggiato alla parete di fondo sul quale stava assisa una figura di donna velata di nero.

Galvano Galvani parlò a bassa voce con tutti i suoi ospiti: con Laura Contrari, con Anna Guarini, con i due gentiluomini, e infine con Giovan Battista Rossetti. Ascoltava con grande attenzione, poi nuovamente poneva delle domande. Alla fine avanzò verso il centro della sala e parlò rivolto alla donna seduta.

«Signora,» disse «io credo che ora saremo in grado di conoscere la verità, o almeno di avvicinarci a essa grandemente, ma vi chiedo, prima che parlino i nostri amici, se non voleste per caso rinunciare alla vostra indagine. Purtroppo non si può porre rimedio al male che vi è stato fatto, ma a male si può aggiungere altro male dando inizio a una sequela infinita di lutti e di disgrazie. E forse il perdono potrebbe portare più sollievo all'animo vostro esacerbato che non la vendetta.»

«Il male si deve punire,» disse la donna con voce ferma e rauca «parlate, dunque.»

«Io credo allora che la signora Anna Guarini debba parlare per prima: ella ha le notizie più esatte da riferire e anche le più... crudeli; Anna ha assolto con grande perizia il suo incarico e nessuno l'ha potuta riconoscere nel suo travestimento, tanto più che la sua qualità di dama di compagnia della nuova duchessa Margherita Gonzaga, il suo comportamento apparente di vostra nemica e avversaria sono tali che nessuno potrebbe mai pensare che avesse, invece, deciso di aiutarci in questa nostra ricerca.»

Anna Guarini si fece avanti: «Il conte Ercole Contrari fu ucciso nelle stanze del duca il 2 di agosto del 1575: non si tratta solo delle voci che forse vostra signoria può aver raccolto. Ho avuto modo di saperlo dalla bocca del boia in persona che eseguì l'ordine».

«L'ordine di chi?» chiese la dama velata. E la voce le tremò di sdegno.

«Questo non lo so» rispose Anna. «Posso dirvi però che l'esecutore di quell'infamia è morto della stessa morte e a quest'ora è sicuramente all'inferno.»

«Di quale morte?» chiese la dama.

Anna Guarini tacque imbarazzata. La dama ripeté con voce più alta la domanda: «Di quale morte?».

«Strangolato. Col laccio.»

«Chi di spada ferisce...» disse il Rossetti, e tacque però subito perché era sceso sulla grande camera nuda un senso di grave oppressione, come se quel lutto oramai lontano fosse invece d'un tratto divenuto vivo e recente, e ancor più acerbo.

«Sono grata» disse la dama «anche a voi, signori, per avermi reso giustizia, almeno in questo.»

Galvano Galvani si rivolse al Rossetti: «Siete stato nella casa del conte di Montecchio per lungo tempo. Sicuramente avrete udito e visto cose che possono essere utili a ricostruire la verità».

«Il conte di Montecchio sa oramai per certo e da non poco tempo che il duca Alfonso non potrà avere eredi, nemmeno da Margherita Gonzaga. Gliel'ha assicurato il Brasavola» disse il Rossetti rivolto alla dama. «E dunque il conte si prepara a garantire la successione al figlio Cesare.»

«Questo non ci aiuta a capire i motivi della barbara uccisione del nostro amico,» disse il Galvani «il conte di Montecchio aveva certamente a cuore i buoni rapporti fra gli Estensi e la famiglia Della Rovere, ma ci è difficile credere che ciò bastasse per far uccidere il marchese di Vignola.»

«Il duca sapeva della relazione fra la duchessa di Urbino e mio fratello. Ho parlato con Torquato Tasso» disse Laura Contrari.

A quelle parole la dama si alzò in piedi, appoggiandosi con tutte e due le mani guantate ai braccioli della sedia.

«Voi gli avete parlato?» chiese con la voce incrinata dall'emozione.

«Gli ho parlato» rispose Laura Contrari. «Mi sono introdotta nel carcere corrompendo i suoi custodi.»

«Come sta?» chiese la dama tornando a sedersi. C'era un'accorata trepidazione nella sua voce.

«La sua mente si dissolve fra quelle mura. Egli sembra essere in senno a parlargli ma poi, d'un tratto, dice cose senza senso.»

«Cos'avete potuto sapere ancora?» chiese Galvano Galvani.

«Purtroppo poca cosa, oltre a ciò che vi ho detto, nonostante lo abbia supplicato.»

«Avete corso il rischio maggiore per il risultato minore» disse il Galvani. «Siete coraggiosa, donna Laura.»

«Fui sua sorella» disse la donna mestamente. «Nulla è troppo rischioso per me. Se solo potessi avere le prove della colpevolezza del duca e di chiunque sia stato suo complice...»

«Purtroppo siamo riusciti a colpire solo l'ultimo anello della catena e il più debole, nonostante tutto.»

«C'è una cosa,» disse Laura Contrari «una cosa strana che m'è rimasta impressa: il Tasso, prima che me ne andassi, mi recitò più volte certi versi senza senso... disse che forse lì c'era la chiave di quel delitto.»

«Quali versi?» chiese Galvano Galvani. La dama velata era

di nuovo immobile come una statua. Ascoltava, come un giudice ascolta i testimoni di un delitto.

Laura Contrari cominciò a declamare, con difficoltà, come richiamando alla mente parola per parola:

«Per sostenere il prence son partiti
cento guerrier dall'armi sfolgoranti.
Settantacinque son da feudi aviti
da castelli e da ville, tutti quanti,
venticinque son d'oro rivestiti...»

«Sono strani davvero» disse il Galvani. «Sembrano un enigma.»

In quel momento Giovan Battista Rossetti ebbe un sussulto e si avvicinò a Laura Contrari.

«Come avete detto?» chiese «ripetete quei versi, per favore. Vi prego, ripeteteli... io credo di sapere...»

Laura Contrari li ripeté, più scioltamente.

«E cosa vi disse il Tasso?» chiese ancora il Rossetti.

«Che forse vi era spiegato il motivo del delitto.»

«Vi richiamano alla mente qualcosa?» chiese il Galvani.

«Oh, sì,» disse il Rossetti «finalmente sì. Mi fu chiesto di assumere ogni tipo di informazione che mi fosse possibile in casa del conte di Montecchio, e io questo ho fatto. Ebbene, quei versi sono scritti in testa a una relazione che ho visto una notte introducendomi nello studio del conte dopo che vi s'era trattenuto a lungo con il segretario Pigna. V'era una lista di spese di cui non si diceva la natura, debiti forse, e poi seguiva una specie di stima dei beni del marchese di Vignola: i feudi, le terre, le ville, i castelli erano valutati settantacinquemila scudi, il denaro contante circa venticinquemila. Per molto tempo non ho capito che rapporto vi fosse tra quei versi e la stima dei beni di Ercole Contrari. Ora credo che sia chiaro.»

«Oh, sì» disse Laura Contrari. «È chiaro che quelle spese erano i debiti del duca d'Este, contratti per coprire i costi dei fastosi festeggiamenti per i suoi continui matrimoni, per le corti delle tre mogli, per ingraziarsi gli elettori al trono di Polonia.»

«Ed ecco cento cavalieri che accorrono in aiuto del prence, ossia del duca stesso; si tratta di migliaia di scudi; settantacinquemila dalla vendita dei feudi della famiglia Contrari al Boncompagni, venticinquemila in contanti... "venticinque son d'oro rivestiti..."»

«Oh, mio Dio» disse Anna Guarini.

La dama velata si alzò in piedi e fece qualche passo verso i suoi ospiti: «E questo,» disse «questo è per voi sufficiente per uccidere un amico?».

Laura Contrari restò colpita da quella domanda che già aveva udito fra le pareti del manicomio di Sant'Anna: «Non è detto che questa sia stata la causa per cui il duca fu spinto a sopprimere Ercole, ma di certo era ciò che più contava per il signore di Montecchio,» disse «se è vero che egli ha delle mire per la successione di Cesare, è più che comprensibile che volesse preparargli un'eredità consistente e non gettarlo in una voragine di debiti».

«Vi ringrazio molto, amici miei, per ciò che avete fatto. E ancora vi chiedo di tenere per il futuro un comportamento tale da evitare che il minimo sospetto debba cadere su di voi» disse la dama. «Voi, donna Laura,» proseguì poi «sapete ora quale insulto è stato portato ai vostri sentimenti e al vostro diritto. Agirete come riterrete opportuno. Dal canto mio io ho già preso la mia decisione. Che Dio vi assista.»

Scomparve dietro una porticina che si richiuse alle sue spalle con un lieve cigolio. Poco dopo, mentre i cinque ancora prendevano congedo da Galvano Galvani che aveva svolto fino ad allora nel massimo segreto il compito di coordinatore si udirono dei nitriti, un tambureggiare di zoccoli e il rumore di una carrozza che si allontanava rapidamente.

Il marchese Boncompagni fu svegliato a notte inoltrata nel suo castello di Vignola da un gentiluomo di camera perplesso e imbarazzato: «Vostra signoria vorrà perdonarmi, ma la persona che attende nella sala delle armi ha insistito per essere ricevuta immediatamente, per una questione della massima importanza. Pare si tratti di vita o di morte».

«Ma chi può avere tanto ardire da importunare un gentiluomo a quest'ora?» disse il marchese scendendo tuttavia dal letto e rivestendosi al lume di una lucerna che un servo assonnato reggeva in mano.

Il gentiluomo di camera gli si avvicinò mormorandogli un nome all'orecchio.

«Lei?» disse sbalordito il Boncompagni «ma non è possibile.»

Poco dopo, vestito e con i capelli ancora arruffati raccolti in un berretto di velluto verde, il marchese era nel salone delle armi alla presenza di una dama velata e vestita di nero.

«Benvenuta in questa dimora, altezza,» disse con un certo disagio «posso chiedere il motivo per cui la duchessa d'Urbino mi fa l'onore tanto inatteso di una visita?»

«Ho bisogno di un contatto diretto e segreto con il Sommo Pontefice,» disse la dama «vengo...» sembrò per un attimo esitare «per offrirgli la città di Ferrara e... la rovina della casa d'Este...»

Il Boncompagni restò per qualche tempo senza parole, cercando tuttavia di scrutare dietro il velo quel volto che i versi di Torquato Tasso avevano celebrato come divino. Non poté che indovinare a malapena lo sguardo intento e dolente sotto la fronte altera e, alla luce sanguigna delle torce, il luccicare incerto di una lacrima.

Hotel Bruni

Lo chiamavano Hotel Bruni perché chiunque bussasse a quella porta trovava ospitalità in qualunque ora del giorno e della notte, ma era una semplice casa contadina della pianura, una di quelle vecchie costruzioni con i muri scrostati e le imposte scolorite dal tempo.

I Bruni erano una grande famiglia di contadini e lavoravano quel podere da cento anni, stando a quel che diceva la gente, ma era possibile che abitassero in quella casa da molto più tempo. "Cento anni", infatti, equivaleva semplicemente a "un sacco di tempo". La gente diceva «Ci vogliono cento anni per fare un proverbio», il che è come dire "secoli".

Il vecchio si chiamava Giovanni e la moglie Clerice; avevano sei figli maschi e due femmine, e la vita della famiglia trascorreva fra la cucina annerita dal fumo di un enorme focolare, la stalla con le bestie da latte e da tiro e i campi seminati a grano e a canapa. Cento tornature di terra fertile e generosa, una per ogni anno che i Bruni l'avevano coltivata curvando la schiena sotto il solleone per affastellare centinaia di covoni di grano o, negli anni di rotazione della coltura, per tagliare la canapa con il trincetto e sbatterla nell'ora del mezzogiorno quando il caldo è più feroce, se no la fibra non si stacca e il filaccio non viene buono.

D'autunno cominciava la stagione dell'aratura e i Bruni aggiogavano fino a sei paia di buoi per trainare il grande aratro da scasso. Aravano giorno e notte per due o tre settimane dandosi il turno e dopo si trasferivano a dare una mano nei poderi dei vicini che non avevano abbastanza bestie da tiro per l'aratro.

Il periodo più bello era l'inverno, quando la terra si purgava sotto la neve, in casa si accendeva un bel fuoco e di notte ci si trovava tutti nella stalla: le donne a filare canapa per i corredi delle figlie, gli uomini a giocare a carte o a raccontarsi storie mentre i buoi ruminavano tranquilli.

Il vero Hotel Bruni era proprio la stalla, dove i poveri trovavano ospitalità durante l'inverno. Il bovaro apriva una balla di paglia fresca nello stalletto e il forestiero vi si poteva distendere comodo e al caldo. All'ora di pranzo e di cena la Clerice mandava Maria, la figlia piccola, con una scodella di minestra, un pezzo di pane e un fiaschetto di vino.

Se l'ospite però si rendeva utile o riparando gli ombrelli o aggiustando sedie o mettendo i manici agli attrezzi agricoli o dando una mano a pulire la stalla, allora veniva ammesso alla tavola con la famiglia e mangiava e beveva seduto con tanto di posate perché chi lavora è giusto che mangi con i piedi sotto la tavola.

Il maggior numero di ospiti, o di clienti, come li chiamava la gente, arrivava d'inverno, quando il freddo era pungente e la galaverna stava sugli alberi senza mai sciogliersi, nemmeno se veniva fuori il sole. Si dava non di rado il caso che nello stalletto dormissero in più d'uno anche per più settimane, perché nessuno li cacciava via o diceva «Quand'è che ve ne andate?». A volte scoppiava qualche rissa e volava qualche schiaffo per questioni di piccole rivalità o gelosie tra i mendicanti, ma nessuno ci faceva caso.

Fra di loro c'erano anche dei bei tipi: gente che aveva girato il mondo e ne aveva viste di tutti i colori, che aveva storie straordinarie da raccontare, roba di gelosie, di vendette, di assassini. Il loro momento migliore era la sera dopo cena, quando tutti si radunavano nella stalla. Ce n'era uno che diceva di essere stato nella banda di Adani e Caprari, e di aver fatto l'assaltastrada per cinque anni prima di vedere i suoi capi stesi a schioppettate dai carabinieri nei campi di frumento della Bassa. Quando aveva bevuto un bicchiere di troppo, i Bruni lo sentivano che cantava a squarciagola:

«Quando la luna la scavalca i monti
e noi siam pronti e noi siam pronti
a assassinar!»

La Maria ne aveva una gran paura quando lui la guardava con quegli occhiacci bianchi e diceva: «Ho proprio fame di carne di cristiano, bella tenera» e scoppiava a ridere mentre lei appoggiava in fretta in terra il piatto della minestra e scappava via a gambe levate. E mentre lei fuggiva, lo sentiva che cantava ancora:

«Il primo assalto che abbiam fatto
abbiam 'ssaltato una signora.
Le abbiam piantato il cortello in gola
ed il denaro abbiam piglià.»

Il vino che si serviva agli ospiti non era di bottiglia ma era buono lo stesso. Se però la quantità che passava l'Hotel Bruni non era sufficiente, gli ospiti che avevano ancora sete potevano servirsi dal barile del torchione che stava sotto il portico. La famiglia lo beveva annacquato d'estate.

Di rado i Bruni sapevano quale fosse il nome dei loro ospiti; li chiamavano sempre con un nomignolo e loro preferivano così. Non che avessero gran che da nascondere: la cosa gli conferiva piuttosto quel minimo di mistero che li rendeva interessanti e degni perciò di essere ospitati.

Non mancavano, anche se molto più rare, le donne, nel qual caso la Clerice metteva a disposizione lo stanziolo dell'aceto perché non voleva pasticci. Ce n'era una, via con la testa, che venne parecchie volte, e poi sparì e per un gran pezzo non se ne seppe più né ramo né radice. Quando le chiedevano di raccontare la sua storia diceva: «Poverina, la Desolina, infermità di mente... infermità di mente, poverina...». Erano le sole parole che pronunciava e sa dio dove le aveva imparate. Qualcuno disse che era una vedova che viveva in montagna con un'unica figlia sgobbando dall'alba al tramonto per lavorare un campicello tutto sassi e gramigna. La figlia un giorno si era fatta pallida, aveva nausee, vomitava spesso. E lei cominciò a dirle: «Non sarai mica incinta, non sarai mica incinta! Guarda che se sei incinta ti ammazzo! Te l'ho detto che se succede una cosa così il padrone ci dà commiato!».

Il che era verissimo. Se una ragazza in una famiglia contadina rimaneva incinta, il padrone mandava via tutti per evitare lo scandalo e il cattivo esempio nel paese. E se una famiglia di contadini prendeva commiato, poi era quasi impossibile che riuscisse ad avere un altro posto. Di solito si riducevano a mendicare o finivano in qualche catapecchia a pigione a tentare di guadagnare un pezzo di pane a giornata.

La ragazza si era talmente spaventata che un giorno aveva bevuto una bottiglia di sublimato corrosivo ed era morta fra spasimi atroci sputando bava e sangue dalla bocca. La madre era impazzita e il dottore l'aveva fatta rinchiudere a Reggio nell'ospedale dei matti da dove poi, non si sa come, era scappata.

Forse era proprio là che aveva imparato quella frase: «Poverina, la Desolina, infermità di mente... infermità di mente».

Nessuno fu mai in grado di dire se quella storia fosse proprio vera, ma così la raccontavano.

Il primo a sposarsi dei sei fratelli maschi fu il più vecchio, Gaetano, e purtroppo non fu un gran bell'inizio. Faceva l'amore da quasi un anno con una ragazza di un paesetto vicino e a un certo punto le chiese, com'era naturale, se lo voleva sposare che così avrebbe mandato il padre a domandare la sposa. La ragazza nicchiò per qualche giorno e Gaetano pensava che volesse solo farsi un po' desiderare. Alla fine però lei gli disse chiaro e tondo sul muso che i Bruni mettevano troppa canapa, il che significava che in quella casa c'era troppo da sgobbare. Il pover'uomo cercò di convincerla, ma non ci fu nulla da fare: dovette andarsene a malincuore perché la ragazza era molto bella e a lui piaceva davvero.

Non passò molto tempo però che Gaetano se ne fece una ragione e cominciò a fermarsi con un'altra ragazza sempre dello stesso paese che si chiamava Apollonia e in capo a un anno la chiese in moglie e fissò il giorno delle nozze. Il giorno prima di andare all'altare prese il barroccio, attaccò la cavalla e andò a casa della morosa per prendere la dote. Strada facendo passò proprio davanti all'abitazione della morosa vecchia che stava sull'uscio a sbucciare dei piselli. Come lo vide lo salutò e gli disse: «Dove andate di bello, Gaetano?».

«Vado in un posto che ci potreste essere voi se aveste voluto» rispose lui. La ragazza si rabbuiò in viso d'un tratto, cambiò espressione e, con una voce strana e scandendo le parole, gli disse: «Dio faccia che non vi godiate neanche la prima notte di nozze».

E così fu. La notte stessa del matrimonio Gaetano si sentì poco bene e giorno per giorno non fece che peggiorare. L'Apollonia partorì una bambina morta e pochi mesi dopo perdette anche il marito. A quel punto si presentò alla Clerice e le disse che lei non aveva più nulla che la tenesse in quella casa e che preferiva tornarsene dai suoi. La Clerice si asciugò gli occhi con la cocca del grembiule perché quelle parole le facevano sanguinare una brutta ferita e perché, andandosene, la nuora portava via anche ciò che restava della famiglia di suo figlio. Le disse solo: «Avete ragione. Ricordatevi però che questa resta sempre la vostra casa e in qualunque ora del giorno e della notte abbiate bisogno di aiuto la porta è sempre aperta».

Ed era vero. La Clerice infatti aveva così tanta esperienza ed era così saggia che tutte le donne che avevano bisogno la mandavano a chiamare. Assisteva le partorienti e le persone anziane e malate e sapeva anche segnare molti mali: gli orzaioli e i colpi della strega, ma anche i vermi dei bambini, le convulsioni, il fuoco di Sant'Antonio e sapeva levare la buca dello stomaco con il bicchiere e la candela.

Le cose andarono un po' meglio per la prima delle femmine, che poi era la seconda di tutta la covata in ordine di età. Si chiamava Rosina ed era bella come il sole con un petto dritto e due fianchi rotondi e un vitino come una vespa che faceva mille voglie. Sposò un finanziere della Bassa Italia, geloso come un turco, che la portò a Firenze e la tenne sempre sotto chiave anche se non le fece mai mancare nulla.

Quando scoppiò la Grande Guerra per i Bruni fu una mazzata, perché in famiglia c'erano rimasti cinque figli maschi e, tempo un anno, si trovarono tutti nella lista di arruolamento e dovettero partire. L'enorme fattoria rimase senza manodopera perché a casa c'erano rimasti solo i due vecchi con l'unica figlia ancora ragazza, la Maria, che era la più piccola.

Si risolsero a prendere un garzone per tirare avanti alla bell'e meglio, ma il ragazzo s'innamorò subito della Maria che era molto bella e fioriva in quegli anni come una rosa. Lei non lo voleva ma fingeva di accettare la sua corte perché così riusciva a indurlo per amor suo a combinare qualcosa nei campi e nella stalla. I due vecchi, Giovanni e la Clerice, benché fossero in età abbastanza avanzata, avevano dovuto tornare nei campi per non mandare in malora i raccolti e per conservare al padrone il patrimonio.

Il padrone era un avvocato della città, e quando i ragazzi erano ancora piccoli e lui veniva in visita al suo podere la Clerice li nascondeva nel porcile per non sentirgli sempre dire quelle parole: «Troppe bocche a mangiare e poche braccia a lavorare».

Il vecchio non sapeva darsi pace e tutte le sere, quando si coricava, stanco morto e con la schiena a pezzi, sospirava girandosi e rigirandosi nel letto e diceva: «Dove saranno i nostri ragazzi? Chissà che terra li tiene su».

A volte, se vedeva passare per la strada dei soldati curvi sotto il peso dello zaino, grondanti di sudore nelle divise di panno, li chiamava dentro, faceva venire del vino fresco dalla cantina, tagliava un salame, spezzava del pane fragrante di forno e diceva: «Mangiate e bevete, ragazzi». Gli sembrava, così facendo, che qualcun altro avrebbe trattato allo stesso modo i suoi figli che combattevano lontano, al fronte.

Ma più il tempo passava e più il vecchio si consumava nell'angoscia. I suoi sospiri nella notte si facevano più lunghi e profondi. Continuava a dire: «Dove saranno i nostri ragazzi... dove saranno?». E si addormentava tardi e male.

Stranamente la Clerice appariva più forte di lui, forse a causa della sua fede incrollabile. Pregava sempre la Madonna. Sapeva che anche lei era una donna e una madre che aveva perso un figlio morto ammazzato e che avrebbe fatto di tutto per evitarle un dolore tanto straziante.

La domenica gli uomini che non erano in guerra venivano nel cortile a giocare a bocce e a bere un bicchiere di vino, un lusso che l'Hotel Bruni poteva concedere senza chiedere nulla in cambio, ma al momento della benedizione, quando la campana suonava il tocco e il prete sull'altare levava l'ostensorio splendente a benedire il popolo, la Clerice mandava fuori tutti, si metteva un grembiule di bucato e restava sola, in piedi, in mezzo al grande cortile, a farsi il segno della croce.

Le notizie che giungevano al paese sulla guerra erano poche e contraddittorie. Soltanto il dottore, il farmacista e il veterinario leggevano il giornale, ma un povero contadino come Giovanni Bruni non avrebbe mai osato chiedere loro cosa c'era scritto su quei fogli e se per caso ci fosse notizia dei suoi figli.

Un giorno di dicembre, verso sera, quando mancava poco a Natale e le donne passavano imbacuccate per la strada per andare alla Novena, il primo e il più giovane di loro, che si chiamava Checco, scese dal treno nella stazione del vicino comune e si incamminò a piedi verso il paese che distava sette chilometri. Portava ancora la sua brava divisa ma si era tolto le fasce che gli tormentavano le gambe e le aveva buttate nel fosso. L'aria era fresca e frizzante e il colore vermiglio delle vigne già vendemmiate splendeva nella pallida luce del tramonto.

Nelle campagne si sentiva il richiamo dei bovari che spingevano i tiri a quattro o a sei dei grandi buoi romagnoli che aravano i campi. Dalle enormi zolle rivoltate si levava una nebbiolina fine che strisciava fra le stoppie e i filari degli olmi e degli aceri campestri. Al suo passaggio i cani si mettevano ad abbaiare e a correre avanti e indietro facendo scivolare l'anello della catena nel filo di ferro teso fra il portico e la stalla.

Quando cominciò ad avvicinarsi al paese sentì il tocco della campana che suonava l'Avemaria e, pensando a quello che sua madre gli aveva insegnato tante volte, si fermò davanti a un pilastrino con l'immagine della Madonna della Provvidenza e si segnò. Poi riprese il cammino e si presentò in paese verso l'imbrunire. Non c'era quasi nessuno per la strada, ma sul torrazzo sventolava un grande tricolore, segno che anche in quel paese così piccolo era giunta la notizia che il Checco e i suoi fratelli avevano vinto la guerra e avevano cacciato via i tedeschi.

Lo sguardo gli cadde in quel momento sulla porta dell'oratorio della Compagnia del Santissimo che si apriva per lasciare uscire quattro portantini con una lettiga. Lo precedevano di una trentina di metri e camminavano con passo frettoloso e ineguale. Li seguì perché facevano la sua stessa strada e si chiedeva chi potesse essere morto lungo quella via. Pensò che poteva essere il vecchio Motta che era molto avanti negli anni e soffriva di asma da lungo tempo, ma i portantini passarono oltre senza fermarsi davanti alla sua casa. Forse il vecchio era già andato da un pezzo oppure tirava ancora avanti sputando, tossicchiando e masticando tabacco.

Pensò che poteva essere la vecchia Preti che aveva già seppellito tre mariti ma che alla fine doveva pur cedere agli anni che le pesavano sulla gobba. Ma anche davanti alla casa della vecchia Preti i portantini tirarono dritto. Al bivio della Fossa Vecchia svoltarono a sinistra, e anche il Checco li seguì perché la sua casa era in quella stessa direzione.

Si avvicinavano al suo portone e il giovane si rese conto in quell'attimo che la morte avrebbe anche potuto scendere sul tetto dell'Hotel Bruni, ma pregò che non fosse così. Disse fra sé: "Ecco, ora tireranno avanti come hanno fatto davanti alla casa del Motta e della vecchia Preti".

E invece entrarono.

Giovanni Bruni non aveva retto. Negli ultimi tempi, quando giungevano i resoconti delle perdite spaventose causate dalla guerra, diceva: «È impossibile... è impossibile che si siano salvati tutti e cinque». Pensava che poteva averne persi uno o due, dei suoi ragazzi. O anche tutti e cinque... perché no? La morte non guarda in faccia a nessuno, ma è particolarmente crudele con i poveri che non hanno altro al mondo che gli affetti.

E invece la morte quella volta era stata buona: glieli aveva risparmiati tutti e cinque i suoi figli. Tornarono tutti al paese, uno dopo l'altro: prima Checco, poi Armando, e Dolfo e Gusto e poi, da ultimo, Floti, che si era beccato una scheggia in un polmone ma era riuscito a cavarsela perché i Bruni avevano la pelle dura. Ma Giovanni Bruni se n'era già andato, non potendo sopportare il dolore del momento in cui i carabinieri sarebbero venuti a recare un messaggio con le condoglianze di un generale, e una medaglia da appendere in cucina in un quadro vicino al camino fumoso.

La vita ricominciò pian piano come un tempo all'Hotel Bruni. I due figli che non erano ancora sposati presero moglie e così la famiglia, un poco alla volta, raggiunse il rispettabile numero di venticinque persone. La Clerice teneva saldamente il mestolo in pugno e le nuore al loro posto, evitando così che ci fossero divisioni e invidie nella famiglia. Ma non era cosa semplice, né facile. Il suo prediletto era il Floti, perché era il più intelligente e perché in guerra si era beccato una scheggia in un polmone e non poteva fare lavori pesanti in campagna.

Per questo aveva deciso che lui andasse al mercato e facesse gli interessi per tutta la famiglia pur sapendo che la cosa avrebbe suscitato invidie, più che negli altri fratelli, nelle loro mogli, che si sarebbero sentite in condizione inferiore.

Erano tutti pronti a criticarlo se appena rischiava di commettere un errore. Una volta tornò dal mercato con una cavalla magra rifinita da far pietà. E tutti gli saltarono addosso dicendo che aveva buttato i denari e che quel brocco non si sarebbe mai ripreso. Ma il Floti sapeva il fatto suo. Cominciò a darle biada con vino e uova sbattute e ben presto la cavalla drizzò le orecchie. Non passò un mese che il Floti la tirò fuori dalla stalla, strigliata di fresco, con il bel mantello baio lustro e liscio come la seta, le froge umide e vellutate, gli occhi vigili, le orecchie dritte come lame e l'attaccò al calesse per fare un giro in paese. La Clerice, con le mani incrociate sul grembiule, lo stava a guardare compiaciuta e diceva: «Avete visto il Floti?». Quando la vendettero, presero tanti soldi che pagarono tutti i debiti dell'annata.

Si raccontava che i Bruni avessero avuto, una volta, la più grande opportunità della loro lunga storia. Un giorno il postino aveva recapitato una lettera di un avvocato di Genova che comunicava loro che un prozio di ramo materno era morto lasciando la loro madre unica erede del suo patrimonio. Il solo denaro contante sarebbe ammontato all'incredibile cifra di un milione di lire. Tanto era stato speso in quegli anni per costruire la gigantesca chiesa parrocchiale a tre navate in stile neoeclettico.

I Bruni tennero consiglio sul da farsi dal momento che l'avvocato, nella sua lettera, chiedeva che la Clerice si recasse a Genova per firmare tutte le carte. Raffaele, chiamato Floti, era il più istruito di tutti perché era quello che andava al mercato, e sostenne subito l'idea che la madre dovesse partire per Genova, ma si trovò tutti contro.

«Chissà dov'è Genova!» diceva uno.

«E quando si è là, dove si dorme, dove si mangia?»

«In albergo si mangia» diceva il Floti «e si dorme anche, comodi come un papa.»

«Sì, ma chissà quanto costa» diceva un altro ancora.

«Ma con i soldi dell'eredità paghiamo altro che albergo!» insisteva il Floti.

«E se poi non c'è niente ed è tutto un imbroglio?» disse un

altro. «I cittadini ci sguazzano a prendere in giro i contadini e la gente di campagna che non sa di mondo.»

Il Floti cercò di informarsi su quanto costava un biglietto del treno e la pensione completa per alcuni giorni in albergo e propose ai fratelli di mettere fuori un tanto per uno. «È un investimento» insisteva.

Ma non ci fu nulla da fare. La Clerice non si presentò e alla fine l'eredità andò al governo.

Così si raccontava, per lo meno, anche se la storia aveva dell'incredibile. In ogni caso, non fu quella la sola opportunità che i Bruni si lasciarono scappare.

Le capacità del Floti non erano soltanto evidenti in casa ma anche fuori, però finché ebbe famiglia preferì occuparsi delle faccende domestiche. Le cose cambiarono molto quando l'epidemia di spagnola si portò via sua moglie lasciandogli due bambini piccoli di cui si occuparono la madre e la sorella Maria da quel momento in poi.

Rimasto vedovo ancora molto giovane, cominciò a frequentare amici che si occupavano di politica, benché la Clerice cercasse in ogni modo di dissuaderlo. «Lascia perdere la politica che non è roba per i poveretti» continuava a dirgli, ma il Floti non le dava ascolto.

«Le cose cambiano, mamma. Non è più come ai vostri tempi che comandava il papa. Adesso c'è il partito, c'è la lega. La gente che lavora vuole i suoi diritti.»

Era socialista come tutti quelli che vivevano sotto padrone e sapevano bene che il pane del mezzadro o dell'operaio aveva sette croste. Diventò addirittura vicesindaco, ma una volta nell'amministrazione il Floti commise non pochi errori e non poche ingenuità, come quella di requisire grano e altre derrate alimentari agli agrari per distribuirle al popolo. Fermava con i suoi amici i carri che andavano in città e chiedeva: «Dove portate questa roba?».

«Al mercato» rispondevano. E lui: «Portatela invece in casa del tale e del tal altro, che non hanno nulla da mangiare».

La cosa sapeva di rivoluzione e i fascisti che cominciavano a essere numerosi e sempre più agguerriti non tardarono ad accusarlo apertamente e a minacciarlo. Sui muri del paese cominciò ad apparire la scritta: "A morte il Bruni".

Un giorno arrivarono i carabinieri e lo portarono via. La Clerice si dava alla disperazione e continuava a dire: «Non ha fatto niente di male: perché me lo portate via?». E lui che diceva: «Non vi preoccupate, mamma, vedrete che tornerò». E invece non tornò per un bel pezzo. Un suo avversario in paese, che si era ferito accidentalmente maneggiando la pistola che teneva in tasca, lo accusò di tentato omicidio e il giudice, cui era già stato presentato come reo di attività sovversive, lo fece rinchiudere nel carcere di Reggio.

Ogni due settimane la Clerice prendeva con sé la figlia più piccola, la Maria, e il garzone come scorta; andavano in barroccio fino alla stazione del treno che distava sette chilometri e di là proseguivano fino a Reggio. Gli portavano dei pacchi con la biancheria pulita, i vestiti rammendati e roba da mangiare. E il Floti divideva sempre quello che gli portavano con i suoi compagni di cella, tutti "politici" come lui. La Clerice non diceva nulla, ma dentro di sé pensava che i giovani non vogliono dare ascolto ai vecchi ma sbagliano perché i vecchi la sanno più lunga. I giovani vogliono fare i loro sbagli da soli, rompersi la testa da soli, e anche quando se la sono rotta sono convinti ugualmente di aver avuto ragione a fare quello che hanno fatto.

A casa, intanto, le cose andavano male per tanti motivi. La famiglia era quasi sotto assedio, ma non aveva modo di difendersi dalle accuse, che le venivano da più parti, di avere allevato nel suo seno un poco di buono. Al tempo stesso la mancanza del Floti peggiorava la situazione. Gli altri fratelli litigavano fra di loro sempre più spesso e se la prendevano con il Floti perché aveva voluto mettersi in politica e così aveva tirato nei guai tutta la famiglia che non c'entrava. C'era addirittura il pericolo che il padrone gli desse commiato e li buttasse tutti in mezzo a una strada dopo cento anni che lavoravano il podere. Per fortuna però il padrone era ammalato e aveva altre cose per la testa che pensare alle disavventure giudiziarie del Floti.

La Clerice aveva del bello e del buono a tenere insieme la famiglia e a difendere il figlio assente.

«È vostro fratello e vi ha sempre voluto bene» diceva. «Ha sempre fatto gli interessi della famiglia; quando tornava dal mercato aveva un regalo per tutti, non faceva differenze fra le cognate e la sorella, per non creare dei permali. Dovreste vergognarvi a parlare male di lui che per di più è in prigione e non può nemmeno difendersi. Che l'abbiano condannato i signori, pazienza, ma che vi ci mettiate anche voi che siete poveretti come lui e che avete anche lo stesso sangue, è una bella vergogna.»

I mugugni cessavano intorno alla tavola a ora di pranzo, ma riprendevano nei campi dove anche la Maria, benché fosse una ragazza, doveva seguire i fratelli al lavoro. Così veniva su più come un maschiaccio che come una ragazza, ma la domenica, quando si metteva il suo vestito della festa per andare alla messa, erano più d'uno i giovanotti che giravano la testa, e qualcuno dei più intraprendenti la seguiva per la strada e si spingeva fino a chiederle: «Signorina, si contenta che le faccia compagnia?». Ma lei era scontrosa e rispondeva sempre: «Vada di lungo che non ho nessun bisogno della sua compagnia».

In realtà la Maria ce l'aveva un giovanotto che le piaceva, ma non osava dirlo alla madre né ai fratelli perché era anche più povero di loro e per giunta era brutto come la fame, ci sentiva poco perché aveva avuto un'otite trascurata da ragazzo e perdeva i capelli a chiazze come se avesse una qualche bestia che glieli mangiava. Aveva però anche delle gran belle qualità: era forte come un toro e buono come il pane, e sapeva parlare come nessun altro al paese. D'inverno, quando nevicava e le notti erano lunghe, la gente lo chiamava a trebbo nelle stalle: «Fonso, se venite facciamo i castagnacci». Oppure, chi poteva: «Si frigge un bel galletto e si beve un bicchiere insieme». E Fonso non si tirava indietro.

A volte cominciava poco dopo il tramonto a raccontare una storia e finiva nel cuore della notte con la gente che stava ad ascoltarlo a bocca aperta senza fiatare.

Le soste e gli intervalli li stabiliva lui. Quando nominava il re, per esempio, era segno che bisognava versargli un bicchiere di vino. Gli amici più poveri cercavano di andargli dietro perché così un bicchiere di vino c'era anche per loro. E nel bel mezzo di una storia intensa e avvincente, ma che tirava troppo per le lunghe, gli davano di gomito di nascosto e bisbigliavano: «Nomina il re, che abbiamo sete».

Di solito raccontava favole, ma spesso, anche in dialetto, i romanzi che aveva letto facendoseli prestare dal padrone o comprandoseli di tanto in tanto con i suoi risparmi.

Guerra e pace di Tolstoj prendeva tre sere consecutive, *I lavoratori del mare* di Victor Hugo due; *I tre moschettieri* e *Il conte di Montecristo* di Dumas se la cavavano in una sola serata.

Per ricompensa c'era chi gli dava un salame, chi un galletto, chi della legna da ardere. Gli dicevano: «Fonso, il tronco più grosso che riesci a caricarti in spalla e a portare a casa è tuo». E lui sorrideva come per dire "vedrete che le spalle non saran da meno della lingua". E quando aveva finito la sua narrazione e tutti andavano a letto, lui usciva nel cortile e si caricava sulle spalle il tronco più grosso che poteva sollevare e a piedi, in mezzo alla neve, se lo portava a casa per chilometri.

Una sera di metà inverno, proprio mentre Fonso raccontava una delle sue favole nella stalla, entrò il Floti.

Aveva la barba lunga e gli occhi lucidi e fondi. Il narratore smise di raccontare, la Maria gli saltò al collo e la Clerice si asciugò gli occhi con le cocche del grembiule. Gli altri non seppero che dire perché era chiaro che usciva di galera, ma Fonso gli andò incontro con la fiasca del vino e un bicchiere e gli versò da bere. «Come va, Floti?» gli disse. E lui: «Bene, adesso che sono a casa». Poi chiamò suo fratello Checco, il primo che era tornato dalla guerra, e uscì nel cortile illuminato dalla luna. Si fece raccontare tutto sui due piedi, anche se c'era un freddo da battere i denti: come stavano le cose, chi aveva parlato bene e chi aveva parlato male di lui in sua assenza e venne anche a sapere che la Maria faceva l'amore con Fonso, il contafavole.

«Di questo parleremo più avanti» disse, ma era abbastanza chiaro che la cosa non gli andava a genio e che per sua sorella aveva pensato a qualcosa di meglio.

Il processo si era risolto a suo favore perché il suo accusatore non aveva pensato di distruggere la giacca che indossava, quando, a suo dire, il Floti gli aveva sparato. Quando il giudice vide il corpo del reato non gli ci volle molto a capire che il colpo era partito dall'interno della tasca e non dall'esterno, e mandò assolto il Floti.

Tornando a casa Floti si era illuso che le cose potessero tornare come prima, ma si sbagliava. Nell'arco di tempo che aveva trascorso in galera quasi tutto era cambiato. Cercò di riprendere le redini della casa e gli si presentò una grande occasione: il padrone era morto e gli eredi non ne volevano sapere di occuparsi di terra, di canapa e di frumento, e fecero sapere che erano disposti a vendere. Il Floti si informò e vide che il prezzo era buono, anzi, visto che si trattava di un podere di cento tornature, uno dei più grandi di tutto il paese, si poteva dire che lo davano via per un pezzo di pane.

Riunì i fratelli e disse: «Compriamolo: lo pagheremo in sei o sette anni, non di più, e poi ci sarà da star bene per tutti». Anche la Clerice, di solito molto prudente in questioni di quel genere, era dalla parte del Floti. Pensava alla buon'anima del marito Giovanni: cosa avrebbe mai pensato lassù in cielo vedendo che i Bruni, dopo cento anni da contadini, diventavano proprietari terrieri, nientemeno!

Ma i fratelli reagirono alla proposta con assai scarso entusiasmo. Chiesero di pensarci su, che non era mica una cosa da decidersi così, sui due piedi, che centomila lire non erano poi mica uno scherzo. Il Floti insistette, cercò di far capire loro che l'occasione era unica e che non si sarebbe mai più ripresentata. «Nessuno potrà mai più minacciarci di darci commiato» diceva. «Saremo finalmente sulla nostra terra, per sempre. Pensateci bene prima di prendere una decisione.»

I fratelli si riunirono per conto loro e discussero a lungo e anche questo dispiacque molto alla Clerice perché voleva dire che la famiglia ormai era spaccata e assai difficilmente si sarebbe potuta ricomporre.

Quando ebbero finito di consultarsi, la risposta risultò negativa: non se ne faceva nulla. «Ma perché?» chiedeva il Floti. «Ma perché? È una pazzia, date un calcio alla fortuna.»

Dolfo, il più vecchio, era stato incaricato di fare da portavoce e disse: «Sono troppi soldi, dovremo indebitarci con la banca per i tre quarti della somma da pagare e non siamo per niente sicuri di farcela. E se viene una grandinata e perdiamo il raccolto di un anno, come facciamo a pagare la rata e gli interessi? Tiriamo avanti così. In fondo un piatto di minestra e un bicchiere di vino non è mai mancato a nessuno. Anche il povero babbo diceva sempre che non si deve fare il passo più lungo della gamba».

In realtà la ragione vera per cui i fratelli dissero di no fu che tutti, più o meno, pensavano che, se si fosse comprato il podere, il Floti sarebbe stato il vero padrone: lui avrebbe fatto gli interessi, lui sarebbe andato al mercato con il calesse e la cavalla, sempre vestito di nuovo con i pantaloni e la giacca di velluto, con la scusa che aveva una scheggia in un polmone e non poteva fare degli sforzi. Gli altri avrebbero dovuto sgobbare in campagna sotto il sole d'estate ad affastellare mannelle di canapa e covoni di frumento e, d'inverno, a potare le viti con il freddo e la galaverna. E questa era una cosa che non andava a genio né a loro, né, tantomeno, alle loro mogli, che li insolfanavano e soffiavano sul fuoco ogni volta che potevano.

Quando venne a sapere di questa faccenda, Fonso, che sapeva di lettere e aveva letto i libri di storia, disse che la cosa gli faceva venire in mente l'apologo di Menenio Agrippa, ma nessuno gli fece caso e questo Menenio Agrippa, poi, nessuno l'aveva mai sentito nominare.

A dire la verità, non si poteva biasimare del tutto Dolfo se aveva risposto in quel modo, perché forse non aveva tutti i torti: in giro c'era della gran miseria. Ma sta di fatto che quella fu davvero l'ultima occasione per i Bruni di fare fortuna e di mettersi in mezzo alla gente che contava. Da quel momento in poi le cose per loro andarono di male in peggio.

Floti si era messo in testa che la Maria non doveva far l'amore con Fonso, che non era adatto per lei, brutto com'era, con pochi capelli e mezzo sordo, e siccome la Maria non ne voleva sapere e per il suo Fonso si era messa contro anche al suo fratello prediletto, Floti decise di mandarla via in modo che se lo togliesse dalla testa. Come dice il proverbio: "Lontano dagli occhi, lontano dal cuore". I Bruni avevano la Rosina sposata a Firenze, e così Floti le scrisse spiegandole che c'era questo giovanotto così e così, un gran galantuomo, per l'amor di Dio, ma che non era adatto per la Maria, per cui si era pensato di mandarla là da lei a passare qualche tempo fin che se lo fosse levato dalla testa. La ragazza era brava come il sole e si sarebbe resa utile aiutando in casa. Oltre a questo avrebbe anche potuto imparare l'italiano, che a Firenze lo parlano tutti e nella vita può sempre servire.

La Rosina rispose che l'avrebbe presa ben volentieri e che la mandassero quando volevano.

Quando la Maria venne a sapere che avrebbe dovuto partire per Firenze, che era come dire in capo al mondo, si mise a piangere disperata e non c'era modo di consolarla in nessuna maniera, ma Floti era irremovibile e aveva già fissato il giorno della partenza.

Anche Fonso fu informato della cosa. Gli fu detto che non c'era niente di personale, che nessuno ce l'aveva con lui, anzi, che tutti gli erano grati per tutte le volte che era venuto a dare una mano in campagna a battere la canapa nell'ora del mezzogiorno quando c'era da schiattare per il caldo e la fatica o a prenderla su dal macero quando pesava come il piombo inzuppata d'acqua e scivolosa per le alghe. Ma la Maria era un'altra cosa; amici come prima, ma di imparentarsi a quel modo non se ne parlava nemmeno.

Fonso mandò giù il boccone amaro ma senza rassegnarsi. Non protestò, non recriminò. Disse solo: «Noi ci vogliamo bene, fate uno sbaglio grosso. Chi vi dice che sarà più contenta con un altro? E se uno nella vita non è contento, tutto il resto non conta. Ricordatevi che potreste rovinarla dandole uno che va bene a voi ma che non va bene a lei, e non sarebbe la prima. In ogni caso la responsabilità è vostra. Io sono povero ma galantuomo. Ho due buone braccia e un lavoro fisso. Mi conoscete, sapete chi sono. Non è poco al giorno d'oggi». Se ne andò perché la voce cominciava a tremargli e non voleva farsi compatire, ma mentre usciva dal cortile per tornare a casa lo videro che si asciugava gli occhi con il rovescio della manica.

La Maria non poteva più vederlo, ma riuscì lo stesso a fargli arrivare un'ambasciata. C'era una sua amica che andava a lavorare nella tenuta dove Fonso era bracciante fisso. Gli fece sapere che il giorno della sua partenza era vicino e che non sapeva quando sarebbe tornata. Bella grazia se la facevano tornare per Natale ma non era detto, e poi si era solo d'agosto e tutto quel tempo le sarebbe parso l'eternità del purgatorio e dell'inferno messi assieme. Gli fece dire di venire la sera dopo in fondo al podere dove c'era il filare dei loppi che lei era là a fare la foglia per le bestie.

E Fonso andò mentre cominciava a farsi scuro. Non aspettò che lei scendesse, salì anche lui arrampicandosi per il tronco e per i rami. Fecero l'amore sulla pianta come una coppia di passeri e poi piansero abbracciati insieme e giurarono che non si sarebbero lasciati mai e che nulla e nessuno li avrebbe mai potuti separare.

Ormai in giro si era sparsa la voce che Floti era tornato e c'era chi gliel'aveva giurata e voleva fargliela pagare a quel sovversivo. La resa dei conti non tardò molto e quello che fu il più grande disastro nella storia dei Bruni accadde proprio pochi giorni prima di Natale, come era successo anche quando era morto il vecchio.

Era già terminata la Novena e la Clerice finiva di preparare l'impasto per il panone di Natale e per le raviole: farina, miele, uva secca, frutta candita e sapore. Erano tutti a letto perché era molto tardi, ma lei ormai non aveva più gran bisogno di dormire e la sera era sempre l'ultima a coricarsi, il mattino la prima ad alzarsi e a governare le galline e le oche.

A un tratto tese l'orecchio perché le sembrava di udire delle grida e della gente che cantava in coro. Non si sbagliava e il coro divenne più vicino e più distinto. Cantavano: «Allarmi siam fascisti!». Da tempo era abituata a vedere squadre di quella gente andare in giro a bastonare chi non la pensava come loro, ma quella sera il cuore le diceva che ora sarebbe toccato ai Bruni. Salì in fretta al piano superiore con una candela in mano e svegliò il Floti: «Vattene via subito che ci sono i fascisti!» gli disse scuotendolo. Il giovane si alzò a sedere sul letto: «Ma cosa dite, mamma?».

Intanto il canto si faceva sempre più vicino.

«Mi credi, adesso?» disse la Clerice. Floti s'infilò i pantaloni, si buttò sulle spalle un pastrano e scese le scale. Sua madre gli legò una sciarpa attorno al collo perché non prendesse freddo con quell'aria da neve che c'era fuori e lo fece scappare dalla porta di dietro. Appena in tempo. Poco dopo si sentì un gran sferragliare e poi un vociare confuso. Erano arrivati nel cortile e scendevano dal camion, un vecchio Diciotto BL che s'era già visto in altre occasioni. Erano un gruppo di un paese vicino alle colline, i più esaltati e i più violenti.

«Consegnateci il Bruni!» gridò uno. E la Clerice sapeva bene che quando dicevano "il Bruni" intendevano il suo Floti.

«Non c'è!» gridò la Clerice uscendo nel cortile. Ma quelli le diedero una spinta e la buttarono a terra. Intanto si erano svegliati anche gli altri uomini. Le donne, in camicia da notte, avevano preso i bambini e li avevano portati in cantina dove stavano più al sicuro.

«Come non c'è,» disse una delle donne «l'ho visto io andare a letto.» Ma gli altri uomini la fulminarono con lo sguardo: «Se la mamma ha detto che non c'è, vuol dire che non c'è».

«Consegnatecelo o diamo fuoco alla casa e vi mandiamo tutti arrosto!» gridò un altro brandendo una torcia accesa. Gli altri gli passavano vicino a uno a uno e accendevano le loro torce dalla sua. In breve il cortile apparve illuminato. Tutti indossavano la camicia nera e gli stivaloni e portavano giubboni di pelle o cappotti militari.

Le donne, rifugiate in cantina, avevano sentito e piangevano di paura, ma in silenzio per non spaventare i bambini.

«Per l'amor di Dio!» gridò Dolfo. «Quello che cercate è Floti, ma non c'è! Questa notte non è rientrato.»

«Balle!» gridò un altro degli assedianti. «Mandatelo fuori o diamo fuoco alla casa! Questo è l'ultimo avvertimento.»

«Che facciamo?» disse Checco ai fratelli.

«Nulla» disse la madre. «Non c'è nulla da fare. Dobbiamo solo sperare che ci credano.»

«Se ci fosse, ve lo diremmo» gridò Checco «per salvare la famiglia e la casa!»

«Venite dentro a vedere, se non ci credete!» gridò Armando.

Quello che sembrava il capo lo prese in parola ed entrò assieme ad altri sette o otto. Corsero al piano superiore, scesero in cantina dove le donne e i bambini si strinsero tremando in un angolo. Non trovarono nulla. Erano furenti.

«Vogliamo lasciarci prendere in giro da questi sovversivi?» disse uno.

«Diamogli una lezione!» gridò un altro. «Che si diano una regolata!»

«Ma sì» gridò un altro ancora. «Bruciamogli la casa, così imparano.» Ma anche fra di loro c'era qualcuno di buon senso. Un ragazzo in gamba, ben conosciuto in paese: «Non possiamo mettere in mezzo a una strada donne e bambini che non ne hanno colpa» disse. «Fra qualche giorno sarà Natale, volete che muoiano dei bambini dal freddo?»

«Allora bruciamogli la stalla!» gli rispose il compagno.

«Sì, sì, bruciamogli la stalla!» risposero gli altri.

I Bruni non volevano crederci, ma dovettero guardare impotenti le camicie nere avvicinarsi alla stalla e gettare le torce sul fienile che era pieno zeppo di balle di paglia e di fieno ammucchiato.

Il fuoco divampò immediatamente alimentato da tutto quel combustibile e le fiamme si alzarono crepitando fino alle travi del soffitto, di vecchia quercia stagionata.

I fascisti erano sicuri che nulla e nessuno avrebbe mai potuto spegnere quell'incendio e se ne andarono sul loro Diciotto BL a fare guai da qualche altra parte.

I Bruni rimasero per un poco in mezzo all'aia attoniti. Il ruggito delle fiamme si confondeva ora con i muggiti di terrore del bestiame incatenato all'interno della stalla: diciassette paia di giganteschi buoi chianini e romagnoli che erano il vanto della famiglia al tempo dell'aratura.

«I buoi» gridò Checco. «Bisogna liberarli o bruceranno vivi!» e si buttò in avanti verso il bagliore accecante.

La Clerice gridò: «No, per l'amor di Dio! Ormai non c'è più niente da fare per quelle povere bestie. La stalla vi crollerà in testa».

Ma era tutto inutile. Checco aveva raggiunto l'abbeveratoio, aveva rotto il ghiaccio con il manico di un badile, vi aveva inzuppato la giacca e poi se l'era buttata in testa e sulle spalle, slanciandosi subito dopo dentro la stalla in fiamme.

Vedendo il fratello prendere l'iniziativa, anche gli altri corsero uno dopo l'altro dietro di lui mentre la madre, disperata, si lasciava cadere in ginocchio in mezzo all'aia gemendo: «Per l'amor di Dio, per l'amor di Dio, Madonna aiutali, aiutali...».

La stalla non bruciava ancora perché la massa delle fiamme stava divorando la barchessa e la parte del tetto che la sovrastava, ma lingue di fuoco già penetravano dalle connessure dei travi e l'intero ambiente era invaso dal fumo. I buoi, impazziti di terrore, scalpitavano e scalciavano, muggendo disperatamente. Alcuni tentavano di strappare la catena che li legava alle poste, ma scivolavano sul pavimento umido dei loro escrementi e cadevano rovinosamente, si rialzavano, cadevano di nuovo.

Dolfo e Gusto si precipitarono ad aprire la porta in fondo per creare corrente e diradare almeno un po' il fumo, poi tutti quanti si gettarono nelle poste tentando di sciogliere i buoi. Era un'impresa quasi impossibile, perché le bestie tiravano con tutta la loro forza all'indietro e in quel modo non si riusciva a far passare il fermo attraverso l'anella di fissaggio e a liberare la catena. Ma poi, un po' con le urla, un po' con qualche colpo di bastone, gli animali furono prima spinti verso le poste, e poi, con gesto fulmineo, slegati. Quelli già liberi si slanciarono al galoppo fuori nel cortile ormai illuminato a giorno dalla vampa dell'incendio. Passarono come furie in mezzo alle donne che fissavano inebetite quella tragedia e si dispersero nei campi.

I travi del soffitto, ormai completamente bruciati, cominciavano a cadere uno dopo l'altro sollevando turbini di faville che salivano verso il cielo gelido e stellato. La Clerice si avvicinò alla porta della stalla e cominciò di nuovo a gridare: «Basta! Basta! Venite fuori o morirete tutti». In quel momento uscirono al galoppo altri animali mentre alcuni travi del soffitto della barchessa crollavano con fragore provocando un vortice di scintille e di fumo che si gonfiò come una palla di fuoco e poi si disperse in mille lingue fiammeggianti nel buio della notte.

«Il Nero! Manca il Nero!» gridò Checco che aveva visto e contato tutte le bestie che erano uscite al galoppo.

«No, no!» implorò la madre piangendo. «Se vai dentro, questa volta non ti salvi.»

Troppo tardi: Checco aveva già messo la testa e il tronco nell'acqua gelata dell'abbeveratoio, vi aveva inzuppato un tabarro e se l'era avvolto addosso, poi si era gettato così dentro alla stalla.

Il Nero era un colosso di più di una tonnellata, di mantello incredibilmente scuro, alto al garrese più di un uomo e con una tale energia che c'era stato più di una volta il sospetto che il castrino non avesse fatto con lui del tutto bene il suo mestiere.

Quando d'inverno si faceva la rotta, lui era sempre solo davanti al tiro a sei che trascinava l'enorme poiana e i bambini accorrevano a frotte al suo passaggio gridando: «Il Nero! Il Nero!». E balzavano tutti sopra la poiana che affondava nella neve alta così e la divideva in due grandi onde che si abbattevano sui margini della strada.

Ora il Nero era solo in mezzo a un inferno di fiamme, di fumo e di faville, puntava le zampe alla posta e tirava indietro a gran strattoni facendo tremare tutto il muro della greppia. La catena era mezzo divelta, ma tirando così l'animale si strangolava in un'aria già di per sé irrespirabile. Checco si rese conto che mettere le mani in quella catena per sfilare il fermo avrebbe significato farsele tranciare di netto dall'animale ormai esausto ma ancora immensamente potente e pazzo di paura e di dolore.

Gridò con tutta la sua forza: «Oooh! Ooooh, Nero! Buono! Buono!» e cercò di avvicinarsi. Il soffitto sopra di loro fece udire un crepitio sinistro e Checco fu per scappare dalla porta di dietro, ma in quell'attimo vi si stagliò nel bagliore delle fiamme una figura che impugnava un palanchino di ferro massiccio: «Fatti in là che ci vuole questo».

«Floti!» disse Checco. «Andiamo via che crolla tutto!» Ma Floti era già sulla posta del Nero, infilò il palanchino nell'anella e con un colpo secco la divelse dal muro. Il Nero la strappò via con un ultimo strattone e si gettò al galoppo per il corridoio.

Uscì muggendo il Nero con la catena che gli penzolava fra le zampe anteriori, e dietro di lui Checco, e un attimo dopo l'intero edificio crollò suscitando un'ultima, enorme eruzione di fiamme, fumo e scintille che fu vista dappertutto.

«Bruciano i Bruni!» gridavano in paese i nottambuli che rientravano a tarda notte dall'osteria della Bassa. E la gente balzava dal letto e si faceva alla finestra: «Chi è che brucia?».

«I Bruni! Correte, andiamo a dare una mano!»

Ma pochi misero il naso fuori dalla porta. Era freddo ed era tardi "E poi", pensarono in molti, "ora che arriviamo il fuoco si è già mangiato tutto".

Corse Fonso, benché abitasse abbastanza lontano e arrivò in bicicletta ansimando con un secchio in mano, ma ormai non c'era più niente da fare. I Bruni stavano in piedi e in silenzio sull'aia nei bagliori dell'incendio morente. Le donne piangevano tenendosi stretti i bambini impauriti. Dalla campagna tutto intorno si levava il muggito lamentoso dei buoi che vagavano nel buio.

Fonso lasciò cadere il secchio in terra e disse: «Fatevi coraggio. Vi hanno lasciato la casa e la vita e avete salvato i buoi. Al resto si rimedia sempre. Domani tornerò, dopo che ho finito di lavorare, a darvi una mano. Fatevi coraggio che siete tutti vivi».

Inforcò la bicicletta e ripartì nella notte. Nessuno era venuto ad aiutare i Bruni, nessuno di quelli che la domenica erano sempre lì a giocare a bocce e a bere vino, nessuno di quelli che tante volte si erano seduti nella stalla a mangiare e a bere il bel vino rosso che spumava nei bicchieri.

«Floti mi ha dato una mano nella stalla» disse Checco «per slegare il Nero, ma poi è scappato via mentre cadeva tutto. Sarà in campagna nelle stoppie della spagnara o del formentone...»

Floti da quella notte si mise a dormire nel casotto del pozzo per non farsi sorprendere a letto. Aveva capito che gliel'avevano giurata e che prima o poi si sarebbero rifatti vivi.

Quella notte Fonso se ne tornò a casa con le lacrime agli occhi: non solo perché la Maria era lontana, a Firenze, e chissà quando mai sarebbe tornata, ma anche perché era bruciato l'Hotel Bruni, quella stalla grande come una chiesa dove d'inverno dormiva tanta povera gente, ed era stato proprio un miracolo che quella volta non ci dormisse nessuno. Quella stalla in cui tante volte era stato seduto fino a tarda notte a chiacchierare e a raccontare favole, dove si era innamorato della Maria, e lei di lui. Sentiva che il rogo dell'Hotel Bruni segnava la fine di un'epoca povera ma felice; che il paese, la gente e forse il mondo intero non sarebbero stati più gli stessi.

Si coricò tardi e stentò a lungo a prendere sonno, anche perché la Maria non gli scriveva da un bel po', nemmeno una cartolina, e temeva che si fosse dimenticata di lui. "Lontano dagli occhi, lontano dal cuore" dicono. E poi, chissà, qualche giovanotto di città con quella bella chiacchiera sciolta da toscanino poteva averle fatto girare la testa. Sospirò a lungo prima di cadere addormentato d'un sonno greve e agitato.

La Maria non si era certo innamorata di un altro, ma le era capitata una disgrazia ben peggiore.

I primi tempi che era arrivata a Firenze non faceva che

piangere perché aveva nostalgia della casa, dei suoi fratelli e soprattutto del suo Fonso, e la sorella cercava di consolarla in ogni modo ma senza gran risultato. Una sera le disse di mettersi il vestito buono e di pettinarsi bene i capelli che l'avrebbe portata, nientemeno, all'opera. La Rosina voleva che la ragazza si abituasse alle buone maniere e prendesse su le abitudini di città. Chiamarono addirittura un landò per andare a teatro e lei aveva un bel vestito stretto di organza che frusciava a ogni movimento e un cappellino con le piume che era una meraviglia.

Davano *Cavalleria rusticana*, ma la Maria dopo un po' si annoiava a morte a vedere quei cantanti che strillavano senza che si capisse niente di quel che dicevano. A un certo punto si rivolse alla Rosina e le disse: «Non sarebbe meglio andare a vedere i burattini?». La sorella le fece certi occhiacci e si portò il dito alle labbra come per dire "Taci, che se qualcuno ti sente chissà cosa dice e ci facciamo compatire". La Maria se ne stette zitta, ma dopo un poco si addormentò sulla sua sedia e, quando l'opera fu finita, ce ne volle della bella e della buona per svegliarla e portarla fuori.

Passò qualche tempo senza che succedesse gran che, ma era chiaro che, se fosse rimasta a Firenze anche una vita, non si sarebbe mai scordata del suo Fonso, che anzi ci pensava ogni giorno e non faceva che scrivergli lettere anche se una lettera le prendeva un bel po' di tempo: fra gli sbagli che faceva, e le macchie, e le brutte copie e le belle copie, ora che ne aveva finita una era passata una buona settimana se non di più. Fra l'altro doveva scrivere di nascosto e solo nei ritagli di tempo.

I guai però cominciarono quando scoppiò in città l'epidemia di encefalite letargica che chiamavano la malattia del sonno.

La Maria si ammalò e dormì per otto giorni e otto notti. La sorella e il cognato fecero avvertire subito i Bruni al paese e intanto chiamarono un professorone dei più reputati in città che se ne prendesse cura, costasse quel che costasse.

Il professore, dopo che l'ebbe visitata, disse che non si prendeva nessuna responsabilità, ma che la ragazza era giovane e di fibra molto forte per cui pensava che avrebbe anche potuto cavarsela.

I Bruni, quando seppero che la sorella era in pericolo di vita, si dispiacquero molto ma ben presto presero anche a litigare dicendo che era stata colpa di Floti se la Maria si era presa quella malattia.

Intanto era venuta la primavera e quando la Clerice andava al Rosario al pilastrino dell'incrocio con le altre donne del vicinato c'era sempre chi le chiedeva dove stava Floti, che era tanto che non si vedeva. Lei rispondeva che era andato via e che anche lei ne riceveva notizie assai di rado. In realtà sapeva bene che in quei giorni era ricercatissimo e che se l'avessero preso l'avrebbero ammazzato com'è vero Dio.

In quei giorni Floti non poteva nemmeno più dormire nel casotto del pozzo perché certi amici, che stavano con i fascisti ma che gli volevano bene, gli avevano fatto sapere che una notte o l'altra avrebbero tentato di prenderlo. La madre, a una certa ora, gli portava da mangiare in campagna in mezzo a un campo di formentone, e poi lo faceva sdraiare e gli teneva la testa in grembo finché non si era addormentato. Restava così a occhi aperti e con le orecchie tese fino quasi all'alba, quando lui si svegliava e si allontanava per girovagare nei campi fuori dalla portata degli sguardi di chi gli voleva male.

Così però non si poteva andare avanti, e fu la Clerice stessa a dire a Floti che se ne andasse dove nessuno lo poteva più trovare.

La Maria guarì e tornò a casa sul finire dell'estate. La Rosina infatti aveva scritto alla Clerice dicendo che secondo lei era inutile che restasse di più, che per la convalescenza era meglio che lei tornasse a casa dove si sarebbe messa più di buon umore e le sarebbe tornato l'appetito, che adesso non aveva mai voglia di mangiare nulla e bisognava sforzarla per farle mandar giù qualcosa.

Il treno la lasciò nella stazione di Casalecchio in periferia della città e lei, non sapendo dove andare, fermò un signore di passaggio.

«Galantuomo,» gli disse «non saprebbe dirmi per caso dove posso prendere la corriera per andare a casa mia?»

«E dove sarebbe casa tua?» le rispose quel signore rendendosi conto di avere di fronte una contadinella inesperta.

Lei glielo spiegò e lui le disse dove poteva prendere la corriera, ma la cosa era talmente complicata che la Maria si rese conto che non ci sarebbe mai riuscita, che anzi si sarebbe persa in città e chissà quando mai sarebbe riuscita a tornare a casa.

Pensò che la cosa migliore era di mettersi in viaggio a piedi. E così si incamminò per la strada che passava fra la collina e la pianura, sicura che prima o poi sarebbe arrivata al paese. Aveva un bel vestitino di lanetta che le aveva comprato la sorella e le scarpe di pelle con i tacchi alti e non le passò nemmeno per la testa che quella non era la tenuta per fare un viaggio di quel genere a piedi. Ma era tanta la gioia di essere tornata, tanto bella la vista dei campi e della gente che vi lavorava, che già si sentiva piena di forza e di voglia di vivere. Da lontano si vedeva, sul suo colle, la basilica della Madonna di San Luca, e lei si segnò e disse tre Avemaria per ringraziarla di averla portata sana e salva.

Dopo sette od otto chilometri aveva i piedi pieni di vesciche, dopo altri tre o quattro aveva le scarpe piene di sangue e le caviglie che le facevano male. Ma aveva resistito fino a quel momento perché voleva presentarsi a casa ben vestita e in tacchi alti come una vera signorina di città, nel caso che ci fosse stato anche Fonso da quelle parti, visto che era ormai il tempo del mietere. Sapeva bene infatti che, se si fosse tolta le scarpe, non sarebbe mai più riuscita a metterle. Ma il dolore fu più forte della sua volontà. A un certo punto della strada si fermò, se le tolse e le buttò a tracolla dopo averle legate con una cordella. Da tempo però non era più abituata ad andare scalza fra le stoppie e aveva perso il callo sotto i piedi, per cui la ghiaia della strada le faceva un gran male. Si mise a camminare sul bordo dove c'era un po' d'erba e, in qualche modo, se la cavò.

Arrivò così, esausta, a sette chilometri da casa. Sudata, con i piedi sanguinanti e i capelli incollati alla fronte, si mise a sedere su un paracarro per riprendere fiato. Fu allora che un barrocciaio che passava seduto su un mucchio di sacchi di farina la riconobbe: «Maria, sei tu? Ma che ci fai qui?».

«Torno adesso da Firenze» disse la Maria. «Voi da che parte andate?» Per grazia di Dio il barrocciaio andava proprio al paese. Le fece segno di montare su e quello fu il colpo di grazia alla toilette della ragazza: le scarpe sformate dalla lunga marcia legate con uno spago e gettate a tracolla, il bel vestitino comprato a Firenze già tutto macchiato di sudore si impastò con la farina di cui erano coperti i sacchi, ma la ragazza non ci fece certo caso. In quel momento potersi sedere su qualcosa di abbastanza comodo e farsi trasportare anziché camminare sui piedi feriti e doloranti era una tale soddisfazione che il resto passò in secondo piano.

Il barrocciaio si fermò a scaricare i sacchi alla Compagnia, la fattoria da cui quella mattina presto aveva prelevato il frumento per portarlo al mulino, e poi proseguì fino al cortile dei Bruni. La Maria saltò giù e ringraziò e avrebbe anche voluto invitarlo dentro a bere un bicchiere di vino, ma qualcosa glielo impedì: dopo tanto tempo che mancava da casa si sentiva quasi in soggezione, come se fosse una forestiera.

Si diede giù alla bell'e meglio per togliersi la farina di dosso e avanzò nel cortile: in fondo, la stalla bruciata levava ancora verso il cielo i suoi pilastri anneriti dal fumo e i covoni di grano erano ammassati da una parte in una figna perché non c'era più la barchessa dove metterli, come negli anni passati. Le venne da piangere a vedere quello spettacolo. Anche per lei la stalla era quasi più importante della casa. Era là che ci si riuniva nelle lunghe serate d'inverno, a filare la canapa con il filarino e a chiacchierare, fra donne, di mariti e di morosi. Non c'era nessuno ad aspettarla e lei entrò in casa. C'era sua cognata, l'Ersilia, che rigovernava. Le chiese:

«La stalla è bruciata... Còm'è successo? E la mamma dov'è?»

«Maria, sei tu? Ma quando sei arrivata? Ma cos'hai fatto? Sei tutta conciata.»

«Sono arrivata poco fa» rispose. «Mi ha dato un passaggio Iófa il barrocciaio.»

«La mamma sta male» rispose l'Ersilia. «E la stalla ce l'hanno bruciata i fascisti, per colpa di Floti che faceva della politica. Da quando è successo la mamma si è fatta il sangue cattivo con la paura di quella notte e non si è più ripresa.»

La Maria salì le scale e raggiunse la camera della madre. La Clerice stava quasi seduta sul letto con due cuscini dietro la schiena e tirava il fiato con fatica. La stanza era immersa nella penombra.

«Mamma, come state?» disse la Maria, e corse ad abbracciarla. «Sono tornata. Sono stata ammalata anch'io, lo sapete?»

«Lo so, lo so» disse la Clerice con un filo di voce. «Ma tu sei giovane, ti riprenderai. Per me ormai è ora di piegare i tovaglioli.»

«Non dite così, mamma. Siete forte. Adesso che siamo di nuovo tutti insieme vi riprenderete. Sono sicura.»

«Per uno che torna, uno che parte...» disse la Clerice.

«Ma che dite, mamma... chi è che deve partire?»

«Tuo fratello Floti. Lo vogliono morto. Bisogna che parta, che vada lontano dove nessuno può trovarlo... Qui ormai non può più restare: se ne andrà lunedì.»

Alla Maria vennero le lacrime agli occhi, perché Floti era il fratello cui voleva più bene anche se non aveva voluto che lei facesse all'amore con Fonso.

Quella sera sedettero tutti a tavola. Anche Floti, benché fosse un rischio, perché era l'ultima sera che passavano uniti. Parlarono poco e di cose non molto importanti, come il tempo e la canapa. Per fortuna che c'era la Maria, che raccontò di quello che aveva visto a Firenze, che in una grande piazza c'erano delle statue di uomini nudi alti come una casa che gli si vedeva tutto, proprio tutto, ma che la Rosina le aveva detto che non bisognava farsene caso, che quella era arte e che gli artisti fanno quello che gli pare.

«È vero,» disse Checco «e poi non ti credere, statue di uomini nudi ne abbiamo anche noi a Bologna, come il Gigante che c'è in piazza in cima alla fontana che ha intorno delle donne mezzo donne e mezzo pesce che buttano acqua dalle tette.»

Ma anche quell'argomento non resse a lungo. Tutti continuavano a mangiare con la testa nel piatto.

«Che cosa avete intenzione di fare?» disse a un certo momento Floti. E intendeva "Che farete dopo che io me ne sarò andato e la mamma sarà morta?".

«Ognuno per sé e Dio per tutti» rispose Gusto.

«Sì, è l'unica cosa da fare» gli fece eco Dolfo.

«Tu lo vuoi ancora Fonso?» chiese poi alla Maria.

«Si capisce che lo voglio ancora. Ma non so se lui vuole ancora me.»

«Ti vuole, ti vuole» disse Armando. Come dire: "E come la trova un'altra come te, il contafavole?".

«Be',» disse Floti «meglio così. La Maria si sposa e gli altri... ognuno per la sua strada e tanti saluti.»

Guardò Armando, che era il più piccolo e il più mingherlino: chi l'avrebbe preso a lavorare a giornata con quel fisico? E dentro di sé diceva: "Ti verrà in mente quel prosciuttaccio che ti toccava mangiare quasi tutti i giorni in casa dei Bruni".

L'atmosfera era opprimente. Disse a un certo punto: «Be', io allora vado prima che sia troppo tardi; non vorrei farmi beccare proprio questa sera che è l'ultima. Allora, vi saluto. Buona fortuna».

«Buona fortuna anche a te,» disse Checco «ne hai bisogno.» Dolfo e Gusto si alzarono e in quel momento tutti si resero conto che anche l'anima dell'Hotel Bruni svaniva con il disperdersi della famiglia. Gli accennarono con la testa come per dire "Stai attento", ma non ebbero la forza di pronunciare una sola parola perché gli aveva preso il magone anche a loro e sentivano che, se parlavano, la voce gli avrebbe tremato.

La Maria invece si alzò e gli buttò le braccia al collo dicendo: «Scrivimi appena arrivi. Io verrò a trovarti, anche in capo al mondo, anche a piedi. Ti vorrò sempre bene».

«Anch'io te ne vorrò sempre» disse Floti. Le asciugò le lacrime e le fece una carezza: «Mi perdoni?».

«Non ho niente da perdonarti. Tu l'hai fatto perché mi volevi troppo bene.»

«È così» disse Floti. «Sposalo pure il tuo Fonso. È un bravo ragazzo... e sa raccontare belle storie... Ascoltare una bella storia è come sognare, ma poi bisogna svegliarsi e la vita... be', la vita è un'altra cosa. Non dimenticartelo questo.»

«Lo ricorderò...»

«I miei bambini...» e gli occhi si riempirono di lacrime benché la voce fosse ferma. «I miei bambini... te li affido, Maria. Non hanno più nessuno.»

Uscì dalla porta di dietro e sparì nei campi.

Il giorno dopo un amico gli diede un passaggio su un barroccio che andava a caricare della breccia e lo portò fino alla stazione di Casalecchio. Di là raggiunse la Garfagnana e si stabilì in un paesino che era stato semidistrutto da un terremoto. Imparò a fare il muratore anche se in vita sua non aveva mai preso in mano una cazzuola, perché era un uomo intelligente e una cosa gli bastava vederla una volta, per imparare. La Clerice tirò avanti fino a Natale: e fu una bella cosa perché la famiglia rimase ancora insieme nonostante tutto. La Maria fece le raviole e il panone e la sera della Vigilia cucinò i vermicelli col tonno e lo sgombro e comprò anche della stortina perché sentiva che forse quello era l'ultimo Natale che avrebbero fatto insieme. Pochi giorni dopo, fra Santo Stefano e l'Anno, la Clerice si aggravò e mandarono a prendere il prete. E mentre le amministravano l'estrema unzione lei era ancora lucidissima e diceva alla Maria: «Gran brutto segno quando ti ungono i piedi, figlia mia, gran brutto segno». E lo diceva con le lacrime agli occhi. «Non si è mai pronti ad abbandonare la vita, non credere... Ci sono tante cose che ci trattengono quaggiù... i nostri affetti... le nostre cose... i sacrifici che abbiamo fatto per costruire una vita decente... Tante cose...» Non arrivò a mattina. Morì piangendo perché doveva andarsene senza poter vedere il figlio che più aveva nel cuore.

Al funerale i figli non poterono portarla a spalla benché fossero in quattro, perché Armando era troppo basso e la cassa non sarebbe andata via pari. A Floti avevano deciso di mandare un telegramma solo dopo averla seppellita, perché non si mettesse in testa di lasciare il suo rifugio e di venire al funerale.

Fonso avrebbe voluto sposarsi appena terminato il periodo prescritto per il lutto, ma la Maria non poteva perché aveva la responsabilità dei nipotini. Passò quasi un anno e finalmente Floti si fece vivo: le mandò a dire che si era sistemato e che aveva trovato una donna. Una brava ragazza che si chiamava anche lei Maria e che era disposta a prendersi cura dei bambini. Le chiese dunque di portarglieli alla stazione di Bologna perché lui non poteva venire al paese.

In un mattino nebbioso di novembre la Maria li vestì con gli abitini più belli che avevano, li pettinò, mise alla bimba un bel nastro nei capelli, poi fece attaccare il cavallo dal garzone e partirono. Ormai li sentiva come suoi quei bambini e pianse per tutto il viaggio pensando di doversene separare. E il ragazzo, che si chiamava Corrado ed era il più grandicello, diceva, di tanto in tanto: «Che cos'hai, zia?».

Quando arrivarono alla stazione, Floti li abbracciò tutti e tre stretti stretti e li portò in un caffè a prendere qualcosa di caldo. Stettero insieme un paio d'ore, prima che venisse il tempo di ripartire, e la Maria guardava sempre il grande orologio sopra la stazione e le lancette che segnavano, minuto dopo minuto, l'approssimarsi della separazione più dolorosa, più triste forse, della morte stessa di sua madre. Quando venne il momento, la Maria scoppiò in un pianto dirotto, inconsolabile, e stette a guardarli mentre salivano in treno e si allontanavano. La nebbia li inghiottì subito e lei se ne tornò al biroccino stringendosi lo scialle attorno alle spalle. Non pronunciò una parola per tutto il viaggio di ritorno e il garzone, che era sempre innamorato di lei, diceva di tanto in tanto: «Fatevi coraggio, Maria». Ma anche lui aveva il magone. Sentiva che ora non c'erano più ostacoli al matrimonio della ragazza.

A San Martino i Bruni presero commiato e se ne andarono ognuno per la sua strada, perché ciò che li divideva era ormai più di ciò che li univa. Si dice che le mogli soprattutto avessero spinto per dividere la famiglia. A loro non era mai piaciuto di fare le contadine e gli sembrava che stare a pigione fosse già salire un gradino della scala sociale, ma gli uomini partirono con il cuore pesante perché si volevano ancora bene e ricordavano quanto erano stati felici vivendo insieme per tanti anni. Alcuni di loro avevano le lacrime agli occhi mentre lasciavano l'Hotel Bruni e chiudevano la porta dopo centovent'anni da quando la famiglia vi era entrata la prima volta.

Checco fu l'ultimo a lasciare il cortile: sembrava che non volesse prendere volta. Guardò lo scheletro annerito della stalla e pensò alle lunghe notti d'inverno quando la neve scendeva a grandi fiocchi e i buoi ruminavano tranquilli il fieno profumato, pensò alla grande cantina, vasta come una piazza d'armi, dove il bel vino rosso ribolliva nei tini enormi, pensò al rito allegro e sanguinario della macellazione del maiale, ai bei giorni freddi di gennaio, quando si conciava la carne per fare i salami e le salsicce.

La Maria se n'era già andata da due mesi e aveva chiesto lei al fidanzato di accelerare i tempi per il matrimonio perché non voleva vedere i suoi fratelli lasciare la casa degli avi. Lei e Fonso non avevano un soldo e comprarono a debito le reti del letto e i materassi. Avevano però un'abitazione nuova di zecca: un appartamentino nelle nuove case popolari che a loro sembrava una reggia. Ma i primi giorni stavano belli freschi perché il falegname non aveva ancora montato le imposte. Con quella scusa passarono tutto il tempo che poterono a letto, e la Maria si consolò così un po' dei suoi non piccoli e non pochi dispiaceri.

Si amarono per tutta la vita ed ebbero due figlie che si sposarono ed ebbero a loro volta dei bambini ai quali il nonno continuava a raccontare le sue favole meravigliose sempre cominciando con la stessa espressione formulare: «Dovete stare a sapere che c'era una volta...».

A parte Floti, che aveva un buon lavoro in Garfagnana, gli altri Bruni peggiorarono, chi più chi meno, la loro condizione. Dolfo riuscì a trovare un posto da contadino in un podere di un paese vicino e in qualche modo se la cavò, ma condusse per anni una vita stentata su una terra ingrata.

Gli altri tre facevano gli operai a giornata e vivevano a pigione in catapecchie del vecchio centro del paese. Armando, che era il più piccolo e mingherlino, era quello che più stentava a trovare lavoro, ma era talmente buffo e spiritoso a raccontare storie divertenti che la gente lo prendeva a giornata per ridere e stare allegra. Faceva debiti per tutto l'inverno sperando di pagarli l'estate, ma non gli era sempre possibile. Si era ridotto a vivere in un sottotetto dove pioveva quasi più dentro che fuori e dove dormivano tutti nello stesso letto, lui la moglie e i quattro bambini che vennero al mondo uno dopo l'altro perché si sa che a quel lavoro lì non si rinuncia mai, anche se si è poveri in canna e non si ha caldo nemmeno sotto la lingua.

Lui però non si disperava e anzi la prendeva dal lato comico. Diceva: «C'è una miseria in casa mia che i topi vanno in giro con le lacrime agli occhi». E la gente giù a ridere.

Quando veniva il tempo del mietere, Fonso, che era caposquadra in una grande azienda, cercava di inserirlo fra gli operai che andavano alla macchina, e cioè dietro la trebbiatrice.

Ad Armando piaceva, e anche Checco a volte ci andava. Anche se era un lavoro infernale, per giorni e giorni in mezzo alla polvere, alla pula e al locco, faceva loro ricordare di quando erano ancora in famiglia e quelli erano giorni di festa, con i bambini che ruzzavano nella paglia e stavano a guardare a bocca aperta la grande e bella macchina rossa piena di cinghie e di pulegge che dal di sopra ingoiava covoni e covoni, dalla bocca sputava la paglia e dal di dietro cacava bel frumento biondo e lucente. E poi c'era "l'asino" che andava su e giù con la testa dentata e imballava la paglia mentre la macchina da fuoco, tutta nera, sbuffava e soffiava dalla ciminiera e ingoiava gran palate di carbone nella fornace incandescente.

Quando scoppiò la seconda Grande Guerra i ragazzi che erano nati tutti assieme nell'Hotel Bruni e che poi erano cresciuti separati, ognuno nella sua piccola e povera abitazione, erano già adulti ed erano già buoni per il re.

Due di loro ci perdettero la vita; Corrado, figlio di Floti, e Vasco, figlio di Checco. Erano piccoli e scuri di pelle, di capelli e occhi nerissimi, belli e forti tutti e due. Piacevano alle ragazze perché, come i loro padri, avevano sempre la battuta pronta e il colpo di spirito che faceva ridere tutti.

Finirono in Russia, l'uno e l'altro. Corrado fu disperso e per il resto dei suoi giorni sua madre (che in realtà non lo era, ma era come se lo fosse) continuò a fargli dire messe dal curato. «Da vivo, non da morto» specificava ogni volta, per far capire che lei continuava ad aspettarlo quel figliolo che aveva amato proprio come lo avesse partorito lei, e che un giorno o l'altro se lo sarebbe visto comparire davanti, sorridente, con quel ciuffo di capelli ribelle sulla fronte.

Floti invece non resse, come non aveva retto suo padre ai tempi della prima Grande Guerra. Già minato dall'antica ferita e dagli strapazzi che aveva dovuto sopportare in un lavoro per cui non era adatto, ricevette, con la perdita del figlio, il colpo di grazia e ne morì, di lì a poco.

Vasco, il figlio di Checco, sembrò in un primo momento più fortunato: tornò con le dita di un piede congelate e fu messo in un ospedale militare. I suoi genitori tirarono un sospiro di sollievo pensando che, alla peggio, il ragazzo ci avrebbe rimesso un piede. Si sbagliavano: i medici lo lasciarono divorare dalla cancrena un poco alla volta e, quando non seppero più cosa fare, lo sigillarono dentro un busto di gesso e ve lo lasciarono morire lentamente. Negli ultimi giorni nella sua camera l'odore di putredine era insopportabile e se il padre osava dire al primario: «Ma, signor professore, quel povero ragazzo, ci marcisce dentro a quel busto che gli ha fatto fare...». Quello appena lo guardava altezzosamente dicendo: «Chi è qui il medico, io o lei?». E scompariva nelle corsie con il suo codazzo di assistenti.

Dopo la perdita del figlio, Checco, che era sempre stato allegro di carattere e di buon umore, s'intristì, s'incurvò fino a ingobbirsi come se la fortuna maligna gli avesse assestato un gran cazzotto sulla schiena. Morì tardi e in età avanzata nella casa dell'altro figlio, Orfeo, che lo aveva ospitato per i suoi ultimi giorni, ma ogni volta che nominava il figlio perduto, anche a distanza di tanti anni, gli occhi gli si riempivano di lacrime.

Dolfo e Gusto furono più fortunati e videro i loro figli tornare e riprendere a vivere, un poco alla volta.

Armando ebbe solo delle femmine, ma la sua vicenda personale non fu meno dura di quella dei suoi fratelli. Coinvolto in un delitto perpetrato nel periodo di sanguinose faide politiche che fece seguito alla fine della guerra, fu condannato e imprigionato, ma l'intera vicenda rimase sempre avvolta nel mistero.

L'ucciso infatti era il medico del paese, un uomo rude ma di grande disponibilità e di grande dottrina che nessuno, per alcun motivo, avrebbe avuto interesse a uccidere. Si pensò che avesse visto qualcosa che non avrebbe dovuto vedere e che per questo se ne sarebbe decretata la fine. Qualcuno gli sparò in pieno giorno una domenica mattina mentre si recava, come tutte le domeniche, a guardare le belle ragazze che uscivano da messa. Vi fu chi disse di aver visto due sconosciuti fuggire in bicicletta a tutta velocità poco dopo che gli spari erano stati esplosi. Vi fu chi disse che un ragazzino arrampicato su una pianta di ciliegie aveva visto in faccia gli assassini, ma che poi qualcuno lo aveva terrorizzato e minacciato perché non parlasse. Nessuno comunque ritenne che Armando Bruni sarebbe mai stato capace di uccidere a sangue freddo. Secondo alcuni fu plagiato da qualcuno che la sapeva più lunga, secondo altri fu un semplice capro espiatorio sacrificato per coprire i veri colpevoli. La verità vera non venne mai fuori.

Alla fine le amnistie cancellarono le pene ma non il sordo, implacabile rancore delle molte vedove che lo scontro sanguinoso aveva privato dei mariti e talvolta anche della dignità personale, e gli odi si trascinarono ancora per molti anni nel paese, anche quando la pace sembrava essere tornata a regnare.

In famiglia si compiansero soprattutto i ragazzi portati via dalla guerra, mentre c'era meno comprensione per chi in qualche modo si era lasciato coinvolgere dalla politica. Già tanti guai aveva provocato in passato. E Fonso, che sapeva di lettere, soleva dire che questa è la differenza fra la guerra e la pace: che in pace i figli seppelliscono i padri, mentre in guerra i padri seppelliscono i figli. La frase non era sua certamente: forse era un antico proverbio o forse era di un qualche grande sapiente del tempo antico.

Quelle furono le ultime vicende dei Bruni degne di essere raccontate: in seguito la gente cominciò a guadagnare di più e a non doversi più preoccupare della casa e del cibo e così vennero meno le passioni e le forti contrapposizioni che sono solite generare i fatti drammatici e comunque degni di essere tramandati alla memoria. Perfino il tempo cambiò. Non vennero più i lunghi inverni pieni di neve e le brillanti primavere, ma le stagioni si amalgamarono anch'esse in un nebuloso grigiore.

La casa dei Bruni, quella in cui avevano vissuto per centoventi anni, rimase chiusa a lungo perché il padrone non voleva metterci degli altri contadini ma voleva vendere tutta la proprietà.

Dicono che una notte d'inverno, poco dopo che i Bruni se n'erano andati ognuno per la sua strada e poco prima di Natale, venne una grande nevicata. Un viandante, sorpreso dalla tormenta, si affrettò per la strada che tante volte in passato aveva percorso, sicuro di trovare un rifugio e un piatto di minestra calda.

Non era un uomo, era una vecchia lacera che si trascinava a fatica con le scarpe rotte nella neve alta, stringendosi alle spalle uno scialle logoro. Era la Desolina, sparita per tanto tempo senza lasciare traccia.

Entrò nel cortile della casa dei Bruni stranamente immerso nel silenzio e si guardò intorno smarrita, come se stentasse a riconoscere il luogo. Guardò l'intrico dei travi carbonizzati e dei muri sbrecciati che un tempo erano stati l'enorme stalla, il Grand Hotel Bruni. E poi la casa. Non c'era dubbio, era quella. Bussò ripetutamente chiamando con la sua voce in falsetto: «È la Desolina, poverina, aprite alla Desolina...».

Ma nessuno poteva risponderle dalla casa buia e vuota. La vecchia si guardò intorno, guardò il noce secolare che levava le braccia nude nel turbinio dei fiocchi candidi e poi la porta chiusa. Si accovacciò sulla soglia e attese, non volendo credere che l'Hotel Bruni non potesse accoglierla, che prima o poi non sarebbe apparsa la Clerice con il suo grembiule candido e con il mestolo in mano.

Iófa, il barrocciaio, la trovò così il giorno dopo, tutta coperta di neve, con la testa appoggiata alla porta, con le lacrime ghiacciate sul volto terreo e con un'espressione di doloroso stupore negli occhi fissi e spalancati.

Ortensia

Tutti in paese li invidiavano perché erano la famiglia più bella che si potesse immaginare, e quando assistevano alla messa in uno dei primi banchi della chiesa, uno di quelli con la targhetta di ottone con su il nome del casato, gli occhi di tutti erano per loro.

Lui, il geometra Borelli, con l'uniforme nera della Milizia, il cinturone, i gradi d'oro sulla giacca e il fez con la frangia di seta nera, era alto ed elegante, di corporatura atletica e partecipava ogni sabato agli allenamenti ginnici alla palestra Virtus a Bologna. In mezzo c'erano i figli: Flavio e Claudio, uno più bello dell'altro, alti e atletici come il padre, ma con una pelle liscia e ambrata e occhi scuri e umidi come quelli della madre, Ortensia.

Era lei la stella della famiglia, lei la figura laterale di sinistra che concludeva la piccola parata domenicale. Drappeggiata d'estate in abiti leggeri di seta fiorata che lasciavano intravvedere le sue forme marmoree, ancheggiava graziosamente sulle lunghe gambe perfette inguainate in calze di seta dai riflessi dorati. Il seno alto e fermo, le labbra rosse e carnose accentuate dal rossetto lucido, le lunghe dita lisce e morbide che non avevano mai toccato mestiere, facevano di lei l'ideale oggetto del desiderio di tutti i maschi del paese, dal più abbiente e grasso possidente terriero al più miserabile e macilento dei braccianti.

Quelle sue mani così delicate non avevano toccato nemmeno l'ago o il ferro da stiro, benché in collegio le Orsoline l'avessero istruita in tutte le arti muliebri, perché il geometra Ferruccio Borelli era un impresario edile affermato che costruiva palazzi in città e poteva permettersi sia la donna delle pulizie che la cuoca cameriera. E così tutti, in paese, si immaginavano che quelle mani sicuramente esperte e quasi intelligenti servissero solo per fare l'amore, per accarezzare sapientemente ogni più intima regione del corpo maschile, nella fattispecie quello del fortunato marito, unico beneficiario di tanta graziadidio, a quanto se ne sapeva.

In un paese come quello, infatti, dove nessuno si faceva gli affari propri e dove tutti sapevano più o meno tutto di tutti non c'era barba d'uomo che potesse dire di aver avuto da lei più che uno sguardo distratto nel momento in cui il geometra Borelli diceva: «Le presento la mia signora».

Lui, poi, non era mai stato un fanatico e si vedeva bene che indossava l'uniforme della Milizia sia perché gli donava (la voleva sempre perfettamente pulita e stirata) e sia perché, con il suo lavoro, era meglio essere nelle grazie di chi comandava e navigare a seconda di come tirava il vento. Per questa sua moderazione era in rapporti abbastanza buoni con tutti, anche se gli piaceva tenere quel minimo di distanza che ne accentuava il rango sociale e il privilegio, per dir così, familiare e coniugale *stricto sensu*. Come dire che, per potersi permettere una femmina di quella forza, bisognava essere qualcuno sotto tutti i punti di vista. L'unica volta che aveva fatto uso dell'autorità che gli veniva dall'uniforme era stato quando gli avevano riferito che gli operai alla trebbiatrice nel cortile dei Mingotti non avevano issato la bandiera tricolore sul cavajone. Il caposquadra Araldo Palmieri era un rosso e un bolscevico dichiarato che né l'olio di ricino né le legnate dei camerati erano mai riusciti a piegare, e c'era da giurare che l'aveva fatto apposta. Quella volta il Borelli arrivò come un fulmine nel cortile dei Mingotti in sella alla sua Frera nuova fiammante con la frangia del fez che ondeggiava al vento, mise tutti sull'attenti, fece un cazziatone memorabile al Palmieri e officiò personalmente l'alzabandiera prima di andarsene con un perentorio: «E che non si ripeta più!».

Per il resto si può dire che fosse una pasta d'uomo che quando poteva fare un piacere a qualcuno lo faceva e che non si dava nemmeno tante arie. Vizi non ne aveva, a parte il fumo, e un giorno sì e uno no, prima di andare al lavoro, passava dall'appalto a prendere un pacchetto di Serraglio, lo apriva e poi infilava una dopo l'altra le belle sigarette ovali dentro il suo portasigarette d'argento massiccio. Fumava la prima dopo aver preso il suo caffè mattutino al Bar Sport e il profumo si sentiva subito in quell'atmosfera impregnata dall'odore greve di trinciato forte, di nazionali comuni e di toscani.

In privato dicevano che fumava anche lei, l'incantevole Ortensia, specialmente quando aveva ospiti a cena come l'ingegner Bartoletti, amico e collega del marito, o come il federale di Bologna, che lo onorava della sua amicizia. Al momento del caffè lei si sedeva in salotto con loro prendendo una sigaretta dal portasigarette d'argento del marito e aspirandola voluttuosamente dal lungo bocchino d'osso tale e quale la Ferida in *Catene*.

A parte la messa della domenica era abbastanza difficile vederla in giro, ma gli uomini indugiavano a volte davanti al bar fin quasi all'ora di pranzo nella speranza di vederla uscire per qualche acquisto nella drogheria dell'Adalgisa. Nessuno faceva commenti perché si trattava di una madre di famiglia, ma si capiva anche troppo bene che cosa pensavano quando lei incedeva drappeggiata nei suoi abiti leggeri di lino o di organza.

Anche in tempo di guerra le abitudini della famiglia Borelli non erano cambiate gran che perché, per chi poteva pagare, la roba c'era, e poi la gente glielo faceva volentieri un piacere al capitano della Milizia Ferruccio Borelli, così come lo faceva al daziere, al veterinario e al medico condotto.

Le cose cambiarono bruscamente con la fine della guerra, quando il comando partigiano insediato nella villa dei Corradini, sfollati a Viareggio in un'altra villa, cominciò ad applicare in modo tanto energico quanto sommario i principi della giustizia proletaria. A farne le spese furono da un lato i grandi proprietari che non avevano avuto il buon senso di svignarsela, dall'altro, manco a dirlo, tutti coloro che erano stati compromessi, in un modo o nell'altro, con il passato regime.

Le divise, a dire la verità, erano tutte sparite in un battibaleno già dopo l'8 settembre, e anche il Borelli si era messo in borghese sfoggiando degli abiti a doppio petto fumo di Londra che gli faceva su misura il sarto di Castelletto. Sperava che questo sarebbe bastato, visto che non aveva mai fatto male ad anima viva, e invece una notte suonarono il campanello e lo tirarono giù dal letto. Era tutta gente di via che non aveva mai bazzicato in paese, per cui il Borelli se la vide veramente brutta. L'Ortensia venne anche lei alla porta in vestaglia e si mise in mezzo fra il marito e quegli strani visitatori. «Ferruccio non ha fatto niente di male» diceva. «È una brava persona e un uomo onesto che quando ha potuto ha sempre fatto dei piaceri a tutti. Potete chiedere in giro qui in paese, se non mi credete, che tutti vi diranno che è la pura verità.»

Ma l'uomo che sembrava a capo del drappello, colpito dalla sua bellezza, dal suo portamento e da quel suo gesto coraggioso, cercò di rassicurarla. Era l'unico dei quattro che avesse studiato, e quella donna che faceva scudo del suo corpo al marito già iscritto nelle liste di proscrizione le sembrava una di quelle grandi matrone romane della congiura dei Pisoni descritte nelle storie di Cornelio Tacito.

Disse: «Non si preoccupi, signora. È solo una formalità per accertamenti. In un paio d'ore suo marito sarà di ritorno e farà ancora in tempo a farsi un bel sonno».

«Ma se è solo una formalità,» disse l'Ortensia «perché non venite domani mattina quando ci si vede?»

Era così ingenua e appassionata in quella domanda che il capo del gruppo si sentì in dovere di mentire ancora pietosamente: «Suo marito dovrà anche fornirci certe informazioni riservate che ci servono subito da inoltrare al comando. Basterà che risponda alle nostre domande e non avrà niente da temere, glielo assicuro. Sono tempi duri, signora, e noi facciamo il nostro dovere per servire il popolo e per il bene del Paese».

«Mi dà la sua parola d'onore?» chiese l'Ortensia che aveva imparato un po' del linguaggio militaresco dei colleghi del marito.

«Le do la mia parola d'onore» spergiurò il giovanotto.

«Lascia stare, mia cara» intervenne il Borelli, che invece ormai aveva capito tutto ed era improvvisamente e dignitosamente rassegnato. «Non hai sentito il signore? È solo una formalità. Quattro chiacchiere e tutto è sistemato. Preparami piuttosto un buon caffè con due savoiardi quando torno.»

Non tornò più e furono inutili tutte le ricerche. Nessuno l'aveva visto, nessuno l'aveva sentito, nessuno sapeva né di formalità né di interrogatori.

L'Ortensia, passati due soli giorni, lo pianse per morto, e fece affiggere in paese dalle pompe funebri la sua fotografia in divisa sul mortorio, però non si rassegnò tanto facilmente. Andò dal parroco, andò dal maresciallo dei carabinieri, andò anche in città dove poteva ancora contare, nonostante tutto, su amici abbastanza potenti che avevano saputo mettersi al coperto per tempo.

Fu aperta un'inchiesta, ma non fu possibile trovare la benché minima traccia, il benché minimo indizio. Non fu nemmeno possibile considerare defunto il geometra Ferruccio Borelli non essendosi trovato il suo corpo né alcun oggetto personale che gli appartenesse. Ma l'Ortensia lo sapeva chi era stato: si era sentita per anni i suoi occhi addosso ogni volta che passava davanti alla Casa del Popolo per andare in macelleria e le sue amiche le avevano riferito quello che lui aveva detto dopo che suo marito lo aveva sgridato davanti a tutti per non aver issato la bandiera sul cavajone. Poteva anche immaginarsi la scena: Araldo Palmieri che si era preso a suo tempo quel cazziatone per via della bandiera, certamente attribuiva al Borelli tutte le umiliazioni, l'olio di ricino e tutto il resto che aveva dovuto subire dai fascisti. Se l'era di certo legata al dito e alla riunione del comitato doveva essersi alzato in piedi a dire chiaro e tondo che quello là era un fascista e un nemico del popolo e che andava tolto dalle spese.

Era stato lui: ne era praticamente certa, ma purtroppo questo non cambiava molto le cose. Suo marito l'aveva sempre tenuta fuori da tutto, preoccupato solo che non le mancasse nulla, e lei si era fatta l'idea che le disponibilità della famiglia fossero abbondanti, per non dire illimitate. Quando vide che i soldi che aveva in banca erano andati presto a finire in niente e che in capo a poche settimane non avrebbe saputo come fare per mantenere il livello di vita a cui era abituata e a cui erano abituati i suoi figli, prese l'unica risoluzione adatta, a suo modo di vedere, per una donna nelle sue condizioni. Decise che avrebbe spennato tutti i polli che le fossero capitati sotto le grinfie in quel dannato paese e decise anche, per placare l'ombra corrucciata del marito, che ne avrebbe vendicata la morte, in un modo o nell'altro.

Si trovò un lavoro onorato di facciata, facendo l'impiegata alla sede locale della Cassa di Risparmio, ma presto cominciò a ricevere ospiti nell'appartamento che le era rimasto nella bella casa con giardino in fondo al paese. I figli, che frequentavano il liceo Minghetti a Bologna, li aveva affidati alla sorella zitella che abitava in città, e così poteva disporre di tutta la riservatezza che richiedevano le sue relazioni private. Il primo a presentarsi, secondo la voce popolare, sarebbe stato Fredo Vitali, un commerciante di maiali fra i più stimati della zona. Uno che andava in Toscana tutti i primi giovedì del mese, ti comprava duecento magroni a occhio senza sbagliare di un chilo e te li rivendeva di nuovo a occhio a Modena guadagnandoci il trenta per cento il lunedì successivo.

Aveva sempre un bel portafoglio a fisarmonica pieno zeppo di carte da mille rosse nuove fiammanti, e quando si era presentato in banca a fare un deposito e le aveva piazzato gli occhi sulla scollatura lei aveva detto (sempre a sentire le voci che circolavano): «A occhio dicono che siete molto bravo. Chissà se lo siete altrettanto con il resto».

A una provocazione del genere il Vitali non aveva certo potuto tirarsi indietro e si era anzi gettato alla carica come un tenentino di cavalleria: «Sempre pronto a servire una bella signora» aveva risposto galantemente, e lei gli aveva lasciato assieme allo scontrino di ricevuta un appunto che diceva "ore 21.30", tanto perché non ci fossero equivoci.

Il Vitali si presentò puntuale con la testa piena di brillantina Linetti dopo essersi persino lavato e profumato con il Pino silvestre Vidal, per ammazzare l'odore di porco che non lo lasciava mai, e poi ci tornò, fisso, due volte la settimana finché, in capo a qualche mese, ci lasciò il poderino che si era comprato con il guadagno dei maiali. L'Adalgisa, che era una donna saggia e che, da dietro il suo banco di drogheria ne vedeva e ne sentiva di tutti i colori, disse che lei se l'aspettava che il Vitali avrebbe fatto quella brutta fine per quella sua mania di aprire sempre il portafoglio in pubblico e di far vedere tutti i soldi contanti che ci potevano stare.

«Il portafoglio dei fessi è come la borsa dei cani: sempre in mostra» sentenziava socchiudendo gli occhi dietro ai mezzi occhiali. «Era da dire che sarebbe andata a finire così.»

Spolpato il Vitali fino all'osso, l'Ortensia prese a mano il Ghinelli, che era invece un mediatore di frutta rossa sul mercato di Rubiera, uno che ti mandava in Francia e in Svizzera due vagoni di ciliegie e uno di prugne tutte le settimane quando era la stagione e che ci prendeva la sua brava provvigione del cinque per cento o più. Era uno di quei *rezdori* che in casa fanno rigare tutti dritto, che tirano delle madonne da far venir giù i coppi del tetto se non è in tavola a mezzogiorno spaccato o se la minestra manca un po' di sale, ma che fuori sono splendidi e non si fanno mai compatire né con i debiti di gioco né se c'è da offrire da bere all'osteria.

Le attenzioni dell'Ortensia, così elegante e raffinata oltre che bella da morire, lo riempirono di legittimo orgoglio, e quando lei gli fece capire che lo avrebbe incontrato volentieri, ma in un luogo riservato per via del suo buon nome, lui prenotò la camera migliore al La Mondatora, un albergo di Reggio che, chissà perché, tutti chiamavano "La Montatora" forse per facile analogia con gli incontri galanti e clandestini che si consumavano in quel luogo. In quell'occasione l'Ortensia si era accontentata della camera d'albergo e della cena per far vedere al Ghinelli che si era trattato proprio di un colpo di fulmine, ma in seguito era diventata sempre più esigente, tanto che il pover'uomo a un certo momento aveva dovuto mettersi una mano al cuore e l'altra al portafoglio per capire quale veramente gli premesse di più. Tempo che riuscì a fare un po' di chiarezza nel suo dilemma, era già mezzo rovinato.

Una cosa analoga accadde a Evaristo Canella, che invece era un mercante di vacche, sempre in piazza tutti i lunedì mattina con il vestito di rigatino, il gilè e la camicia con il solino duro. Lui immolò sul morbido ventre dell'ammaliatrice un'intera mandria di manze, tanto che si disse che l'Ortensia se le era mangiate con la coda, le corna e tutto.

Il fatto sta che lei era sempre più bella e desiderabile. Dicevano anche che andava a Bologna in treno tutti i giovedì pomeriggio a farsi i massaggi per mantenere la carne bella soda e che spendeva in creme e in altri cosmetici tanto che avrebbe potuto camparci una famiglia intera. Tuttavia, sempre per via del fatto che nei paesi tutti sanno tutto di tutti, si sapeva anche che per andare a letto con l'Ortensia di miseria non ce ne voleva, perché se uno non aveva il becco di un quattrino le chiacchiere erano subito finite anche se era più bello di Erolflin.

Era strana l'atmosfera che si respirava in paese in quel periodo del primo dopoguerra: da un lato la voglia di vivere scatenava le energie a lungo represse e per questo c'erano più ragazze incinte (non importa se nubili o maritate) di quante non ce ne fossero mai state negli ultimi dieci anni. Dall'altro il tanfo della morte contaminava tutto, anche le gioie più semplici e innocenti come mangiare e fare all'amore. Era tempo di regolamenti di conti e senza andare tanto per il sottile. Come era capitato al geometra Ferruccio Borelli, così tanti altri furono tolti dalla circolazione.

Per lo più si trattava di ricchi proprietari terrieri che quando tutti facevano la fame avevano approfittato più del dovuto del loro status di privilegiati: o assestando una pedata di troppo al sedere sbagliato, o andando a letto con la moglie di qualcuno che era alla fame e aveva dovuto subire mandando giù il magone. Insomma, le solite cose che la gente in condizioni normali risolve con una scazzottata e che invece suscitano odi feroci e provocano vendette sanguinose quando l'ingiustizia sociale, la fame, la paura, la totale incertezza del domani trasformano qualunque contrasto in una tragedia.

Chi era giudicato colpevole, come già abbiamo visto per il povero Borelli, veniva prelevato di notte, portato in qualche casolare isolato, sottoposto a giudizio sommario e giustiziato dopo un'adeguata dose di sevizie.

Le sepolture, lo si sarebbe appurato in seguito, non erano meno sommarie dei processi, e la gente veniva spesso seppellita sotto pochi palmi di terra. L'oro e i quattrini che avevano addosso erano equamente distribuiti.

Araldo Palmieri, che aveva sempre considerato l'Ortensia come l'oggetto dei suoi desideri più ardenti e insieme inconfessabili, le girava tuttavia al largo perché non voleva che la gente vedesse nel suo comportamento quello che tutti ritenevano di sapere: e cioè che fosse stato lui a organizzare il prelevamento e l'uccisione di Ferruccio Borelli per motivi senza dubbio comprensibili, ma non sufficientemente consistenti a giudizio dei più. I quattrini per potersi permettere la sua compagnia almeno per una sera o due ce li aveva e anche, diciamo così, l'autorità, perché in quel periodo avevano tutti paura di lui, anche il maresciallo dei carabinieri che faceva finta di niente e se ne stava sempre rintanato nel suo ufficio a battere verbali su furti di polli. Lui, invece, girava in paese in pantaloni alla zuava, mitra a bandoliera, fazzoletto rosso al collo e cappellaccio sulle ventitré, godendosi il suo momento di popolarità in attesa che la rivoluzione del proletariato gli conferisse incarichi di maggiore responsabilità.

Più i giorni passavano, però, e più la situazione si incarogniva. Gli sbirri ricominciavano ad alzare la cresta e molti dei suoi compagni lasciavano perdere il mitra, buttavano la pistola in fondo al pozzo nero e ritornavano in campagna o nella stalla a governare le bestie e a trinciare la miscela di malghetti e bietole per le vacche.

L'Ortensia capì che lui non si sarebbe mai fatto vivo anche se moriva dalla voglia di prendersi con lei quel gusto e quella soddisfazione che aveva sognato per anni e che ora era a portata di mano, un po' per diffidenza e un po' per quella sua ruvida timidezza da bracciante analfabeta nei confronti di una signora bella, profumata e istruita. Aveva capito che doveva fare lei la prima mossa se voleva condurre in porto la faccenda, e così un giorno che lui bighellonava in mezzo ai banchi del mercato dei conigli a Castelnuovo lo sfiorò, leggera con il suo profumo e, alzando appena la voce con il venditore e facendo finta di non vederlo, chiese: «Quanto lo fa al chilo il nostrano come quello là?».

«Sono trentacinque lire, bella signora» rispose il pollaiolo.

«Allora, se me lo pela e me lo pulisce, passo a prenderlo fra una mezz'ora. Ecco, guardi, intanto le lascio i soldi.»

E si allontanò. Sapeva, è ovvio, che lui l'aveva vista e sentita e che certamente il profumo della sua colonia e il suo rossetto gli avevano dato alla testa, ma voleva controllare quanto. E così, quando tornò a prendere il suo coniglio, vide con la coda dell'occhio che lui era tornato per vederla di nuovo, o forse che non si era mai mosso di là, e se ne stava appoggiato al muro a tre o quattro metri di distanza con le mani sprofondate nelle tasche e lo sguardo cupo.

La volta successiva fu alla fiera della Madonna del Rosario ai baracconi. Lui si cimentava con il carrello. Lo scagliava sulla rotaia con tutta la forza e la rabbia delle sue frustrazioni e dei suoi rimorsi, e il carrello girava e girava e girava e la gente gridava: «E uno! E due! E tre!». Se la trovò di fronte a un certo momento proprio mentre tirava indietro il gomito per prendere la spinta e il muscolo del braccio era gonfio e teso per lo sforzo e lucido per il sudore. Lei fissò il suo braccio e poi lo guardò negli occhi, per un attimo, ma con una tale eloquente intensità che lui si sentì friggere il sangue nelle vene, ma non avrebbe avuto nemmeno il coraggio di dire: "Buonasera, signora".

E invece fu lei a parlare, pochi minuti dopo, mentre lui si stava avviando verso casa e passava dal deposito delle biciclette. Anche l'Ortensia prendeva in quel momento la sua Bianchi nuova fiammante e con le reticelle sulla ruota posteriore, ma proprio mentre stava per salirvi disse: «Oh, ma guarda qui com'è bassa questa ruota. Questi ragazzacci si divertono a sgonfiare le gomme delle biciclette. E ci sono anche di quelli che buttano i chiodi per le strade... e adesso come faccio?».

Non ci volle altro. Il Palmieri, che era già carico come una molla, disse: «Lasci fare a me, signora, ci penso io».

Prese la pompa e cominciò a pompare con una tale foga ed energia che si vedeva chiaramente l'allusione che voleva inviare alla bella signora. Come dire, insomma: "Se tanto mi dà tanto...". E l'Ortensia mostrò di aver capito.

«Dovete essere forte come un toro» disse.

«Grazie a Dio» rispose il Palmieri, che a Dio non ci credeva neanche un po'. «E mi piacerebbe di darle la dimostrazione se fossimo da soli io e lei.»

Era il massimo che avesse mai sperato di riuscire a dire, e si stupiva lui stesso di aver potuto essere così sfacciato, ma l'Ortensia mostrò di non farci molto caso: «Eh...» sospirò. «Se vuole che glielo dica, piacerebbe anche a me. Solo che...». E sembrava che non avesse la forza di andare avanti.

«Dica pure, signora, che tanto siamo solo noi due.»

«Vede, è che io non vorrei che pensasse male di me... Sono una povera vedova che...»

«Non lo dica nemmeno» rispose il Palmieri che si sentiva già le formiche sotto la pelle e aveva la lingua secca come un pezzo di cuoio. «La capisco... d'altra parte, purtroppo, come dire, così è la vita.»

«Eh, già» rispose lei. «E dunque, se lei mi promette di non dire in giro cose che possano nuocere al mio onore, ecco, io...»

«Non lo dica nemmeno» ripeté il Palmieri, che aveva un vocabolario piuttosto limitato.

«Allora, guardi, ci sarebbe una pensioncina a San Damiano. Un luogo carino e pulito dove andavo un po' in villeggiatura con la buon'anima del povero Ferruccio, e dove fanno anche una cucina semplice e genuina. Io passo di lì domani l'altro verso sera. Potremmo mangiare un boccone e poi andare di sopra a fare quattro chiacchiere e a riposarci un po'.»

«Volentieri, signora Ortensia, più che volentieri» rispose il Palmieri a cui non sembrava vero che gli potesse toccare tutta quella graziadidio. Era disposto a dilapidare tutte le sue fortune in cena e pernottamento in quella pensioncina che per le sue tasche era come dormire al Baglioni di Bologna, ma almeno avrebbe visto dal vero, nudo nella luce soffusa dell'abat-jour, quel corpo che aveva soltanto sognato, quelle forme che tante volte lo avevano fatto sudare e ansimare le notti solitarie d'estate nel suo letto puzzolente sopra la stalla dei Mingotti. Era una cosa che desiderava a tal punto che gli sembrava che dopo avrebbe potuto anche morire, perché tanto il più dalla vita l'aveva avuto.

Si presentò puntualissimo all'appuntamento, tirato a lucido con il vestito della festa, e sapeva perfino di un buon odore di bucato per via che s'era lavato con il sapone di Marsiglia, ma non mangiò quasi niente perché aveva lo stomaco chiuso; lei invece mangiava di appetito e beveva lunghe sorsate di un buon Sangiovese della Romagna lasciando sull'orlo del bicchiere l'ombra del suo rossetto.

«Non avete fame, Araldo?» gli chiedeva lei di tanto in tanto. E lui avrebbe voluto dirle che sì, aveva una fame da lupo, ma di lei, che non vedeva l'ora di toglierle i vestiti di dosso, di mettere le mani su tutta quella graziadidio che aveva sempre e soltanto cercato di immaginare, di darle una lavorata, porcogiuda, da fargliela ricordare per un pezzo, altro che bicicletta e il buon nome e la povera vedova e tutte quelle altre stronzate.

Quando salirono di sopra, lui le saltò addosso come una bestia. Era talmente carico che la prima fu solo una questione di secondi, ma lei non se ne accorse perché lui tirò dritto con la seconda senza fare una piega e la macinò al punto che fu lei, alla fine, a chiedere una pausa.

«Me lo immaginavo che eravate forte,» disse l'Ortensia con un sospiro «ma non fino a questo punto.»

E poi, mentre lui si copriva, sempre per via della sua timidezza, gli chiese: «Ma è vero quello che ho sentito dire: che una volta in una scommessa avete mangiato sei uova di tagliatelle?».

«La sacrosanta verità, signora Ortensia.»

«Ma come avete fatto?»

«La fame arretrata, signora, ecco come ho fatto. Quando si ha una fame arretrata, il giorno che capita di mangiare si mangia fino a crepare. Ed è così per tutto, non soltanto per le tagliatelle.»

L'Ortensia increspò le labbra in un sorrisetto malizioso, volendo intendere che lei ne aveva appena avuto la prova di quello che lui diceva e che non le era dispiaciuto per niente.

«A proposito di fame. Che ne direste se facessimo venire su un bel gelato che qui lo fanno buono con la panna fresca e la cioccolata?»

«Come volete» rispose il Palmieri facendo mentalmente i conti di quello che aveva in tasca, sperando che gli sarebbe bastato. D'altra parte, se uno voleva andare a letto con una donna di classe, non poteva certo farsi compatire. E poi si vive una sola volta, che diamine!

Quando la mattina lui la salutò dopo aver pagato il conto che lo aveva messo quasi del tutto in bolletta, non ebbe il coraggio di chiederle se avrebbe potuto incontrarla ancora, ma fu sorpreso che fosse lei a dirglielo: «Lo sai, Araldo?» e il fatto che lei gli desse del tu lo fece sentire al settimo cielo. «Mi piacerebbe rivederti, ma non voglio farti spendere tanti soldi. Con i tempi che corrono si fa fatica a guadagnarli. Perché non ci troviamo in un bel posticino appartato, magari lungo l'argine del Secchia dove non ci vede nessuno? Dài, facciamo come quando si è ragazzi e si va all'erba...»

«Magari, signora. Volevo dire, Ortensia. Non chiedo di meglio. E anzi so un posto dove vado sempre a pescare le carpe che è una meraviglia. C'è un bel letto d'erba morbida e ci sono tutto d'intorno i cespugli di salice e le robinie fiorite che sembra di essere dentro a una capanna tale e quale.»

«Magnifico» rispose l'Ortensia mostrando i suoi denti candidi in un radioso sorriso.

"Le robinie fiorite" pensò: un pensiero quasi poetico per un animale come il Palmieri. Chi se lo sarebbe mai aspettato? E stette a guardarlo per un po' mentre prendeva l'abbrivio in discesa e spariva dietro la prima curva che portava giù in pianura. Poi andò a sedersi a un tavolo sotto un ombrellone e si fece portare la colazione: un cappuccino e due belle paste fresche e fragranti.

A dire la verità quella sua dieta così ricca cominciava a metterle su un po' di ciccia qua e là, ma ai suoi amici non dispiaceva, anzi. E proprio uno di loro sarebbe passato nel pomeriggio a fare la gabanella con lei su a letto e le avrebbe poi dato un passaggio a casa sulla sua Millecento nuova fiammante.

Una volta a casa l'Ortensia lasciò passare qualche tempo prima di farsi viva con il Palmieri, perché voleva rosolarlo bene bene a fuoco lento. "Come sono stupidi gli uomini," pensava "basta fargliela sentire una volta che non capiscono più niente e li guidi come vuoi, gli fai fare quello che ti pare."

E le venivano in mente certi suoi amici che con lei spendevano e spandevano e poi, quando andavano a casa e gli era passata la mattana, se la prendevano con la famiglia e bastonavano le mogli perché erano brutte, sdentate e puzzavano di stalla.

Il Palmieri, invece, era sulle spine: come mai l'Ortensia non si faceva viva, dopo tutte quelle belle parole e dopo tutto quello che avevano fatto a letto, che poi le era piaciuto, altro che se le era piaciuto! E allora perché? Forse aveva degli impegni... forse era indisposta. E poi poteva darsi che avesse anche le sue cose che a certe donne gli durano di più che ad altre. Insomma, non sapeva darsi pace. Camminava su e giù per il paese con le mani in tasca nella speranza di vederla passare quando andava a fare la spesa dalla Adalgisa o quando andava alla sera a giocare a carte dalle suore che le volevano un bene dell'anima sia per quello che aveva passato, povera anima, sia per le generose offerte che faceva loro.

Finalmente un giovedì se la trovò di fianco al mercato del pollame e dei conigli a Castelnuovo mentre ascoltava imbambolato le zirudelle che recitava a squarciagola un venditore di lamette da barba.

«È un po' che non ti fai vedere» disse lei sottovoce fingendo di ascoltare le scempiaggini del venditore di lamette.

«Io? Siete voi che non vi fate più vedere, la mia bella signora.»

«Ho avuto degli impegni.»

«Me lo sono immaginato.»

«Allora? C'è ancora quel posticino in fondo al Secchia di cui mi parlavi?»

«Ve lo ricordate... te lo ricordi ancora?» chiese lui, che non si abituava ancora a dare del tu a una signora così raffinata.

«Non penserai che me lo sia dimenticato» rispose lei. «Anzi, non ho fatto che pensarci in tutti questi giorni che non ci siamo visti. Dobbiamo andarci prima che sfioriscano le robinie. Io sono molto romantica e l'idea di fare l'amore in mezzo a tutti quei fiori mi fa sognare.»

«Quando vuoi tu» disse il Palmieri.

«Giovedì sera intorno alle undici per me andrebbe bene. Ma come faccio a trovare il posto?»

«Ti vengo ad aspettare davanti al pilastrino della Madonna degli Angeli.»

L'Ortensia fece di sì con la testa perché il venditore di lamette aveva finito la sua concione e tutti applaudivano freneticamente, poi si allontanò con la sua andatura molle e aggraziata da giumenta.

Il Palmieri visse in tensione spasmodica le ventinove ore che lo separavano dall'appuntamento e, siccome non aveva un orologio e voleva stare nel sicuro, andò al luogo convenuto poco dopo il tramonto del sole e passò il tempo a camminare avanti e indietro lungo la viottola che portava in Secchia. L'Ortensia, invece, aveva fatto venire quella sera l'Amelia che era al tempo stesso la sua donna di servizio e, per così dire, la sua dama di compagnia, pregandola di restare a dormire con lei perché non si sentiva molto bene. Si coricarono insieme verso le dieci e, quando sentì che lei russava della grossa, si alzò, andò in bagno, si lavò e si profumò e poi si mise un fazzoletto in testa e uscì in bicicletta dalla porta di dietro prendendo una stradina poco frequentata. Non indossava nessun gioiello: né collana, né orecchini, né anelli a parte la fede matrimoniale da cui non si separava mai.

Appena la vide arrivare il Palmieri tirò un respiro di sollievo perché, non avendo per l'appunto l'orologio, non sapeva che ora era e il luogo era troppo lontano dal paese perché si potessero sentire i rintocchi del campanile.

«Allora, questo posto?» chiese lei smontando dalla bicicletta.

«Vieni,» rispose lui «non è molto lontano.»

Avrebbe voluto prenderla per mano, ma non osò e le fece strada in mezzo alla boscaglia che cominciava a infittirsi nei pressi dell'argine del fiume.

«Eccolo qua» disse quando furono arrivati dentro all'alveo, e indicò una specie di alcova naturale: un ciuffo di cespugli e di robinie attorno a un piccolo spiazzo erboso. Poco distante si sentiva il rumore del fiume che scorreva veloce fra le rive, gonfiato dagli ultimi acquazzoni primaverili.

«Oddio,» disse lei «ci saranno un sacco di zanzare in questo posto.»

Ma lui le aveva già messo le mani addosso e la trascinava giù spogliandola nel contempo con una mano e cercando freneticamente di sbottonarsi i pantaloni con l'altra. Lei lo assecondò docilmente e lasciò che si sfogasse a suo piacimento, poi, quando lui si fu disteso sull'erba vicino a lei a pancia in giù, esausto, prese un sasso di fiume e gli spaccò la testa come un melone.

Per fortuna il fiume era vicino e bastò trascinare il corpo per pochi metri fino alla riva e poi rotolarlo in basso giù per la sponda. Le spoglie mortali di Araldo Palmieri disparvero subito nell'acqua torbida e vorticosa del Secchia iniziando un lungo viaggio verso il mare mentre l'Ortensia si rassettava i vestiti e si copriva di nuovo la testa e il viso con il fazzoletto.

Il giorno dopo, quando l'Amelia si svegliò, la trovò ancora addormentata al suo fianco e si alzò in punta di piedi per andare a preparare la colazione.

Passarono un paio di giorni prima che venisse notata la scomparsa di Araldo Palmieri, perché viveva da solo e dormiva in una camera sopra il fienile dei Mingotti, ma non sempre c'era chi andava a controllare se fosse in casa o se non ci fosse, anche perché era meglio ignorare o fingere di ignorare i suoi movimenti notturni in quei tempi ancora così turbolenti. Il corpo non fu mai ritrovato.

L'Ortensia continuò la sua vita da bella donna, ma tirò fuori da un cassetto del comò un ritratto del suo povero marito e lo rimise al posto d'onore di fianco alla specchiera pensando di aver placato l'ombra inquieta del geometra Borelli e di essersi anche fatta perdonare la sua postuma infedeltà. Ma un giorno, mentre il suo amico di turno, l'ingegner Bartoletti, era andato in bagno a orinare, trovò il portasigarette d'argento di suo marito nella tasca interna della sua giacca appesa nell'ingresso. Una questione di affari, evidentemente: benché si fosse sempre professato amico e collega della buon'anima e frequentasse la loro casa come ospite bene accolto, Bartoletti era evidentemente un concorrente che aveva trovato un modo comodo e indolore di sopprimere l'avversario e, come un antico combattente, non aveva resistito alla tentazione di spogliare il nemico caduto dei suoi oggetti di pregio e di portarsi anche a letto la sua donna.

Nemmeno l'ingegner Bartoletti fece più ritorno a casa. L'Ortensia partì il giorno dopo e nessuno la vide mai più. La casa rimase chiusa e vuota per decenni.

In paese si diceva che fosse andata a stare in Francia da una cugina che era sposata con un ricco possidente, mentre i figli, laureati uno in ingegneria e l'altro in architettura, avevano seguito le orme del padre. Tornarono, ormai uomini maturi, stempiati e con un po' di pancia, per ristrutturare la casa di famiglia e farne degli appartamenti da affittare e, scavando le fondamenta per ricavare una tavernetta, trovarono uno scheletro in cantina con ancora addosso brandelli di camicia e pantaloni, ma senza giacca, e lo coprirono subito con una bella colata di calcestruzzo.

«Per via della Soprintendenza» dissero al capomastro. «Qui sotto c'era un cimitero degli antichi Romani e se lo vengono a sapere ci bloccano i lavori e perdiamo un sacco di soldi e di tempo.»

L'Ortensia a quel punto o era morta o era vecchia e incartapecorita, ma in paese i più anziani la ricordavano ancora come l'avevano vista l'ultima volta, bella e fiorente, con il seno alto e fermo, con quel suo sedere imperiale fasciato nell'abito leggero di organza.

L'ora di notte

Non so nemmeno io perché tornai a Novellara: è un luogo soffocante d'estate, umido e nebbioso d'inverno, piacevole solo a momenti, in certe giornate di maggio o di settembre quando il sole infila al tramonto il corso principale della piccola città e fa risplendere i ciottoli della strada lisciati da un secolare calpestio, quando il profumo del fieno si mescola, sotto i portici, a quello del caffè e delle creme gelato.

La separazione da mia moglie che è tornata in Svezia con i bambini e la scomparsa di mio padre hanno segnato profondamente ciò che resta della mia vita. La mia innata capacità di rinnovare gli interessi e le curiosità sembra distrutta e, quel che è peggio, il mio entusiasmo per la pittura quasi del tutto spento. Da mesi i colori e la tavolozza giacciono abbandonati in un canto del mio studio, coperti di polvere, e la tela che avevo messo sul cavalletto è ancora desolatamente bianca, un piccolo deserto della fantasia che mi sconcerta con il suo vuoto.

Volevo dipingervi un nudo di Liv da una vecchia foto che le avevo fatto quando era ancora all'accademia di belle arti a Göteborg. Ricordo che l'avevo pregata insistentemente di posare per una fotografia e che alla fine lei aveva vinto solo in parte la sua timidezza scoprendo il torso ma velando l'inguine con un lembo del lenzuolo che copriva il suo letto.

Quella foto, che ero riuscito a scattarle a luce naturale,

una luce nordica, diffusa e algida, era tuttavia pervasa da un'atmosfera estatica e vibrante, emanava un fascino intenso, quasi aggressivo, e quella sua inibizione, solo in parte sconfitta, esaltava il desiderio fino all'estremo.

Quell'immagine era per me come una condanna, costituiva la consapevolezza di essere legato a un tempo, a un momento, a un corpo e a un volto che non esistevano più da anni e che non avrei posseduto mai più. Dipingere quell'immagine era divenuta per me come una sfida perché speravo che solo proiettandola sulla tela l'avrei strappata da me, me ne sarei liberato per sempre.

Avevo fallito fino a quel momento e trascorrevo da molto tempo giornate indolenti nella casa che era stata di mio padre e in cui ero nato, sbrigando svogliatamente un po' di corrispondenza o scrivendo qualche articolo di critica d'arte su giornali locali.

Fu in quello strano torpore della mente e del corpo che ritrovai Anna. Ancora molto attraente, era stata un mio amore giovanile, tanti anni prima, e con lei avevo trascorso un paio di estati torride facendo l'amore nei campi e lungo gli argini dei canali di bonifica, nascosti nelle macchie di robinie, bagnati di sudore nei pomeriggi assordati dalle cicale. L'avevo frequentata occasionalmente anche dopo essermi sposato con Liv, perché a volte mi mancava la sua sensualità totale non attenuata da alcun sentimento, il colore bruno della sua pelle, la forza irresistibile del suo sguardo. Liv cercava soprattutto un rapporto intellettuale con me, un confronto sulle idee, sulla creatività, sulle scelte di vita, e tendeva a dare un'importanza limitata al nostro rapporto fisico, un fatto che aveva un peso relativo nei primi tempi ma che poi, con il passare degli anni, era divenuto per me fonte di squilibrio emotivo e di continua instabilità sentimentale.

Ero giunto al punto di presentare Anna a Liv come una modella che posava qualche volta per me a pagamento per poterla chiamare nel mio studio quando ne sentivo la necessità. E una volta mancò poco che mia moglie non mi sorprendesse sul fatto: da qualche tempo mi aiutava a realizzare una grande scenografia per un film e lavorava per ore al mio fianco per essere certa dell'uniformità stilistica della costruzione. Quella volta entrò senza bussare e io feci appena in tempo a ricompormi. Lo spavento e l'idea che se mi avesse sorpreso l'avrei senz'altro perduta mi indussero a diradare sempre più i miei incontri con Anna, e anche a interromperli per lunghi periodi ma senza mai troncarli del tutto. In quelle lunghe settimane in cui non la vedevo avvertivo una forte sofferenza, un acuto senso di privazione e tendevo a scaricare quella mia frustrazione su mia moglie con un comportamento indisponente o addirittura arrogante.

C'era stato un momento in cui mi era sembrato che Liv sospettasse qualcosa. D'un tratto e senza motivo mi aveva detto: «Se dovessi scoprire un giorno che mi tradisci, non ci sarebbero limiti alla mia reazione. Io ho rinunciato a tutto per te. Non lo sopporterei». Aveva pronunciato quelle parole con una calma glaciale, come lei sola sapeva fare in certi momenti. Erano state probabilmente quelle parole a indurmi a diradare ancora di più i miei incontri con Anna finché alla fine fu lei a dare un taglio netto alla nostra relazione.

Rivedendola adesso, mentre sceglieva una rivista di moda dal banco del giornalaio, mi sentii preso in un momento dalle immagini della nostra passione di un tempo e dalla consapevolezza che ora non c'erano più impedimenti di sorta. Mi avvicinai a lei da dietro fino a percepire l'odore dei suoi capelli e della sua pelle. Quando si voltò e la fissai negli occhi, mi resi conto che mi aveva subito letto in faccia ciò che passava nella mia mente: le stesse immagini che d'un tratto vedeva lei, ne ero certo, di un amore greve e accaldato, forte e inebriante come il vino d'uva passita.

«Che cosa ci fai qui?» mi chiese. Ma io non sapevo cosa rispondere perché in quel momento guardavo attraverso il suo vestito leggero per immaginare la morbidezza della sua pelle e il volume delle sue forme. Il suo odore era uguale, lo stesso di un tempo, e questo poteva significare una cosa sola.

Cominciammo a rifrequentarci quasi subito, a casa mia, a qualunque orario. Al mattino, a volte, prima che mi alzassi.

Arrivava quasi senza dire nulla, si spogliava e poi entrava nel mio letto. Dopo l'amore si stirava sulle lenzuola come una gatta e si lasciava guardare nuda senza dire nulla. Nemmeno io riuscivo a dire gran che. In quei momenti mi tornavano in mente le parole oscuramente minacciose di mia moglie: «Non ci sarebbero limiti alla mia reazione», come se lei potesse vedermi in quell'attimo disteso nel letto accanto a quella donna nuda che impregnava l'aria del suo odore. Altre volte Anna veniva da me nel primo pomeriggio, come un tempo, quando andavamo in bicicletta lungo gli argini a cercare le macchie più folte di robinie.

Sprofondai ancora di più nell'inerzia. La mia vita era solo un intervallo fra un incontro e quello successivo. A volte passavo davanti alla tela vuota e avvertivo come un senso di vertigine, un'improvvisa mancanza del respiro. Pensavo ai bambini in quei momenti, per distrarre la mente con i miei sentimenti di padre, ma invano. L'incubo tornava insistente a perseguitarmi. L'immagine di lei com'era un tempo diventava sempre più forte e concreta, quasi una persona dotata di una sua propria vita, ma mancava l'ispirazione, o forse l'energia vitale indispensabile per prendere in mano i pennelli.

Una volta entrai nel cortile della Rocca, verso il tramonto, e salii sul ballatoio superiore perché, improvvisamente, mi ero ricordato di un lontano pomeriggio quando Liv era venuta a trovarmi per la prima volta in questa piccola città persa nella Bassa, così diversa dalla sua terra di luci forti e cristalline, e io l'avevo, condotta sul ballatoio quasi per toglierla dalla foschia che gravava al suolo e per ammirarla con il sole rosso nei capelli. Pensai che in quell'ora del giorno e in quel luogo quell'immagine remota dell'unica donna che avessi mai veramente amato, con i suoi colori e la sua vitalità, avrebbe riacceso in me la voglia di dipingere.

Il castello era deserto e io mi sedetti in terra, sul pavimento, appoggiando la schiena al muro, e me ne stetti in silenzio a osservare il lento moto delle ombre sull'impiantito man mano che il sole si muoveva verso la sera. Fumai, mescolata al tabacco della mia pipa, una dose di oppio turco che mi ero portato da Afyon in un recente viaggio, fissando il disco del sole finché scomparve dietro i tetti della città.

Non so quanto tempo passò, ma caddi in una sorta di cupa catatonia, di estasi torpida da cui mi riscossi solo quando sentii l'umidità della notte penetrarmi nelle ossa mentre dal campanile si diffondevano nell'aria ferma i rintocchi dell'ora di notte. Era buio ormai e non era accaduto nulla che potesse smuovere la mia mortale indolenza. Ridiscesi lentamente le scale e mi affacciai sulla grande corte erbosa e vuota, illuminata al centro da un lampione.

Mentre mi incamminavo sul lato destro del cortile verso l'uscita mi parve di intravvedere, con la coda dell'occhio, una figura muoversi al bordo dell'alone luminoso che il lampione proiettava sul prato. Mi volsi da quella parte e mi sembrò che la figura galleggiasse nell'aria come nebbia o fumo, e subito dopo ebbi per un attimo la certezza che quel simulacro non fosse altro che l'ombra di mio padre che fluttuava in quello spazio incerto fra il buio e la luce.

"Papà" mormorai dentro di me. Pensai che non se ne fosse ancora andato perché il mio ricordo lo tratteneva in quel territorio di confine, o forse perché aveva ancora qualcosa da dirmi. Non provavo timore e non mi passò nemmeno per la mente che quella visione fosse dovuta all'effetto della droga potente che avevo assunto. Mi avvicinai attraversando lo spiazzo con passo incerto finché mi parve, ma non potrei ora affermarlo con sicurezza, di averlo di fronte.

Non aveva l'aspetto sofferente ed emaciato dei suoi ultimi giorni, anzi, poteva dimostrare sì e no una cinquantina d'anni. Aveva i capelli ben pettinati sul volto pallido e mi pareva che indossasse la sua giacca preferita di velluto sui pantaloni di fustagno.

«Che cosa ci fai qui, papà?» gli chiesi. «È tardi, non hai sonno?» E mi rendevo conto che mi rivolgevo a lui come in un sogno e che la mia voce aveva uno strano suono gorgogliante, come se stessi parlando sott'acqua. Lui mi rispose, ne sono certo, perché vidi il movimento delle sue labbra, ma non riuscii a capire ciò che diceva: «Non ti sento, papà, non ti sento...» continuavo a dirgli, e vedevo il suo volto pallido segnato da un'espressione preoccupata mentre tentava ancora di parlare, ma senza emettere alcun suono. Provai a leggere le parole dal moto delle labbra ma non vi riuscii e anche ora, mentre cerco di scrivere queste note sconclusionate, rivedo quel movimento afono e quell'espressione angosciata, il moto di quelle labbra esangui...

La figura svanì nell'oscurità della notte e io mi rimisi in cammino con una strana inquietudine nel cuore. Raggiunsi la mia abitazione, estrassi le chiavi di tasca e armeggiai un poco con la serratura finché sentii scattare il chiavistello. La casa era tiepida e silenziosa e mi diede un senso di conforto ritrovarmi fra quelle mura che mi avevano visto bambino. Accesi la luce e presi la fotografia di mio padre dal mio tavolo: era una bella immagine che lo ritraeva sorridente e con in testa il cappello sulle ventitré come era solito portarlo lui, e anche quella mi rassicurò perché era un'immagine reale che mi riportava a un giorno preciso di un certo mese e di un certo anno.

Mi sentivo stanco, spossato, come se avessi lavorato intensamente per tutto il giorno e non avevo, in realtà, fatto nulla. Passai, come sempre, dal mio studio prima di raggiungere la camera da letto e accesi la luce per mettermi una volta ancora davanti alla tela vuota che aspettava ormai da mesi il primo tocco di pennello e restai immobile per lo stupore. Il quadro era stato iniziato: c'erano i contorni della figura perfettamente tracciati e c'era già un certo trattamento dei volumi con le ombreggiature e i colori di fondo. Pensai a un qualche scherzo di cattivo gusto, ma quando mi fui avvicinato di più alla tela e l'ebbi esaminata con grande cura non potei non riconoscere la mia stessa mano!

Mi lasciai andare su una sedia e cercai in qualche modo di capire come avessi potuto tracciare quell'abbozzo senza poi ricordare per nulla di averlo fatto. Pensai all'oppio che avevo fumato seduto in terra sul ballatoio della Rocca, pensai all'immagine di mio padre che galleggiava ai margini del buio: come potevo, mentre mi trovavo laggiù, aver iniziato a dipingere il quadro? Non potevo escludere che, sotto l'effetto della droga, fossi rientrato in casa e avessi iniziato, come in uno stato di trance, il lavoro che ora vedevo sulla tela, ma non potevo nemmeno affermarlo con certezza, anzi.

Non mi ero certo sognato le immagini del sole che tramontava sui tetti della città, il mio discendere le scale e attraversare la corte, il mio percorrere a passi frettolosi la via acciottolata che conduceva verso casa mia. Certo, poiché i morti non ritornano, la figura di mio padre non poteva essere che parte di un sogno o di un'estasi, e se le cose stavano così non poteva forse anche essere che io avessi in qualche modo dipinto quell'immagine sulla tela?

Mi trovavo, ancora a notte inoltrata, in uno stato confusionale in cui non riuscivo a discernere la realtà dall'immaginazione, in cui avevo perso nozione del tempo e perfino, a tratti, la coscienza di me stesso.

Mi addormentai tardi e con fatica e dormii un sonno angoscioso e tribolato, infestato da incubi che mi facevano di tanto in tanto balzare sul letto con gli occhi sbarrati e la fronte sudata.

Fu il sole a svegliarmi la mattina dopo, un sole lattiginoso che filtrava attraverso la nebbia diafana che avvolgeva la mia casa. Portai le mani alle tempie che mi martellavano dolorosamente e subito dopo frugai nel cassetto del comodino alla ricerca di un Advil che mi calmasse il mal di testa.

Mi alzai per raggiungere il bagno e, quando fui davanti allo specchio, provai ripugnanza al vedermi in faccia. Sembravo più vecchio di dieci anni, con occhiaie scure e rughe profonde che mi solcavano il viso. Ebbi però la precisa sensazione che tutto quanto aveva agitato la mia notte fosse stato solo un sogno, e questo pensiero mi diede un certo sollievo. Raggiunsi il mio studio sicuro che avrei trovato, come al solito, la tela bianca e che ne avrei provato l'abituale senso di angoscia, dopo di che sarei uscito a prendere un caffè al bar e avrei aspettato che Anna mi cercasse o io avrei cercato lei. Mi sbagliavo: l'abbozzo era reale ed era ancora là, anzi, la pittura aveva fatto progressi. C'era un'espansione del colore e un effetto di lieve chiaroscuro sulle nuove superfici dipinte, e non avevo dubbi che fosse la mia mano ad avere steso quelle pennellate sul quadro.

La guardai, l'accostai al naso e aspirai profondamente: se avessi dipinto senza ricordarlo, come un sonnambulo, l'odore dei colori acrilici avrebbe dovuto restare attaccato alla mia mano destra. Non percepii alcun odore se non l'aroma penetrante dell'oppio.

Restai a lungo di fronte a quell'immagine che stava prendendo forma senza il mio consenso, e cercai di concentrarmi. Fui preso invece da un tremito incontrollabile che tentai di dominare con un grande sforzo di volontà e, quando finalmente mi fui calmato, mi riaccostai alla tela, afferrai tavolozza e pennelli e presi a stendere qualche pennellata per continuare il lavoro che, a mia stessa insaputa, avevo già iniziato. Ma, nonostante mi sforzassi, non riuscii in alcun modo a continuare: la mano sembrava pesante come un macigno e i colori parevano colla tenace che invischiava il pennello e non lo lasciava scorrere sulla tela.

Abbandonai subito l'impresa e uscii di casa per raggiungere il mio solito caffè sotto i portici. Purtroppo le mie condizioni economiche erano molto peggiorate negli ultimi tempi perché non riuscivo più a lavorare. Il mio agente, che pure in passato era stato generoso nel corrispondermi consistenti anticipi, non era più disposto a versarmi un centesimo e io ero costretto non di rado a far mettere in conto anche le mie consumazioni al bar, tanto che il gestore mi guardava ormai con una certa insofferenza. E c'erano anche altri creditori che cominciavano ad assillarmi e se il droghiere e il tabaccaio erano del tutto innocui, chi mi forniva la droga, ormai sempre più indispensabile alla mia vita totalmente degradata, era invece persona non solo molto più esigente ma anche piuttosto pericolosa.

Strano a dirsi, quella mattina, mentre sorbivo il caffè, benché avessi vissuto esperienze incredibili nelle precedenti ventiquattr'ore, era il pensiero del denaro quello che più mi occupava la mente, assieme all'immagine di mio padre. Vidi ancora la sua bocca che si muoveva senza suono e d'un tratto mi parve di comprendere quello che tentava di dirmi: stava pronunciando una serie di numeri. Non avevo dubbi: stava dicendo 7, 11, 21, 5. Ma che senso aveva?

Estrassi dal portafoglio un biglietto da mille e qualche moneta per pagare il caffè, e uscii sotto il portico invaso in quel momento da una nebbia sempre più fitta e fredda.

Tornai verso la Rocca ed entrai nel vasto cortile. La costruzione era completamente immersa nella foschia, tanto densa che a malapena, dall'ingresso, si poteva distinguere il muro del lato opposto. Dall'alto pioveva una luce scialba che annullava tutti i colori in una sorta di sospensione lattiginosa. In quella strana dimensione, in quell'atmosfera provvisoria e sorda, i miei pensieri si facevano sempre più meschini e limitati. Mi volsi verso il lato orientale del cortile, là dove mi era apparsa l'immagine di mio padre, e mi sembrò di rivederla, avvolta dai fumi della nebbia sempre più fitta, e la sua bocca si muoveva per pronunciare quei numeri.

Non avevo più dubbi che si trattasse di numeri e d'un tratto fui certo che mio padre fosse tornato per aiutarmi quella notte che mi era apparso ai margini dell'ombra. Mi aveva portato i numeri da giocare al lotto perché potessi far fronte ai miei debiti e ai miei impegni e rifarmi, forse, una vita.

Quasi mi vergogno di aver avuto un simile pensiero quando mi trovavo invischiato in situazioni gravissime, per non dire terribili, quando eventi inquietanti e misteriosi mi si manifestavano senza una apparente spiegazione. Eppure questa era la verità: quella sequenza magica, quella indecifrabile cabala sulle labbra esangui di mio padre io la interpretavo come una volgare lista di numeri da giocare per ricavarne un profitto in denaro.

Al mio ritorno trovai Anna che mi attendeva a casa. Aveva acceso la stufa e si era tolta gli abiti, a parte una sottoveste nera di pizzo che mi eccitava moltissimo e che lei indossava a volte per farmi piacere. La salutai con un bacio e le chiesi se avesse una sigaretta, poi mi diressi verso lo studio per guardare il quadro: l'immagine era ancora più completa di quando l'avevo vista l'ultima volta. I panneggi e le pieghe del lenzuolo erano stati trattati con pennellate leggere e fitte per creare un gioco mutevole di superfici appena increspate, animate da una luce debole ma pervasiva, fredda ma al tempo stesso intensa.

«Sei tornato ai livelli migliori» disse la voce di Anna dietro di me.

«Lo pensi veramente?» le chiesi. «Davvero riconosci il mio stile?»

«In modo del tutto inconfondibile» disse. «E veramente non so spiegarmi come tu faccia, nelle condizioni in cui sei ridotto.»

«Se sono ridotto così male, perché vieni ancora a trovarmi?» le chiesi.

Esitò per un momento, poi mi tolse la sigaretta di tra le dita, aspirò una lunga boccata di fumo e disse: «Perché voglio vedere come finisce questa faccenda».

Mi avvicinai a lei, le appoggiai le mani sui fianchi e poi le sollevai la sottoveste sulle cosce e sul ventre. Lei mi lasciò fare, quasi indifferente, continuando a fissare il quadro. Sembrava affascinata da quell'immagine.

«Hai dei soldi da prestarmi? Per favore,» insistetti «mi servono almeno duecentomila lire.»

Mi guardò con un'espressione mista di pietà e disprezzo.

«Per favore» ripetei mentre le sfilavo gli indumenti e la spingevo contro il muro.

Mi lasciò fare e continuò a fissare il quadro mentre io sussultavo dolorosamente dentro di lei, continuò a fissarlo mentre scivolavo, vuoto ed esausto, lungo il suo corpo fino a terra, fino al pavimento gelato. Allungò la mano verso la giacca che le pendeva vicino da un attaccapanni, prese il denaro e me lo gettò. Raccolsi dal pavimento i biglietti di banca, e quando alzai gli occhi lei si era già rivestita e si allontanava verso la porta. Prima di afferrare la maniglia per uscire si volse verso di me e disse: «Sai una cosa? Non credo che sia tu a dipingere quel quadro: tu stai pagando qualcuno perché lo faccia al posto tuo per convincermi che vali ancora qualcosa, che puoi ancora salvarti. Ma non m'inganni. Tu non sei più capace di nulla. Non credo che mi vedrai più».

Sono trascorsi quattro giorni da quel momento e Anna ha mantenuto la sua parola lasciandomi marcire nella mia solitudine. Poco fa sono passato dal mio studio e ho visto il quadro finito. Liv risplende in quella tela di un fascino penetrante e tremendo, ma la sua bellezza senza limiti non accende il desiderio, non suscita emozioni. Brilla come una stella fredda nelle profondità del tempo e dello spazio. Io la guardo e ancora non so capacitarmi di come abbia potuto dipingere quell'immagine. La tecnica è la mia, non v'è dubbio, ma quella bellezza desertica e remota non può essere uscita dal mio animo.

Forse è tutto un sogno, forse ho perso l'ultima possibilità di governare la mia vita, ma non me ne importa. Credo di non amare più l'immagine di Liv che ho portato per anni dentro di me, e questo è quello che conta. Presto sarò libero dalla sua ossessione e ciò significa che in un modo o nell'altro quel quadro è mio...

Questa mattina ho giocato tutti i soldi che Anna mi aveva lasciato, duecentomila lire, sulla ruota di Milano dove è nato mio padre e aspetto che la radio comunichi, fra qualche ora, i numeri estratti. Sono sicuro che usciranno: 7, 11, 21, 5. Vincerò un sacco di soldi, ne sono certo, e me ne andrò da questo paese. Me ne andrò via, in Messico, forse, o in Giamaica, e riprenderò a dipingere lontano dagli incubi di questa nebbia. E i miei figli passeranno le vacanze con me in una bella casa dalle pareti intonacate di bianco con il patio e le buganvillee.

È buio ora. E lo sento fuori e dentro. La stanza è impregnata di fumo e dei miei umori malinconici. Mi sembra di vedere delle ombre sul muro di fronte... «Sei tu, papà?» E la radio diffonde, sommessa, una vecchia canzone degli anni Sessanta: «Di giorno posso non pensarti, la notte maledico te...».

L'oppio rende tutto più lieve, evanescente, anche i rintocchi del campanile che suona l'ora di notte; solo le ombre sembrano acquistare corpo e vita e ogni movimento, ogni atto, anche minimo, pare diluito in un tempo enorme.

«Sei tu, papà?»

L'ombra adesso ha una forma netta e precisa perché si è accesa d'un tratto la lampada che ho alle spalle. È l'ombra di un braccio alzato che impugna un coltello e il quadro che ho davanti illuminato ha ora anche la firma dell'autore, Liv Roggeveen, e la data di oggi, 7 di novembre. E sono le 21 e 5 minuti. L'ora di notte. La mia ora.

La statua di neve

Attraversò il gigantesco cantiere con passo frettoloso, fermandosi solo per pochi istanti, quasi sovrappensiero, a osservare la mole della basilica completamente ingabbiata dalle impalcature, avvolta in una sorta di alone fosco: il polverio sollevato dalle migliaia di operai che si aggiravano sui tavolati, dalla calce e dal gesso che fluttuavano nell'aria densa e fredda di quel giorno di gennaio. Il lavoro non veniva mai interrotto, nemmeno nelle giornate più fredde e uggiose. La sua cupola sarebbe cominciata a sorgere, fra qualche tempo, dal colossale tamburo all'incrocio dei due bracci delle navate e del transetto, ma lui la vedeva già, terminata, dominare l'intera città, e di là il mondo, con la sua lanterna, grande come una chiesa, sormontata dalla croce.

La sognava a volte, come il Monte della Trasfigurazione, circonfusa di luce dorata, altre volte come un Calvario di pietra nuda su cui incombevano nembi tempestosi. E non c'era una volta che quel sogno non fosse guastato da visioni d'incubo: pensava che quella mole spropositata sarebbe sprofondata, che la terra stessa non ne avrebbe sopportato il peso. A volte gli sembrava di sentire quella montagna di marmo gravargli sul petto e sul cuore e schiacciarlo come un insetto. Stanchezza, paura forse, consapevolezza di aver progettato, lui Michelangelo Buonarroti fiorentino, la più grande fra le meraviglie del suo mondo. Già vedeva l'ultimo giorno, quando la croce gigantesca di ferro battuto sarebbe stata issata fin lassù a consacrare il trionfo di Cristo sul mondo intero. Eppure quante miserie! Quante invidie e trame, quanto denaro che passava di mano per corrompere, favorire, arricchire amici e parenti di vescovi, cardinali, canonici e perfino del papa. Lo scotto da pagare affinché la gloria di Dio splendesse sul mondo. O la gloria di Michelangelo? Come tutto si guastava, come tutto si corrompeva fra le mani degli uomini! Ricordava in quei giorni con rimpianto i tempi in cui, ancora ragazzo, cresceva sotto la protezione del Magnifico Lorenzo, nella sua città, ancora sconosciuto e tuttavia già toccato dal dito di Dio.

Vittoria. Bastava il suo nome per dissipare le nubi, per riscaldargli il cuore, per liberarlo dalle angosce sempre più ricorrenti: la gloria che passa, la paura dell'ultimo giorno che si avvicina e con esso il giudizio di Dio, lo stesso che aveva affrescato con furia apocalittica sulla parete di fondo della Sistina...

Creatura soave, sguardo intenso e appassionato, velato spesso di malinconia, voce armoniosa e lieve nel colore del leggero accento romano. Se n'era innamorato ben presto, lui uomo ormai maturo, dal primo momento in cui lei lo aveva invitato nella sua casa accogliendolo nel suo cenacolo di spiriti nobili e lo ascoltava paziente, discuteva con lui per ore, sorrideva, illuminando la sua vita. Un amore etereo, spirituale, impalpabile come la polvere dei suoi colori che fluttuava nell'aria quando dipingeva un affresco ma non per questo meno intenso e struggente.

Allungò il passo mentre il sole tramontava e discese in direzione del Tevere impaziente di incontrarla e di consegnarle, per il suo compleanno, un disegno raro della Vergine che egli aveva eseguito da giovane e che aveva ritrovato per caso, frugando fra le sue carte. Era il genetliaco di lei, ma ben pochi lo sapevano perché Vittoria Colonna era persona schiva e modesta e rifuggiva da celebrazioni e feste, preferendo la severità della discussione filosofica e lo scambio intenso dei sentimenti e delle meditazioni. Venne ad accoglierlo personalmente nell'atrio e lo salutò: «Una piacevole sorpresa, Michelangelo».

«Vi ho portato un regalo: non è forse il vostro compleanno?»

Vittoria arrossì e in quel momento gli zigomi le si tinsero di rosa contrastando con l'olivastro dell'incarnato, come nello stupendo ritratto di Sebastiano del Piombo: «Come lo avete saputo?».

«Ho i miei informatori.»

Vittoria sorrise: «Entrate, vi prego». E gli fece strada verso la sua biblioteca privata dove ardeva un fuoco gagliardo nel caminetto, riverberando una luce incerta nella stanza e sui ritratti che pendevano dalle pareti. «Che cosa mi avete portato? Non dovevate incomodarvi.» Michelangelo srotolò il suo disegno su un tavolo, mostrando una Madonna dolcissima che allattava il Bambinello. Vittoria guardò il disegno sfiorandolo con le lunghe dita, come per accarezzare l'immagine.

«Non riuscirei mai a dipingere le vostre mani...» sussurrò. «Mio malgrado devo ammettere che soltanto Leonardo...» Vittoria si volse di nuovo verso di lui: «Voi avete dipinto la mano di Dio, Michelangelo». Era così vicina che poteva sentire il profumo dei suoi capelli, un vago sentore di viola. Incontrò il suo sguardo, cupo, luccicante: sentì che quel corpo e quell'anima erano una cosa sola, una forza intatta e incontaminata. Un leggero sudore gli imperlò la fronte.

«Che cosa avete, Michelangelo?»

«Nulla, mia signora... il mio dono vi piace?»

«Immensamente. Eppure...»

«Parlate, vi prego.»

«Non so perché: proprio in questo momento mi sovviene di un'altra opera vostra di cui ho sentito parlare e che mi ha visitato in sogno questa notte.»

«Un'opera mia? E quale?»

Vittoria Colonna si scostò lievemente e si sedette su una poltrona, in modo tale che lo guardava di sotto in su come una bambina.

«Parlate» ripeté Michelangelo.

«Fu tanti anni fa: un giorno d'inverno a Firenze. Eravate giovanissimo: quel giorno, dicono, cadde tanta neve...»

Michelangelo volse lo sguardo alla finestra, alla debole luce del tramonto e ripeté: «Neve...». Nevicava ora, infatti, a piccoli fiocchi candidi che la tramontana faceva turbinare fra le mura dell'antico cortile.

«Ora ricordo» disse l'artista seguendo con lo sguardo quella danza meravigliosa. «Sì, ricordo...»

«Una statua di neve» proseguì Vittoria. «Di una bellezza incomparabile... una meraviglia effimera che la terra bevve e l'aria dissolse...»

«Come l'avete saputo?» chiese Michelangelo, volgendosi improvvisamente verso di lei. «C'eravamo soltanto io, Maso della Bella che è morto da tanto tempo e...»

«Giorgio Vasari.»

«Infatti. Giorgio Vasari. Era poco più che un bimbetto con le guance arrossate dal freddo. È stato lui a dirvelo.»

Vittoria Colonna annuì con un cenno delicato del capo.

Michelangelo non disse nulla, assorto nei suoi pensieri, e il crepitare del fuoco nel camino risuonava più forte nella stanza deserta, magnificato dal silenzio profondo dell'inverno. Il vento era caduto e la neve scendeva ora più lenta e a falde più grandi, imbiancando le siepi e le statue del giardino, i coppi che orlavano in alto il muro di cinta.

«Che cosa rappresentava quella... statua?» chiese a un tratto Vittoria.

«Una donna. Una donna... ignuda» rispose Michelangelo chinando la fronte.

«Chi era quella fanciulla?» chiese Vittoria.

«Ha importanza? Era... una popolana che avevo visto un giorno bagnarsi nelle acque dell'Arno, e la sua immagine si era stampata nella mia mente: lo splendore delle sue membra, la delicatezza delle sue forme... Mi resi conto quel giorno che solo la neve sarebbe stata degna materia per ritrarla.»

Vittoria si alzò in piedi e gli si avvicinò. C'era un leggero tremito nel suo sguardo, un'eccitazione insolita e sconosciuta: «Un giorno mi chiedeste di posare per voi...».

Michelangelo annuì gravemente: «E voi rifiutaste».

«È un rito pagano e...»

«È arte. L'arte è purezza assoluta. È innocenza primigenia.»

«Sono una vedova, Michelangelo. Non potete capire il mio pudore?»

«Lo capisco. E vi amo ugualmente, nel modo in cui è possibile a un uomo come me amare una donna come voi.»

«Tuttavia...»

«Tuttavia?»

«Quando ho sentito quel racconto ho pensato che forse potrei posare per voi ma soltanto... soltanto per una statua di neve, una forma miracolosa ed effimera, un prodigio della vostra generosità capace di dar vita a forme mirabili, sapendole in breve destinate alla distruzione. So bene che, se fosse un marmo o un dipinto, poi non avrei cuore di distruggerlo e la mia nudità rimarrebbe esposta per sempre a ricordarmi un momento di debolezza, forse un peccato.»

Michelangelo sentì le lacrime salirgli agli occhi. «Fareste questo per me?»

«E voi?» chiese Vittoria in un soffio.

«Con tutta l'anima.»

Vittoria annuì e cominciò a sciogliersi con lento gesto misurato il manto dalle spalle: «Allora fatelo» disse. «Ora o mai più.»

Michelangelo corse fuori nel giardino illuminato dalle lanterne e cominciò ad ammassare febbrilmente la neve che ricopriva il suolo compattandola con una pala fino a creare una rozza forma approssimativamente umana. Poi prese dalla tasca interna della giubba una sgorbia che portava sempre con sé e si volse verso la porta della biblioteca: Vittoria si ergeva dietro i vetri, immobile e nuda.

L'artista fu preso da una commozione irrefrenabile alla vista di quell'immagine che aveva sognato per anni, senza nemmeno osare di figurarsela dinnanzi. Cominciò a scolpire la statua con gesti delicati, morbidi e misurati, come se le sue dita accarezzassero il corpo della sua signora. Ma il vetro in breve divenne opaco per la differenza di temperatura e di umidità fra le due superfici ed egli fu privato della vista della sua modella. Ma non osò chiedere altro: cercò di continuare l'opera appellandosi alla memoria, alla forza dell'amore che gli imprimeva a fuoco nella mente quelle forme tanto vagheggiate.

Ma Vittoria capì e aprì la porta esponendosi alla fredda notte invernale.

«No!» esclamò Michelangelo. «No, copritevi, vi supplico.»

Ma lei lo fermò con un gesto: «Quest'opera non varrà meno per voi e per me di quelle che avete immortalato nel bronzo e nel marmo. E io voglio vederla. Continuate. Io voglio che continuiate».

Ed egli continuò piangendo, contemplando il corpo di lei su cui si rifletteva il caldo bagliore delle fiamme del focolare. E quando ebbe finito si tolse di mezzo perché la modella potesse contemplare la propria immagine scolpita nel candore immacolato della neve. Vittoria giaceva al suolo, svenuta. Egli si inginocchiò di fianco a lei, la coprì amorevolmente e la pose a giacere vicino al focolare finché non si riprese. Si alzò allora e tornò davanti alla porta per contemplare la propria immagine.

Aveva ancora le labbra livide e le ciglia umide di neve sciolta.

«È meravigliosa» sussurrò con voce debole. «Grazie.»

«Grazie a voi, mia signora» riuscì a balbettare Michelangelo.

«Ora andate, vi prego.»

L'artista uscì gettando un ultimo sguardo al suo capolavoro.

Pochi giorni dopo Vittoria cadde ammalata per non riprendersi mai più.

Il vasaio di Acarne

Dicono che vendere vasi a Samo sia l'impresa più impossibile, visto che in quell'isola se ne producono da sempre in quantità enorme e se ne esportano in tutto il mondo conosciuto; ma anche vendere vasi di qualunque genere in questo periodo è piuttosto difficile. Soprattutto la roba fine e ricercata della mia bottega, la più importante che ci sia al Ceramico, anche se la mia abitazione è ancora fuori città. Io me ne sto ad Acarne, un sobborgo di poche migliaia di persone perché mi piace più la pace e il verde della campagna che non la confusione di Atene. La città è esausta per i lunghi anni di guerra, circolano pochi soldi, i mari sono infestati dai pirati e il commercio è fermo. Insomma si fa la fame e le previsioni per i tempi più prossimi non sono buone.

Mi chiamo Eufronios e la mia è una famiglia di vasai da almeno cinque generazioni. In casa conservo una collezione completa di esemplari che riflettono l'evoluzione di stile e di tecnica che si è verificata nella nostra arte per un arco di più di cento anni. Ho i vasi che creava il mio trisavolo Eupite, fitti di figurine stilizzate, nero su ocra, con omini che sembravano formiche sia che fossero rappresentati sui carri da guerra che a bordo di navi sul punto di salpare. Il più bello che fece lo usarono come urna per le sue ceneri dopo che fu cremato. Peccato: si trattava, dicono, di un pezzo superbo, con il collo alto e stretto, le anse piccole sul ventre panciuto, leggero come una bolla di sapone.

Poi lo stile cambiò e ai tempi del mio bisnonno Antenore si realizzavano vasi a colori vivaci, decorati a fasce con sequenze di animali e di mostri fantastici: grifoni, sirene, arpie, sfingi. A quel tempo i pittori ceramisti avevano orrore del vuoto e fra una figura e l'altra riempivano gli spazi liberi con ogni sorta di soggetti stilizzati: fiori, palmette, animali marini, anatrelle, svastiche. L'effetto di quell'affollamento era singolare ma non privo di una sua grazia e di una sua intrinseca vivacità. Se ne trovano ancora nelle dimore degli aristocratici che amano far mostra della continuità del loro potere e del loro rango e se ne trovano, è ovvio, in casa mia, visto che tra i vasai mi reputo anch'io un *áristos*.

Mio nonno Callicrate fu tra i primi a cimentarsi nella grande innovazione della pittura in nero sul fondo naturale dell'argilla cotta: le sue figure erano estremamente incisive e ben impostate, i tratti anatomici delineati con brevi segni decisi, le sequenze di soggetto mitico magnificamente raccontate come in una rappresentazione a teatro. Ma quando oramai era piuttosto anziano, lo stile mutò ancora e le parti si invertirono: anziché dipingere in nero su fondo naturale, si tinse il fondo di nero lasciando liberi solo i margini delle figure, che così risultarono del colore dell'argilla cotta: una innovazione straordinaria! Va da sé che il colore dell'incarnato in una figura umana è molto più simile a quello dell'argilla cotta che al nero. E così tutte le figure risultarono più naturali. D'altra parte, immaginiamo una scena in cui fossero rappresentati degli Elleni in atto di acquistare mercanzie dagli Etiopi: come si distinguerebbero gli uni dagli altri se tutte le figure fossero nere? Non v'è dubbio che la tecnica a figure rosse sia molto più simile alla situazione naturale, mentre il fondo nero le fa risaltare ancora di più.

Poi venne mio padre, Onchestos, grande maestro mio e di tanti come me: fu uno dei più eccellenti pittori nell'arte a figure rosse e l'altro giorno, mentre entravo nel tempio di Efesto nell'agorà, mi sono fermato a contemplare uno dei suoi capolavori: un gigantesco cratere con anse a volute alto due cubiti, largo uno, con scene della caduta di Troia: magnifico! Fu acquistato e offerto al dio come dono votivo da Cimone figlio di Milziade quando era comandante supremo della nostra flotta.

Più lo guardavo e più mi sentivo orgoglioso: sarò forse presuntuoso, ma secondo me non v'è arte più sublime e raffinata della pittura sui vasi. Si dirà: "E gli affreschi di Zeusi e Parrasio, di Polignoto e di Protogene sotto il Portico Adorno?". Belli, non c'è dubbio; ma dipingere grandi immagini su una bella e ampia parete perfettamente piana è un conto, mentre è tutt'altra cosa dar vita a figure di minime dimensioni sulla parete convessa di un vaso o su quella concava di una coppa: bisogna sapere in anticipo quale sarà la distorsione provocata dalle superfici, calcolare l'effetto delle sovrapposizioni, le proporzioni fra grande e piccolo, dare a ogni personaggio il giusto risalto; il tutto con due soli colori e su superfici sfuggenti.

Certo mio padre me le suonava quando combinavo qualche pasticcio, quando non riuscivo a realizzare ciò che mi chiedeva, ma io lo benedico perché oggi posso dire, senza timore di essere smentito, che non c'è altro pittore in tutto il Ceramico che sia al mio livello. E dire che gli inizi non furono brillanti: ero un perdigiorno e uno sciagurato tanto che mio padre, per raddrizzarmi la schiena, come diceva lui, mi iscrisse alle liste dei volontari che partivano per la guerra. Un disastro: ci avrei lasciato sicuramente la pelle se non fosse stato per il nobile Alcibiade, che comandava il mio reparto. Ero circondato dai nemici che stavano per sopraffarmi quando lui, accortosi del pericolo che mi sovrastava, accorse in mio aiuto e mi portò in salvo che tremavo come un fringuello intirizzito. Gliene sarò grato per tutta la vita!

Da allora misi la testa a posto e mi applicai al mio lavoro con raddoppiato entusiasmo, creandomi una reputazione seconda a nessuno. Ed ecco qua il mio capolavoro: il più grande vaso dipinto che sia mai stato realizzato: è alto come un uomo e largo tanto che nessuno che io conosca ha braccia così lunghe da poterlo cingere.

Per ora è solo un disegno: da un lato il progetto del vaso nudo con la sua forma e le sue dimensioni, dall'altro lo sviluppo in orizzontale delle figure. Il tema? Una specie di cerimonia, un rito, si direbbe, celebrato all'interno di mura domestiche, non di un tempio o di un santuario. È stato il committente a ordinarmi questo soggetto e, a dire la verità, si è spinto fin troppo in là nel darmi suggerimenti. Praticamente la composizione e la posizione delle figure la voleva definire lui, voleva che facessi lo schizzo sotto i suoi occhi e quasi guidare la mia mano. Stavo per dirgli: "Già che ci sei, perché non te lo fai da te, il vaso?". Ma, devo ammettere, l'uomo è stato così convincente da farsi perdonare l'eccesso di intromissione. Convincente nel senso che mi ha offerto una somma enorme purché io mi impegnassi a realizzarlo così come me lo ha chiesto nei minimi particolari. Diciamo, senza discutere. Dieci mine sono un sacco di soldi, e io mi sono affrettato a cambiare il tenore dei miei discorsi. Il lavoro è impegnativo, ma chi te le dà, al giorno d'oggi, dieci mine per un vaso?

L'uomo è venuto l'altra sera, mentre faceva buio, e io stavo rigovernando il mio studio per poi chiudere a chiave e andarmene a casa a mangiare un boccone. Adesso è il tempo delle fave fresche e del formaggio di capra e non vedevo l'ora di rientrare, quando arriva costui, bussa alla porta e mi dice: «È questo lo studio del grande Eufronios?».

«Lo è,» rispondo io «ma sto per chiudere. Perché non torni domani?»

«Perché domani non ho tempo» risponde quello.

«Amico,» dico io «come hai affermato tu stesso poco fa, questo è lo studio del grande Eufronios, il quale apre e chiude bottega quando e come gli pare. Non so se mi sono spiegato.»

«Ti sei spiegato benissimo» risponde quello senza scomporsi e, anzi, sedendosi su una seggiola dopo averla spolverata con il lembo del mantello. «Ma le cose non cambiano.

Ho bisogno di parlarti in questo momento, di combinare e, se ci mettiamo d'accordo, di pagarti un adeguato anticipo.» E mentre dice così tira fuori una borsa piena di ciziceni d'argento e la svuota sul mio tavolo da lavoro. Per Zeus! Erano un sacco di soldi e io sono messo male. Accendo una lucerna perché non ci si vedeva quasi più e mi siedo. Quelle monete luccicavano che era una meraviglia: lustre e scintillanti, appena battute dalla zecca. Uno spettacolo.

«Chi sei?» gli chiedo.

«Questo non ha importanza» risponde lui.

«Guarda che io ho bisogno di sapere con chi tratto.»

«Tu hai bisogno di essere pagato per quello che fai. Il resto non ti riguarda.»

Ho detto poco fa che le cose vanno male e i miei affari ancora peggio, ma la dignità è dignità e io non sono disposto a transigere quando uno vuol fare troppo il furbo con me.

«Allora,» gli rispondo a muso duro «se la cosa non mi riguarda, tu adesso prendi su i tuoi stracci e ti levi dai piedi. Io non so che farmene dei tuoi quattrini.»

«Non ti scaldare» mi risponde. «Il fatto è che il mio nome non ti direbbe nulla. Sono un mediatore di commercio giù al Pireo; un tale è venuto da me ieri sera, mi ha dato dei soldi e delle istruzioni e mi ha detto di venire da te a farti questa commissione: è tutto. Io ho la mia percentuale: ho visto che non gli piacevano le chiacchiere e nemmeno farsi vedere in giro, e così non ho perso tempo neanche con te.»

La spiegazione mi era parsa credibile, anche se poco chiara: il mondo è pieno di gente strana e uno ha il diritto di spendere i propri soldi come vuole. A quel punto dico: «E va bene, come vuoi tu. Affare fatto: fra tre mesi consegno il lavoro e tu mi paghi il saldo delle dieci mine».

«Cinque giorni» risponde lui.

«Come hai detto?»

«Cinque giorni.»

«Stai scherzando,» rispondo io «in cinque giorni non riesco nemmeno a preparare il grezzo.»

«Ne ho bisogno fra cinque giorni. Prendere o lasciare...»

E mentre sto per rispondere aggiunge: «E se consegni nel tempo richiesto, ho disposizione di aggiungere un premio corrispondente al dieci per cento».

«Ci posso provare, ma non so se ce la faccio.»

«Certo che ce la fai» risponde quello. Si alza e, così come era arrivato, se ne va.

Io mi butto fuori con la lucerna in mano e grido: «Ehi, aspetta...». Ma si era già dileguato. Guardo di qua, guardo di là giù per strade buie e strette, ma era sparito, come inghiottito dal nulla.

Quella sera, benché fossi piuttosto stanco, non volli prendere la strada di casa, uscii verso l'agorà, mi comprai un pezzo di pane e un po' di formaggio di capra da un venditore ambulante e me ne tornai al mio laboratorio sbocconcellando quel poco di cena. Vino ne avevo in un'anfora ancora mezza piena e mi misi a scarabocchiare con un carboncino la sequenza delle figure a grandezza naturale sul tavolo di marmo. Uno scarabocchio e un morso di pane, uno scarabocchio e un morso di formaggio, o un sorso di vino: la cena più buona che ci sia quando ti prende un'idea e te ne innamori così, d'improvviso. Il carboncino scorreva sul piano del tavolo con naturalezza; ogni tanto buttavo giù le briciole sul pavimento e poi proseguivo.

Cominciavo ad avere le idee chiare: sarebbe stato un capolavoro anche se avevo solo cinque giorni di tempo.

C'era un silenzio irreale fuori, nelle strade che abitualmente risuonavano dei richiami dei giovani che ridevano e scherzavano e si divertivano con le prostitute che battevano il marciapiede dietro il Portico Adorno. Non ce n'erano rimasti molti dei giovani, in città, e nemmeno di adulti. Erano partiti quasi tutti per la guerra in Sicilia, contro Siracusa, la maggiore alleata del nostro più grande nemico: Sparta. Che giornata era stata quella! La città intera era scesa al Pireo ad assistere alla partenza della flotta: centocinquanta navi da battaglia pavesate a festa ognuna con lo stendardo del suo navarca a poppa, con le vele tese al vento che recavano l'immagine della civetta, simbolo della dea Atena e della nostra città. Gli anziani avevano le lacrime agli occhi per la commozione: le donne sventolavano una miriade di fazzoletti per salutare i loro figli, i loro mariti, i loro padri che salpavano verso un'avventura gloriosa. E loro, i nostri guerrieri, schierati sulla tolda delle navi, risplendenti nelle loro armature di ferro e di bronzo, con gli scudi lucidi come specchi che scintillavano al sole con le loro immagini araldiche che ricordavano le imprese degli antenati o i simboli delle loro famiglie. Poi, finalmente, le trombe squillarono il segnale della partenza: i remi scesero in acqua fra un ribollire di schiuma e un echeggiare di ordini concitati, mentre i tamburi cominciavano a battere ritmicamente la voga: uno spettacolo che non dimenticherò più. E sulla nave ammiraglia i nostri comandanti: Nicia e Lamaco e poi Alcibiade, l'uomo che un giorno mi salvò la vita in guerra, il più bel giovane e il più brillante politico della nostra città. Scanzonato e anticonformista, intelligente e raffinato, gaudente insaziabile, curioso di ogni esperienza, fanatico del bello. Quante volte l'ho visto passare di notte con la sua brigata accompagnato da uno stuolo di amici e di ragazze bellissime. D'altra parte gli piacciono sia gli uni che le altre così come gli piace, dicono, fare esperienza di tutto a questo mondo.

Lo vidi passare a quel modo anche pochi giorni prima che la flotta partisse, con il suo magnifico mantello a strascico che ha fatto moda in tutta la città, ma rimasi colpito dal fatto che fra le donne che avevano con loro ce n'era una con un pancione così che sembrava incinta, ma di notte non ci si vede gran che e posso anche aver visto semplicemente un'ombra. A ogni modo non facevano il solito chiasso. Anzi, si muovevano quasi con circospezione.

Io faccio il pittore ceramista e non mi immischio nelle faccende altrui, esprimo il mio voto quando c'è da votare, ma onestamente non sono molto assiduo nell'assemblea e di politica non ne capisco gran che, specie di questi tempi quando ogni mattina si alza uno nuovo che pretende di insegnare a tutti come si guida la città: ciabattini, venditori di legumi, mercanti, tutti credono di saperla più lunga degli altri... I tempi di Pericle sono finiti: allora sì che la politica era una cosa seria: la città era potente e prospera, i nemici non osavano alzare la testa, la nostra flotta dominava il mare e in città gli artisti, i filosofi, gli architetti, i poeti animavano le strade e le piazze con le loro opere e i loro insegnamenti. Mi ricordo ancora quello che diceva Pericle quando gli chiedevano quali debbono essere le qualità di un uomo di Stato: «Sapere quello che va fatto, saperlo spiegare alla gente, amare la propria patria». Parole semplici ed efficaci. Ma chi c'è più ormai ad Atene capace di parlare con tanta forza e tanta chiarezza?

Quanto a me, non sono partito perché la città, nel pieno dello sforzo bellico, non può permettersi di rimanere senza la voce più importante delle sue esportazioni. E così tutti i vasai e i pittori ceramisti più abili e conosciuti sono stati esentati dal servizio militare. Io con loro, naturalmente.

Comunque, il giorno dopo quella strana notte lo sgomento si diffuse per la città. Alle prime luci dell'alba, infatti, i fornai che si alzavano per primi avevano fatto una scoperta sconcertante: tutte le immagini di Dioniso che ornavano la città erano state mutilate. Dalle nostre parti le immagini che adornano le piazze e gli incroci della città sono piccoli pilastri a base rettangolare sormontati da un busto del dio, ma nella parte anteriore del pilastro, proprio all'altezza giusta, sporge il membro eretto di Dioniso, simbolo di fertilità: le donne sterili che passano per la strada glielo accarezzano e così restano incinte, almeno questo è ciò che credono. Ebbene, proprio quello gli avevano spezzato con una bella martellata.

La città cadde nella costernazione: un tale sacrilegio, praticamente alla vigilia della partenza, portava male, era di pessimo auspicio. Ma chi poteva essere stato a compiere un atto simile? I magistrati sguinzagliarono subito i loro informatori e, a dire la verità, sono venuti anche da me a farmi delle domande. Si sa che la luce è accesa nel mio laboratorio, molto spesso fino a tarda notte, e dunque avrei potuto vedere qualcosa.

Ma sì! Se uno compie un atto simile non lo fa certo a cavallo della mezzanotte: troppa gente in giro. Lo fa prima dell'alba, quando tutti dormono e non c'è proprio nessuno per le strade. In ogni caso, a quanto mi è stato detto, qualcuno ha fatto il nome di Alcibiade, il giovane bellissimo, il nipote di Pericle, il discepolo di Socrate: chi altri, se non lui, avrebbe potuto compiere una simile bravata? Spregiatore delle tradizioni, disinvolto, anticonformista, temerario, amorale. Prove però nessuna, almeno a quanto ho sentito dire. D'altra parte, dico io, come si fa a calunniare una persona che è anche un capo politico oltre che un ufficiale di alto rango, membro dell'alto comando della spedizione contro Siracusa? Quale sarà il morale delle truppe sapendo che sono guidate da un uomo che non ha nessun rispetto per gli dei?

Dal momento che non c'era nulla di concreto contro di lui, la spedizione partì ugualmente e lui con gli altri, ma in città gravava un senso di profondo sconforto, una specie di presentimento di sventura nonostante i grandiosi riti propiziatori che avevano accompagnato la partenza della flotta, nonostante la comune consapevolezza che la nostra città era la più grande potenza del mondo conosciuto, che le nostre navi non avevano rivali e che il nostro esercito era il più numeroso e il meglio equipaggiato.

A quest'ora la nostra magnifica armata è impegnata ad allestire una base a Catania, una città nostra alleata anche se a me pare che stiano perdendo tempo, ma io sono un ceramista e non un generale, e il mio parere non vale un fico acerbo.

Ed eccolo qua il mio vaso, il capolavoro di Eufronios figlio di Onchestos: il grezzo è pronto, eseguito dal miglior artigiano del Ceramico, un tale Apollodoro, un immigrato da Megara che avevo raccolto io stesso nella mia bottega perché pativa la fame. Poi si fece un'esperienza e mise su bottega per conto suo. Nessuno sa preparare l'argilla come lui, e questo vaso gigantesco è leggero come una bolla di sapone, equilibrato come una livella, e le sue curve sono più dolci e più perfette di quelle del sedere di Afrodite. Un ingegno naturale, una predisposizione alla perfezione che è un vero dono degli dei.

E ora tocca a me: è giunto il momento che io stenda la pittura e dia inizio alla composizione figurata: non mancano che tre giorni allo scadere del mio contratto, poi si presenterà quel tipo con la faccia da beccamorto che mi chiederà: "Allora, hai finito?".

Ecco qua, dunque: la prima fascia è una semplice decorazione sul collo, un particolare in cui il mio committente mi ha lasciato completamente libero. «Mettici quello che vuoi.» Mi ha detto. E io ho scelto un giro di ovuli e palmette sormontate da una sequenza di onde marine stilizzate, quello che noi del mestiere chiamiamo *kýma*. Dopo di che viene il tema della prima fascia decorata, che gira esattamente alla spalla del vaso.

Fuori sta piovendo, una pioggerella rada di fine estate che porta più afa che refrigerio, e sono in un bagno di sudore. Ho licenziato i miei allievi in questi giorni, con una scusa, anche a costo di far rallentare tutti i miei lavori già in corso di esecuzione, ma voglio essere solo mentre realizzo questo oggetto.

C'è ancora luce sufficiente per tracciare almeno le figure della prima fascia, e anche se il buio dovesse sorprendermi potrò sempre completare questa parte del mio lavoro al lume delle lucerne. Non so perché mi viene sempre in mente quella notte e Alcibiade con quel gruppo di giovanotti che passavano nel buio e quasi in silenzio: dove stavano andando? O da dove venivano? Certo che è stato proprio dopo quella notte che hanno trovato tutte le immagini di Dioniso con l'uccello troncato, ma chissà quanta altra gente era in giro quella notte, quanti balordi o peggio, nemici sotto false spoglie che si aggirano per spiare o per carpire notizie.

Meglio rimettersi al lavoro e non pensarci più. Ecco qua, ecco, basta trasportare le figure dalla superficie piana su quella curva... un gioco da ragazzi per uno come me, ma quanto tempo, quanti sacrifici, quanti scappellotti da mio padre... Ecco il piccolo corteo che prende forma, due giovanetti davanti a tutti con una torcia in mano che fanno luce per la via notturna. Dietro viene un seguito di giovani e ragazze e anche alcune "compagne", fra le più belle che si possano immaginare, ha detto il mio committente. Forse pensava a qualcuna in particolare, Frine, forse? E Myrrhina, magari. Certo quando Frine scende al Pireo una volta all'anno per fare il bagno nuda, c'è tutta Atene a vederla... E poi un personaggio con il capo velato... eccolo qua... che regge fra le mani un recipiente avvolto in un drappo. Strano, non è vero?

Il momento più delicato nell'arte di un pittore ceramista quale io sono è proprio questo: quando le figure sono tracciate sulla superficie ma non c'è ancora il fondo che le confina e quasi restituisce loro le proporzioni. Bisogna immaginare il lavoro finito, la sequenza delle scene, la campitura delle superfici, l'equilibrio fra pieni e vuoti. Sono questi rapporti e queste proporzioni che rendono insuperabile l'arte dei ceramisti ateniesi. Certo che il tempo passa in fretta quando si lavora con passione, si sente già lo squillo di tromba del primo turno di guardia sulle torri delle mura. Fra poco si udrà il passo cadenzato delle pattuglie di arcieri sciti che perlustrano le strade guidati dai nostri ufficiali... già... E come mai quella notte in cui le immagini di Dioniso furono mutilate nessuno ha visto niente? Possibile che un simile sacrilegio abbia potuto compiersi senza che nessuno abbia notato nulla? In fondo si tratta di immagini abbastanza numerose: ce n'è una a ogni crocevia si potrebbe quasi dire, e le pattuglie camminano su e giù per tutta la notte. Mah...

Ed ecco che procediamo con la seconda fascia: più lunga della prima, e che andrà a occupare anche tutta la parte posteriore del vaso. Una scelta che mi sbilancia la composizione... non so perché quell'uomo mi ha chiesto di procedere in questo modo, d'altra parte è lui che paga e io lego l'asino dove vuole il padrone. Eventualmente potrei dipingere un'immagine nella parte posteriore del vaso all'altezza della prima fascia... magari un'erma, un'immagine di Dioniso con il suo affare bello dritto...

La seconda fascia, dicevamo... Oh, possenti dei! L'uomo con il recipiente... Ecco che cos'era quella specie di protuberanza inspiegabile sulla pancia di una delle figure che seguivano il gruppetto quella notte... Non era una donna incinta: era un uomo che nascondeva un vaso sotto il mantello. Ma perché? E perché la scena che sto dipingendo somiglia così tanto a quella piccola e silenziosa processione? Faccenda curiosa questa in cui si sta mescolando l'arte con strani eventi di cui non riesco a capire il senso. La piccola comitiva ora entra in una casa preceduta da un albero di pere e vigilata da un grosso cane. In questo punto devo tracciare un diaframma che sta a significare la porta d'ingresso. Dall'altra parte si svolge la scena successiva. L'uomo con il volto velato scopre l'oggetto che teneva nascosto sotto il mantello, un vaso abbastanza largo con un coperchio come quello di una pisside, e versa a tutti che porgono le loro coppe per bere...

Oggi è il quarto giorno e sono arrivato nel mio laboratorio di buon'ora. Phyllis, la schiava del fornaio, è arrivata con una focaccia ancora calda farcita con pancetta e olive, e io mi sono versato un bicchiere di vino dalla mia anfora. Un buon modo di cominciare la giornata. Fra un po' passerà Frixos il mendicante a chiedere l'elemosina, e poi la vecchia Glykeria a fare le pulizie con la sua scopa. Ieri sera, mentre chiudevo bottega e mi avviavo verso casa, ho sentito delle voci molto concitate provenire dalla piazza. Mi sono diretto da quella parte e ho visto un mio amico, un giovane ufficiale della guardia di sorveglianza, che discuteva animatamente con altri due o tre individui. Erano arrivati in quel momento dal Pireo e volevano parlare con l'arconte.

«A quest'ora?» chiede l'ufficiale, un ragazzo di Acarne, il mio quartiere. «Ma voi siete matti. L'arconte dorme della grossa e io non mi sogno nemmeno di svegliarlo.»

«Non occorre che lo svegli» fa uno dei tre «lo svegliamo noi.»

«Ma si può sapere chi siete e che cosa volete? Io non vi lascio andare da nessuna parte se non mi dite chi siete.» Detto questo sguaina la spada e si piazza di traverso fra loro e la casa dell'arconte, che sorgeva non molto distante.

«Metti via quel ferro» gli fa uno dei tre, un tale con capelli e barba brizzolati che mi sembrava di avere visto altre volte bazzicare dalle parti del Pireo. Poi i tre gli si avvicinano e cominciano a parlottare sottovoce. A quel punto non riesco più a capire una parola ma vedo che l'ufficiale li accompagna fino alla porta della casa dell'arconte, poi dà una voce al guardiano, si fa aprire e li introduce all'interno.

Ormai ero troppo curioso di sapere come sarebbe andata a finire e sono rimasto lì, seduto su una panca, ad aspettare che succedesse qualcosa. Intanto si erano accese delle luci dentro la casa e sembrava che vi fosse un gran viavai. Passa un bel po' di tempo, tanto che sento risuonare dalle mura il richiamo del secondo turno di guardia, poi, finalmente escono prima i tre misteriosi personaggi che poi spariscono nell'intrico di viuzze che si dipanano ai piedi dell'Acropoli, poi, da ultimo, il mio amico ufficiale che si ricongiunge alla sua pattuglia che lo attende poco distante con le armi al piede.

«Sei tu, Antikles?» gli dico mentre mi passa davanti senza avermi riconosciuto.

«Eufronios! Che ci fai qui a quest'ora seduto su una panca in mezzo alla piazza deserta?»

«Prendo il fresco» gli rispondo io, non essendo riuscito a trovare una risposta migliore. «Ma dimmi, che cosa sta succedendo? Chi erano quei tali che prima discutevano così animatamente?»

Antikles abbassa la testa: «Oh, niente... volevano vedere l'arconte».

«A quest'ora?»

«A quest'ora.»

«Ma dev'essersi trattato di una cosa molto importante, nessuno avrebbe osato disturbarlo a quest'ora di notte.»

«Importante, sì.»

«Grane?»

«E grosse.»

«Dalla Sicilia?»

Antikles alza le spalle.

«Che c'è, non ti fidi di me?»

«Si tratta di cose riservate e io non so se...»

«Se è così lasciamo perdere, ma può darsi che anch'io abbia delle cose riservate che potrebbero interessarti... roba grossa se non mi sto sbagliando, ma se non hai voglia di fare due chiacchiere possiamo anche andarcene a letto. Almeno io, non so tu.»

Antikles sembra scosso dalla mia affermazione: «Il tribunale supremo ha deciso di incriminare Alcibiade...».

«Non parli sul serio.»

«Altro che.»

«E di che cosa?»

«Sacrilegio.»

«La faccenda delle erme di Dioniso, scommetto.»

«Quella.»

«C'è la pena di morte per il reato di sacrilegio.»

«Infatti.»

«E dunque c'è qualcuno che vuole fargli la festa. Troppo giovane, troppo bello, troppo colto, troppo bravo.»

«Troppo presuntuoso, troppo arrogante...» continua Antikles.

«Sarà, ma torniamo a quei tre. Che cosa volevano?»

«Te l'ho detto, parlare con l'arconte. Dunque, la giuria popolare ha deciso di incriminare Alcibiade e ha inviato una nave veloce a portargli la comunicazione in Sicilia. Nello stesso istante in cui lui riceve la comunicazione perde il suo grado di stratego e deve immediatamente rientrare per difendersi davanti al tribunale.»

«Capisco, e allora?»

«Niente, quei tre sono ufficiali del tribunale partiti dalla Sicilia subito dopo che Alcibiade ha ricevuto la comunicazione per riferire all'arconte che lui ha deciso di presentarsi.»

«E quando arriverà?»

«Dopodomani, o il giorno dopo al massimo; dipende dal tempo che farà.»

«Dopodomani...» Comincio a riflettere. Era proprio il giorno successivo a quello in cui scadeva il mio incarico, in cui sarebbe arrivato quel tale dal Pireo a prendere il suo vaso.

«Ma lo sa Alcibiade di che cosa è incriminato?»

Antikles abbassa il capo.

«Non lo sa. Non è così?»

«Non proprio. Da quello che ho capito, gli hanno riferito che è chiamato a testimoniare per la faccenda della mutilazione delle erme di Dioniso.»

«A testimoniare contro se stesso.»

«Questo non lo hanno specificato, credo.»

«Già.»

«Avevi detto che anche tu avevi delle cose da dirmi.»

«È vero, ma non ora. Sto ancora indagando. Inoltre devo finire di dipingere un vaso per un tale del Pireo. Poi ti dirò quello che penso e che sono riuscito a sapere.»

«E quand'è che avrai finito?»

«Domani. Domani al tramonto. È allora che verrà quel tale a prendere il vaso e dovrai essere presente anche tu, ben nascosto e camuffato, s'intende, non con tutta questa ferraglia che hai indosso.»

«Fa' conto che ci sia già. Queste storie mi intrigano.»

«Senza contare che puoi metterti in buona luce agli occhi delle autorità.»

«Se devo essere sincero, la cosa non mi dispiacerebbe.»

«Non c'è niente di male. Allora a domani sera, al suono del primo turno di guardia. Ma non entrare nel mio laboratorio: stattene appostato fuori e vedi se riesci a riconoscere l'uomo che uscirà portandosi dietro un grande vaso dipinto. Sicuramente avrà con sé dei servi e un carretto: si tratta di un oggetto di dimensioni ragguardevoli.»

«Farò come dici. Allora a domani.»

«A domani, Antikles, e buona guardia.»

L'ho salutato così e sono sicuro che questa sera (è ormai il quinto giorno in cui affido a un breve diario questi miei appunti) sarà puntuale come la morte. D'altra parte ormai non manca più molto, questione di un paio d'ore: se ne starà già rimpiattato in mezzo ai banchi di venditori di vernice e non perderà né una fisionomia né un bisbiglio: lo conosco bene.

Ed ecco qua il mio capolavoro: la terza fascia è terminata, distesa su due facce: nella prima si vede il gruppetto, entrato in casa, che attinge con le coppe al vaso ora appoggiato su un piedistallo: è nero ma tutto decorato con un serto di spighe d'oro, una meraviglia. Uno dei personaggi ha il volto coperto dal mantello, ma gli pende dal collo una specie di medaglione con l'immagine di una spiga di grano: un simbolo che già adorna il misterioso vaso e che fa pensare ai misteri della dea Demetra a Eleusi.

Nella faccia posteriore del vaso c'è una scena di orgia con danzatrici nude che ballano al ritmo di nacchere e tamburelli, suonatori di *aulòs*, giovani e fanciulle che si accoppiano in tutti i modi che la fantasia può suggerire, inclusi quelli che praticano le prostitute nei bordelli. Tutti sono nudi in questa ultima scena, chi in piedi, chi disteso sui letti triclinari, molti incoronati di spighe e tutti a volto scoperto. Solo il personaggio con il pendente al collo è velato dalla clamide e gli occhi sono l'unica parte visibile del suo volto.

Che Zeus mi fulmini se capisco di che si tratta. So soltanto che ci deve essere sotto qualcosa di grosso: questa pittura rappresenta un evento ben preciso, ne sono certo. Il motivo ornamentale inferiore che separa il corpo centrale del vaso dal suo piede l'ho realizzato con un serto di spighe, tanto per stare in argomento, motivo che non stona per nulla con quello superiore, anzi, crea una specie di piacevole contrasto.

La fornace è pronta, alla temperatura giusta, quella della brace di biancospino, l'ingubbiatura è stesa; ora ha il colore grigio scuro dell'argilla cruda depurata, ma basterà una mezz'ora perché acquisti il suo colore nero e perché venga assorbita diventando un tutt'uno con la superficie sottostante rendendosi così indelebile nei secoli e nei millenni a venire.

Ho capovolto la clessidra da un po' e aspetto fiducioso lo

scorrere lento e continuo dei piccoli granuli di sabbia finissima. Il mio è uno strumento di precisione, lo stesso che si usa nei tribunali per contare il tempo assegnato agli imputati per pronunciare la loro arringa di difesa. Sabbia libica: ecco il segreto: è talmente fine e asciutta che scorre con un moto perfetto, costante e continuo come l'acqua. Ho compiuto questo gesto migliaia di volte, eppure mi sento in preda a una strana eccitazione: non ho tempo per ripensamenti, né per rimediare a eventuali errori: se dovesse esserci qualche difetto nell'impasto o qualche intrusione che è sfuggita alla depurazione, potrebbe prodursi una crepa: l'opera sarebbe irrimediabilmente perduta e il mio cliente quasi di certo furibondo. Devo confessare che un po' mi fa paura: con quegli occhi fondi e quelle occhiaie scure: non ho mai creduto che sia un mediatore del Pireo. Per tutti gli dei, quando ti fissa sembra che ti frughi fin dentro le budella.

Il tempo è scaduto. Apro la fornace ed eccolo, il miracolo... lo sapevo che sarebbe stato una meraviglia, lo sapevo... Perfetto, nero e liscio, lucido e uniforme in ogni sua parte, e le figure! Una sequenza formidabile, un movimento ritmico, una composizione potente ed equilibrata; e l'ultima luce della sera gli conferisce una doratura meravigliosa, magici riflessi. C'è giusto il tempo per lasciarlo raffreddare e potermelo contemplare con comodo: è una creatura mia e sta per lasciarmi forse per sempre.

Bussano alla porta: dev'essere lui.

«Avanti.» È lui, infatti, e sembra sempre di più un gufo.

Il vaso troneggia sul mio tavolo di lavoro e io lascio che sprigioni tutto il suo splendore nell'ultima luce del tramonto.

«Bel lavoro. Non c'è che dire.»

«Ti ringrazio.»

«Ed eseguito giusto in tempo.»

«In tempo per cosa?»

L'uomo ha un'incertezza. Forse ho fatto una domanda che non si aspettava.

«In tempo per la consegna.»

«Ah, sì.»

«Ed eccoti qua il saldo.» Rovescia sulla tavola la borsa con il resto delle dieci mine. Poi ne aggiunge un'altra facendo tintinnare l'uno sull'altro sei decadrammi d'argento freschi di conio: «Si era detto il dieci per cento in più per la consegna precisa e per l'eccellenza dell'esecuzione: mi pare che ambedue le condizioni si siano verificate».

«Ti ringrazio ancora, amico.»

«Allora io vado. Addio.»

«Addio e buona fortuna.»

L'uomo fa cenno affacciandosi alla porta. Entrano due servi, avvolgono il vaso in un drappo di lana e poi lo appoggiano dentro un paniere colmo di paglia che caricano su un carretto. Danno una voce al mulo e via. L'uomo dalle occhiaie scure non si volta nemmeno indietro e io sto lì, dritto come un palo, davanti all'uscio della mia bottega con le mani sulla pancia a pensare.

«Buona idea la tua» dice una voce alle mie spalle.

«Antikles. Da dove sbuchi?»

«Lo sai chi è quello?»

«Ha detto di essere un mediatore giù al Pireo.»

«È un sacerdote del santuario di Demetra a Eleusi.»

«Ecco perché tutte quelle spighe.»

«Quali spighe?»

«Te lo spiegherò un'altra volta.»

«Meglio. Io devo andargli dietro per conoscere il resto di questa storia.»

«Vai. Io sono sempre qui, non mi muovo. Credo anche che dormirò in bottega. Ci avevo già sistemato una branda mentre lavoravo a quel vaso.»

Scompare. Chissà quando lo vedrò.

E invece è tornato. Almeno, penso che sia lui. Chi può essere che mi sveglia a quest'ora di notte?

«Eufronios! Eufronios! Apri, sono Antikles.»

«Un momento, arrivo.»

È proprio lui. Questa volta armato di tutto punto e con

l'elmo sotto il braccio: «Che succede, il nemico ha fatto irruzione in città?».

«Hai qualcosa da bere?»

«Un bicchiere di vino.»

«Dammelo e prendine uno anche tu: ne avrai bisogno.»

«Ehi, calmati, che cosa succede?»

«È come ti avevo detto: quell'uomo è un sacerdote del santuario di Demetra a Eleusi.»

«L'avevo capito subito che non poteva essere un mediatore commerciale del Pireo. E allora?»

«Lo sai che cos'era la scena che ti ha fatto dipingere sul vaso?»

«Ci ho pensato più volte, ma non sono riuscito a capire.»

«È un atto di accusa. Per Alcibiade. Non hanno alcuna prova per la mutilazione delle Erme, ma hanno un testimone per un reato ancora più grave: la profanazione dei misteri eleusini.»

«Vai piano: non riesco più a seguirti.»

«Allora: Alcibiade ha dei nemici implacabili in città che lo vogliono esautorato e poi, possibilmente, morto. Ora costoro hanno tentato di diffondere la notizia che era stato Alcibiade a mutilare le erme di Dioniso, ma nella giuria Alcibiade ha ancora parecchi amici di un certo peso, e questi hanno preteso prove inconfutabili. All'esame dei fatti gli accusatori non hanno potuto presentare che vaghe illazioni. È anzi sorto il sospetto che siano stati loro a perpetrare il misfatto per poi poter incolpare Alcibiade. Senonché il giovanotto ha fornito loro ben altri argomenti per incastrarlo. Alcibiade, non c'è da meravigliarsene, è iniziato ai misteri eleusini, un rituale segretissimo, come ben sai, che in nessun modo è lecito rivelare, pena la morte.»

«Ma lui che cosa avrebbe rivelato?»

«Niente, ma ha fatto di peggio: pare abbia celebrato una parodia dei misteri nella sua stessa casa, che poi sarebbe degenerata in un'orgia.»

«Se ha fatto questo, merita di morire... Ma non riesco a capire che cosa c'entra il mio vaso... perché me lo hanno commissionato con quelle scene...?»

«Ciò che lo ha tradito è la sua smisurata curiosità. Ascolta adesso ciò che ti dico e poi dimenticalo subito: è roba che scotta, si rischia la pelle anche solo a pensarci. Allora, c'è una sostanza che viene fatta assumere agli iniziati nel momento in cui devono entrare in contatto con la divinità, una sostanza di cui nessuno conosce la composizione ma dagli effetti straordinari. Un segreto che i sacerdoti di Demetra si tramandano di generazione in generazione...»

«Mi verso un altro bicchiere di vino... credo di averne bisogno.»

«Dunque Alcibiade è riuscito a sottrarre una certa quantità di quella sostanza e poi l'ha sperimentata assieme a un gruppo di amici nella sua stessa casa...»

«L'uomo con un vaso sotto il mantello...»

«Come dici?»

Ho nitida adesso l'immagine evocata dal mio amico Antikles: rivedo il piccolo corteo silenzioso che attraversa le strade buie del Ceramico in direzione di... già... c'è proprio la casa di Alcibiade da quella parte...

«Come hai detto?» ripete Antikles con insistenza.

«Lascia perdere. È solo una sensazione. Ma dimmi, che cosa c'entra il mio vaso in tutto ciò? Che significato avrebbe mai?»

«Un sacerdote di Eleusi non può testimoniare direttamente e nemmeno entrare in tribunale per una materia penale che abbia a che fare con i misteri. Ha quindi scelto un messaggio figurato per accusare Alcibiade.»

«La sequenza dipinta sul mio vaso.»

Proprio così.

«Ma Alcibiade non è riconoscibile in nessun modo.»

«Lo è invece. Hai dipinto un personaggio con al collo un ciondolo con una spiga?»

Dei del cielo, come fa questo ragazzo a sapere tutte queste cose?

«L'ho dipinto» devo ammettere. «E allora?»

«Il tribunale ha avuto la notizia che Alcibiade porta al collo quel talismano e che solo lui ne ha uno così fatto. L'arconte *basiléys* ha ricevuto in dono il vaso questa sera stessa con una lettera di accompagnamento: gli basterà tirare le somme e avrà modo di mettere sotto accusa Alcibiade appena scende al Pireo e di emettere una sentenza di morte in tempi brevissimi. Per di più gli resterà come regalo il tuo vaso che vale, suppongo, un patrimonio. In altre parole i sacerdoti di Eleusi, non potendo testimoniare direttamente per non compromettere il segreto dei misteri, hanno deciso di far pervenire un'immagine all'arconte, l'immagine realizzata dalla tua maestria, e così sarà come se l'arconte avesse assistito di persona alla profanazione dei misteri. Mi sono spiegato?»

«Altro che. Ma un vaso può essere una prova?»

«No, ma quel ciondolo che porta al collo sì. Basterà che Alcibiade metta piede a terra sul molo del Pireo. Verrà perquisito e, se glielo trovano addosso, per lui sarà la fine. E, per quel che ne so, non se ne separa mai. In ogni caso è quasi certo che anche l'arconte *basiléys* sia un iniziato ai misteri e quindi Alcibiade non avrà scampo, io credo.»

«Già. D'altra parte, se ha fatto quello che dici...»

«È vero, ma, se lo conosco bene, lui non voleva offendere gli dei, né profanare i misteri, voleva vedere se quella pozione ha effetto anche fuori dal santuario. Il resto, ciò che è avvenuto dopo fra le mura della sua villa, era imprevedibile... Capisci cosa voglio dire?»

Lo capisco perfettamente, accidenti, e mi dà molto fastidio essere stato raggirato. E quei soldi che mi hanno pagato... mi sembra che siano il prezzo della sua vita. Maledizione, maledizione, non è questo lo scopo per cui ho creato quel capolavoro, il più bel vaso che sia mai stato dipinto. Ho creato la prova per mandare a morte un uomo. Le mie riflessioni sono improvvisamente interrotte dalla voce di Antikles:

«A cosa stai pensando?»

«A nulla. So soltanto che una volta Alcibiade mi salvò la vita in battaglia mentre io ho fornito il mezzo per distruggere la sua.»

«Non potevi sapere...»

«No, ma le cose non vanno meglio per questo.»

«Io devo andare... Forse non avrei dovuto dirti niente, ma mi avevi pregato di indagare su quell'uomo e io l'ho fatto.»

«Non pensarci. Io non posso che esserti grato.»

«Allora addio... non crucciarti: il mondo è quello che è, e non possiamo farci nulla.»

Antikles è già sulla porta e si mette l'elmo in testa per riprendere il suo servizio di pattuglia intorno alle mura. Un pensiero mi attraversa improvvisamente la mente: «Aspetta».

Antikles si volta verso di me.

«Dove potrebbe essere a quest'ora?»

«Si starà avvicinando a Capo Sunion, ma le navi aspetteranno l'alba per doppiarlo: di notte è troppo pericoloso per via degli scogli affioranti.»

«Le navi? Perché, sono più di una?»

«Sì. Non c'era una cabina per lui sulla nave da guerra che gli hanno mandato, e lui è abituato a viaggiare comodo. Ha chiesto di salpare con la sua nave e gli è stato concesso, ma non ti illudere, è guardato a vista e le due unità navigano a stretto contatto, praticamente a portata di voce.»

«Capisco.»

Antikles è uscito e io continuo a rimuginare i miei pensieri. Lo guardano a vista – ha detto –, ma di notte è più facile tagliare la corda. Se fossero davvero in vista del Sunion io... Mi è venuta un'idea: ci sono ancora delle braci nella mia fornace, e coperte di cenere possono arrivare abbastanza lontano. C'era un segnale che avevamo concordato in tempo di guerra... il segnale di pericolo che conoscevamo soltanto nel nostro reparto: gli occhi della civetta si aprono e si chiudono tre volte nella notte. Esco gridando dietro ad Antikles che è già in fondo alla strada.

«Aspetta, aspetta!»

«Che cosa c'è questa volta?»

«Ho bisogno di un piacere.»

«Di che si tratta?»

«Mi servono due scudi.»

«Due scudi? E che cosa te ne fai? Tu sei dispensato dal servizio militare.»

«Senti, non ti sto chiedendo due spade o due lance, ma due scudi. Con quelli non si fa del male a nessuno.»

«Sì, ma si tratta di roba catalogata e registrata. Non posso sottrarli dai magazzini senza firmare, e quando verrà scoperto l'ammanco verranno a chiedermi...»

Tiro fuori una manciata di monete d'argento e gliele metto in mano: «Qui c'è di che coprire le tue necessità personali per un paio di mesi. Gli scudi ti verranno restituiti al più presto. Allora?».

«Domani li avrai.»

«Non domani. Adesso. E li voglio di bronzo e nuovi di zecca.»

«Ma che pretese...»

Gli faccio cadere in mano ancora qualche moneta.

«Sta bene. Dove li vuoi?»

«Qua dietro, vicino alle scuderie.»

Antikles si allontana e io vado alla stalla: attacco il cavallo al carretto, riempio di braci un orcio, le copro di cenere e lo lego in un canto, prendo la coperta della mia branda, poi tiro fuori il mulo ed esco aspettando impaziente. Eccolo, finalmente! È a cavallo, e dai due fianchi dell'animale pendono due oggetti avvolti in un panno.

«Ecco quello che hai chiesto. Non voglio sapere che cosa ci fai, ma non combinare guai, per favore. O verranno a cercare me.»

«Stai tranquillo. Nessuno si accorgerà di niente.»

Capo Sunion di notte è una meraviglia e il santuario di Poseidon è un bianco fantasma sotto il cielo stellato. Non c'è nessuno: due custodi dormono sui loro giacigli sotto il portico. Il vento soffia abbastanza forte e il fruscio delle fronde dei pini e delle querce copre il lieve rumore dei miei passi. Ecco, questo è un posto buono e ben visibile. Tolgo gli scudi dalle loro custodie. Magnifico: sono nuovi di zecca come avevo chiesto e brillano come l'oro. Li piazzo a breve distanza l'uno dall'altro puntellati in modo che rivolgano la parte concava in direzione del mare. Poi verso a terra davanti a ciascuno di essi le braci che ho portato dalla mia fornace e accendo due fuochi con la legna secca di biancospino. Fiamme bianche, luminosissime, si alzano ben presto e fanno risplendere gli scudi. Se Alcibiade è laggiù sul mare dovrebbe vederli splendere nel buio come... come gli occhi di una civetta! Ho fissato adesso due pali al suolo e vi ho appoggiato il mio mantello... proprio come in tempo di guerra... quando facevo i segnali... Ecco, mi sembra di vedere dei lumi laggiù: che siano le due navi che riportano Alcibiade? O forse soltanto dei pescatori sorpresi dalla notte al largo del promontorio? A questo punto la cosa ha assai poca importanza. L'alba sta per spuntare. Ora copro i due fuochi con il mantello, poi lo sollevo e poi li copro ancora... e ancora. Gli occhi della civetta che si chiudono tre volte: "Pericolo! Pericolo!".

Lascio passare del tempo e poi ripeto il segnale e mi sembra che una delle due luci sul mare si spenga. Forse è accaduto ciò che volevo o forse no, ma almeno ho fatto quello che l'animo mi dettava. È ora che io me ne torni a casa a riconsegnare i due scudi ad Antikles prima che qualcuno si accorga della loro sparizione e per riprendere il lavoro nella mia bottega.

Sono passati sette giorni da quando quel forestiero entrò nella mia bottega per ordinare il vaso e non si è più saputo nulla. Una cosa è certa però: una delle nostre navi da guerra proveniente dalla Sicilia ha gettato l'ancora al Pireo sei giorni fa. Da sola. L'altra, evidentemente, ha preso il largo, e comunque se ne sono perse le tracce. E come si suol dire: "Nessuna nuova, buona nuova".

Turno di notte

Mi chiamo Jacques Lafitte e ho scritto queste poche pagine per una strana forma di suggestione o di presentimento: una di quelle situazioni in cui uno pensa, o si illude, di vivere un momento importante, fondamentale e irripetibile. Manca mezz'ora alla mezzanotte dell'anno 2000 e sono contento di essere di servizio per il turno di notte quando la maggior parte dei miei simili si prepara alla baraonda di fine millennio: fuochi d'artificio, convulse danze di ubriachi, bòtti, cianfrusaglie scaraventate dalle finestre su strade ingombre di cartacce e bottiglie vuote. Una specie di frenesia, di psicosi generale per un festeggiamento del tutto privo di senso, perfino del senso della paura millenaristica, totalmente destituita di ogni fondamento.

Ci hanno provato tutti a creare un po' di suspense, di aspettativa catastrofica: film hollywoodiani su asteroidi-killer, virus sterminatori, ciclopiche onde oceaniche, eruzioni vulcaniche, buchi nell'ozono, collasso informatico, perfino improbabili invasioni di extraterrestri. Per non parlare dei libri: maledizioni faraoniche, profezie di Nostradamus e di Malachia, farneticazioni di maghi, veggenti, sensitivi e cabalisti. Niente da fare: non ci crede nessuno. Questa umanità è così cinica e scafata che non riesce più nemmeno ad avere paura, a costruirsi un incubo decente e credibile per il quale provare almeno una considerevole, accettabile dose di inquietudine.

D'altra parte, come potrebbe? Se ne stanno seduti a tavola per la cena e tengono il televisore acceso con le scene in diretta di donne e bambini fatti a pezzi nei villaggi d'Algeria, centinaia di migliaia di esseri umani massacrati e torturati in villaggi e città di Bosnia e Kosovo, Afghanistan, Timor, Cecenia, Zaire e in chissà quanti altri posti che adesso non ricordo. Accettano ormai come notizie di ordinaria amministrazione quelle di bambini del Terzo Mondo costretti a prostituirsi ai turisti del sesso o a nascondersi nelle fogne di Rio de Janeiro per sfuggire ai cacciatori di *niños de rua*. Gli sembra ormai normale che i diseredati del Terzo Mondo possano essere usati come datori di organi da trapianto per vecchi ricchissimi e codardi che non hanno nemmeno il coraggio di accettare un naturale appuntamento con la morte.

Perché la gente dovrebbe mai avere paura di una banale, innocua, inoffensiva fine del millennio? O perché mai dovrebbe pensare che il prossimo millennio debba essere migliore di quello passato con tutto che va a puttane, con un'aria sempre più irrespirabile, un clima impazzito, una natura agonizzante, un oceano avvelenato, una civiltà senza fede e senza luce?

L'anno 2000, poi, non è nemmeno l'inizio del nuovo millennio ma solo l'inizio dell'ultimo anno del vecchio: una celebrazione del tutto immotivata, o meglio giustificata soltanto da quel doppio zero che non ricorre nelle date da novecentonovantanove anni: sai che occasione!

Meglio il turno di notte, mi sono detto, e quando il direttore della centrale mi ha chiamato nel suo ufficio con la faccia di circostanza per chiedermi un grosso sacrificio, non immaginava nemmeno di farmi invece un grande favore. Si è alzato in piedi ed è venuto a sedersi dalla mia parte come per mettersi graziosamente al mio livello e mi ha detto: «Jacques, so di chiederle un grosso sacrificio, ma, ecco, considerato che lei non ha famiglia... cioè, non ce l'ha più (chi glielo avrà detto che mia moglie mi ha piantato per un *couturier* italiano e che si è portata via anche la mia unica figlia?)... ecco, visto e considerato, pensavo che forse avrebbe accettato di fare questo turno di notte...».

E mentre io stavo per accettare con entusiasmo mi ha troncato la parola in bocca e ha ripreso a dire: «Guardi, voglio che sappia che questo si tradurrà in ferie supplementari e in una speciale gratifica... lo so che anche lei avrebbe diritto ma senta, Fournier è stato di turno per le vacanze di Natale, Müller mi ha portato un certificato medico, non lo dica, lo so anch'io che è fasullo, però che cosa ci posso fare? Ferretti è stato di turno l'anno passato quando lei era in vacanza a Saint-Tropez con sua moglie. Lo so, potrei restarci io, ma, guardi, mia moglie me lo chiedeva da anni di portarla a cena da Maxim a Parigi per il Capodanno del 2000 e così, avendo prenotato per tempo...».

Ho dovuto stare al gioco e fingere di accettare a malincuore, giusto perché me lo chiedeva lui e poi perché, sì, in fondo, che cosa avevo da perdere visto che non avevo nemmeno una famiglia, o meglio, non ce l'avevo più? Anzi, a quel punto gli ho detto: «Se devo essere sincero, direttore, a me non sembrano queste delle buone ragioni; voglio dire, per il fatto che io non avrei occasioni di divertirmi domani notte, ma visto che ormai, se ho ben capito, i giochi sono fatti, per questa volta passi, anzi, in fin dei conti sono contento che almeno voi ve la spassiate. Io festeggerò la vera fine del millennio l'anno prossimo».

«Ma certo,» ha risposto lui «questo è fuori discussione e io me ne rendo garante fin da questo momento.» È uscito felice come una pasqua ed eccomi qua, per il turno di notte.

Una notte tranquilla, devo dire, almeno in questa zona, in mezzo a questa foresta di abeti appena mossi da un leggero vento occidentale, quasi un sospiro... Si sente, di tanto in tanto, il richiamo dell'assiolo e quello del gufo che se ne va in giro in cerca di qualche topolino di campo. Ho sentito anche l'allocco: un richiamo lungo e triste, quasi un lamento: mette un certo brivido se uno è solo e magari un po' giù di corda, e invece non è altro che il richiamo per la femmina per cui si suppone che nel loro linguaggio debba invece avere un certo suono festoso e comunque seducente.

Ora, in questo preciso istante la foresta qui intorno è silenziosa: si sente solo il ronzio del reattore e il soffio delle turbine che girano a pieno regime. Ci vuole tanta energia questa notte: intere metropoli illuminate a giorno, feste, spettacoli, kermesse, concerti, e poi, la meraviglia delle meraviglie: a mezzanotte precisa una grande parabola in orbita attorno alla Terra verrà colpita da un proiettore laser ad altissima potenza piazzato sul monte Bianco e si illuminerà come una seconda luna: il trionfo della tecnologia messo al servizio dello spreco e della stupidità umana. Che bel risultato!

Però il direttore sarà contento: a quest'ora è seduto a un tavolo da Maxim con la sua signora e starà gustando il suo piatto preferito: pasticcio di anatra con Château Mouton Rotschild e si accingerà a far stappare il Dom Perignon per il brindisi bimillenario. Non c'è dubbio: io sono nato per favorire i miei simili e per farli contenti. Tant'è vero che tre ore fa, quando è venuto da me Michel Duboch del controllo di sicurezza e si è seduto nel mio ufficio sbuffando gli ho chiesto: «Che cosa succede Duboch, sei giù di corda?».

«Ma cosa vuoi,» mi ha risposto «mi tocca stare di servizio quando tutti se la spassano, proprio questa sera che avevo ottenuto un appuntamento da una ragazza che mi sta molto a cuore... uno schianto, ti assicuro. Ma quel figlio di puttana di Müller si è dato malato e così mi tocca mandare tutto all'aria e passare l'ultimo dell'anno in questo posto merdoso a rompermi le palle fino alle sei di domani mattina. E quella si troverà qualcun altro che la faccia stare allegra questa notte.»

«Tutto qua?» gli ho risposto. E in quel momento mi è venuta un'ispirazione felice, una di quelle idee che ti si accendono in testa nei momenti di grazia: «Guarda che non c'è problema. Se pensi di essere ancora in tempo falle un colpo di telefono e dille che sei libero come l'aria e di prepararsi per una notte di follie».

«Già, e il capo chi lo sente domani? E poi, lo sai meglio di me, sono cose delicate: il pannello di controllo deve essere tenuto sotto osservazione continuamente...»

«E dov'è il problema? C'è Rochat giù ai magazzini di stoccaggio delle scorie che non fa nulla, visto che Ferretti è in permesso e senza di lui il lavoro non può procedere. Lo sposto al pannello di controllo e tu sei libero.»

«Ma no, senti... non mi pare il caso...»

«Guarda che il capo non si accorge di nulla. Ti timbro io il cartellino di uscita domattina e tu risulti presente tutta la notte. Te l'ho detto, Rochat è giù che si tira le dita in mezzo a tutti quei fusti accatastati e prima di due giorni non può muovere nemmeno un posacenere senza Ferretti. Dico, Rochat è stato vicedirettore per tre anni, è il tecnico migliore che abbiamo qui dentro, non c'è mica niente da temere. Comunque, senti, fai come credi: per me non ci sono problemi, e mi sembra veramente un delitto che tu perda un'occasione del genere. Ti auguro di vivere il più a lungo possibile, ma dubito che riuscirai a celebrare un altro passaggio di millennio, e qualora anche ci riuscissi, temo che la tua ragazza a quel punto non sarebbe più così fresca e attraente.»

Duboch non aspettava altro: «Davvero pensi che posso? Senti, facciamo così, io telefono: se lei c'è ancora accetto la tua offerta, se no pazienza, vorrà dire che a mezzanotte vengo su e beviamo un bicchiere insieme».

«Il telefono è lì» gli dico.

Lui prende la cornetta, forma il numero e lascia squillare: uno, due, tre, quattro... Dall'espressione sconsolata del suo sguardo capisco che la chiamata è arrivata troppo tardi, poi improvvisamente lo vedo illuminarsi: «Sei tu, Sylvie?» dice. «Sì, sono io. C'è un cambio di programma: non sono più di servizio e se sei ancora del parere posso passare a prenderti fra meno di un'ora. Che ne dici...? Magnifico... allora fatti bella e preparati ad andare in orbita! Sono lì fra tre quarti d'ora al massimo, il tempo di farmi una doccia e di cambiarmi.» Poi, rivolto a me: «Non è un tesoro? Pensa che non aveva accettato nessun altro invito e si preparava a guardare un film alla televisione».

«Che aspetti allora? Dài, muoviti prima che ci ripensi. Su, vai, che ci penso io a chiamare Rochat.»

Ecco com'è andata. Duboch è partito, Rochat è sempre giù nel magazzino scorie a tirarsi le dita e io ho esonerato il sistema di raffreddamento del reattore principale, Ignitor IV. Il più potente generatore nucleare del continente in questo momento sta andando su di giri, ma per un po' nessuno se ne accorgerà, perché ho disattivato anche il sistema di allarme. E quando se ne accorgeranno il nocciolo sarà già in fase irreversibile di fusione. Ho ancora il tempo di inviare via fax queste noterelle al mio capo da Maxim e alla prima rete della televisione nazionale dove stanno trasmettendo il veglione in diretta. Penseranno a uno scherzo di cattivo gusto e invece il botto sarà tale che farà collassare tutti i sistemi di energia e di comunicazione di gran parte del continente in una reazione apocalittica. Se non sbaglio i calcoli, proprio a mezzanotte in punto. Qualcuno potrebbe pensare che io stia guastando una bella festa ma dico, in fin dei conti, non era un po' di brivido da fine millennio che tutti cercavano?

Bum! *Happy New Year!*

La spada d'oro

Non bisogna mai lasciarsi vincere dalla presunzione di saperne abbastanza, neanche quando si è spesa una vita intera a studiare, a coltivare la propria mente e ad ampliare le proprie esperienze. Viene sempre il momento in cui uno deve chinare la testa e ammettere di essere stato uno sciocco o quanto meno uno sconsiderato, e questo accade quasi sempre proprio al punto in cui uno è più sicuro di sé.

Quello a cui mi riferisco, a dire la verità, era un momento di stanca. Sono un archeologo: avevo appena terminato una campagna di scavo senza risultati particolarmente esaltanti e cercavo di imbastire una relazione presentabile e soprattutto pubblicabile quando, un martedì sera dell'inverno scorso, squillò il telefono.

«Lei non mi conosce, professore,» disse una voce dall'altra parte «ma io conosco bene lei: ho letto tutto quello che ha scritto e sono assolutamente convinto che lei sia l'unico che può risolvere il mio problema.»

«A dirle la verità,» risposi «sono una frana quando si tratta di risolvere problemi, ma dica pure, l'ascolto.»

«Sono il ragionier Righi, capo sezione della sede torinese della previdenza sociale, e sono un appassionato di armi antiche, per questo ho molte conoscenze fra i restauratori e anche fra il personale direttivo delle collezioni reali. L'altra sera ho incontrato il dottor Frabetti, direttore del settore classico della collezione Emanuele Filiberto al caffè di via Lamarmora, e mi sono accorto che moriva dalla voglia di dirmi qualcosa ma che in qualche modo aveva un certo ritegno.

«Alla fine, siccome aveva più voglia lui di confidarsi che io di sapere, mi raccontò una storia incredibile. Si era presentato nel suo laboratorio di restauro uno strano personaggio con una borsa di cuoio a tracolla chiedendogli di dare una ripulita ed eventualmente di valutare una spada antica che era proprietà della sua famiglia da lungo tempo, perché aveva deciso di venderla.

«Frabetti accetta, l'uomo apre la borsa e appare un oggetto di incredibile bellezza: una spada molto antica... d'oro massiccio!»

«Sta scherzando... non è possibile.»

«Questo è ciò che mi ha detto Frabetti, e devo credergli dato che lo conosco per uno studioso molto serio e per un tecnico di eccezionali capacità. Il proprietario della spada dice di avere un cliente straniero che la vuole acquistare e desidera che Frabetti gli faccia un'*expertise*, ma lui non se la sente: è una tipologia che non conosce e poi vorrebbe evitare che l'arma finisse all'estero. Io ho una fotografia da cui ho ricavato una fotocopia, per il momento. Pensavo di mandargliela per fax e sentire che cosa ne pensa lei.»

«Senta,» rispondo «un fax di una fotocopia di una fotografia somiglierà all'originale come io alla mia foto nel giorno della Cresima, però se non c'è di meglio mi mandi quella per il momento.»

Poco dopo spiavo ansiosamente la sottile lingua di carta termica che usciva lentamente dalla feritoia del fax: la punta, prima, poi piano piano la lama, poi l'incasso della lama tutto sbalzato, poi la guardia e infine l'immanicatura. Restai a guardarla incantato: se fosse stata autentica, il suo valore sarebbe stato inestimabile. Poco dopo il telefono trillò nuovamente: «Sono sempre io, professore. Allora?».

«Cosa vuole che le dica... qui è tutto nero, la definizione è pessima, i contorni delle figure incerti, però...»

«Però...?»

«Però se è autentica, allora si tratta di arte celtica piuttosto antica... direi fra il primo secolo avanti Cristo e il primo dopo... nord Europa... forse Isole Britanniche... non so, Scozia o Irlanda... non potrei affermarlo con certezza.»

«Fantastico!»

«Però, senta, non mi risulta che sia mai stata trovata una spada d'oro massiccio: quasi sempre gli oggetti d'oro nell'antichità sono in lamina, e una spada poi, non ha molto senso... Certo, dovrebbe trattarsi di una spada cerimoniale, ma anche in questo caso... Non so, sono molto perplesso e incerto. Le mie sono solo impressioni, considerazioni con poca base documentale.»

«Capisco, però, già così mi sembra che abbiamo un'ipotesi su cui lavorare.»

«In teoria, perché senza vedere l'originale restiamo a livello di semplici speculazioni.»

«Già... comunque, guardi: per prima cosa farò in modo di inviarle una fotografia vera e propria, e già su quella potrà farsi un'idea più precisa, poi vedremo se sarà possibile arrivare a vedere l'originale.»

Ci salutammo così e io tenni quel fax sul mio tavolo per diversi giorni. Da un lato quell'oggetto mi incuriosiva enormemente e quindi sfogliavo i miei repertori, facevo scorrere decine e decine di diapositive per cercare riscontri tipologici, dall'altro qualcosa dentro di me mi diceva che quella cosa non poteva essere vera: tre chili e mezzo d'oro puro, quando mai? Nemmeno nella tomba di Tutankhamon si era trovata un'arma tanto preziosa.

Righi venne di persona a portarmi la foto; una grande stampa a colori 18x24 che ritraeva l'oggetto con grande dettaglio e precisione: spettacolare, clamoroso! L'impatto visivo era tale da mozzare il fiato, e a stento potei nascondere la mia eccitazione.

«Che cosa gliene pare?»

«Non c'è che dire, è roba forte...»

«È autentica, secondo lei?»

«Così dalla fotografia si direbbe di sì, ma solo l'esame diretto dell'oggetto potrebbe darmene la certezza. Certo che, se è un falso, è opera di una persona piuttosto colta, anzi coltissima... ma è sicuro che sia d'oro?»

«Sicuro come di essere qui,» rispose Righi «Frabetti è un genio nel suo campo e poi, scusi, chiunque è capace di stabilirlo, basta un po' di cloro: se il metallo diventa rosso è oro, altrimenti è qualcos'altro.»

«Si sa dov'è ora questo oggetto?»

«All'estero, credo. In una banca. E temo che stia per prendere il volo, cosa che vorrei impedire a tutti i costi: quella meraviglia deve restare in Italia. Una cosa mi chiedo: se è di provenienza nordica, come mai si trova qui?»

«Difficile a dirsi: intanto non sappiamo se viene da qui, non conosciamo il contesto, però, se è stata trovata in Italia, diciamo in uno scavo clandestino, potrebbe essere parte di un bottino di guerra, per esempio. Ovviamente si tratta di pure speculazioni, tutto campato in aria, per ora.»

Righi se ne andò, ma mi richiamò qualche giorno dopo: «C'è un acquirente, uno scozzese. Però il proprietario è in difficoltà: per accedere alla trattativa vorrebbe sapere qual è il valore dell'oggetto, ma è riluttante a mostrarlo, teme che gli possa essere sequestrato... si fa rappresentare da un avvocato che io sono riuscito a incontrare per il tramite di Frabetti, gli ho parlato di lei...»

«Ah» lo interruppi un po' interdetto.

«Mi sono permesso...»

«Allora?»

«Be', gli interessa molto l'idea che lei possa fargli un'*expertise*, valutare l'oggetto, così loro avrebbero una base su cui impostare la trattativa dell'acquisto.»

«Ma io non mi presto a un'operazione di questo genere: si tratta di un reato, esportazione clandestina di oggetti archeologici... sempre che si tratti di un oggetto autentico.»

«Sono d'accordo, però intanto si stabilisce il contatto poi... da cosa nasce cosa...»

«Ma, secondo lei, quel tale ha davvero tutta questa fretta?»

«Sì... il cliente vuole concludere assolutamente prima dello scadere del 1999.»

«Perché?»

«Questo non lo so... Allora, che cosa faccio?»

Gli dissi di fissare l'appuntamento e due giorni dopo mi presentai all'uscita del casello autostradale di Fidenza come in una classica scena da *spy story*. L'avvocato era un tipo pittoresco, mezzo avventuriero, mezzo azzeccagarbugli che evidentemente cercava di ricavare la sua buona percentuale da un affare che si preannunciava multimiliardario. Cercai di fargli presente che la cosa migliore era denunciare il reperto alla Soprintendenza se era vero che potevano provarne la proprietà. Lo Stato avrebbe espresso un'opzione a parità di prezzo con l'acquirente straniero: avrebbero così avuto l'*expertise* gratis da un ispettore e tutto sarebbe stato fatto alla luce del sole. Se lo Stato avesse esercitato l'opzione, non ci avrebbero perso una lira e per di più quell'oggetto sarebbe rimasto in Italia.

L'uomo nicchiava, diceva che poi lo Stato avrebbe introitato la metà del valore in tasse, che il suo cliente non si fidava. Alla fine comunque pensò che la cosa migliore fosse un incontro diretto e così, dopo qualche giorno, ci fu il summit in casa di Righi, a Castiglione delle Stiviere.

Il primo incontro fu una delusione: mi aspettavo un tipo un po' speciale, una qualche figura di trafficante losco, invece era la più bella faccia da galantuomo che si potesse immaginare, si chiamava Alfredo Gabaldo e aveva una fabbrica di infissi metallici in Brianza. Mi raccontò una strana storia di uno zio che era stato a lavorare in Friuli e aveva portato a casa la spada di là quando lui era ancora un bambino.

«In Friuli dove?» chiesi.

Nominò un paesetto dalle parti di Aquileia.

"Terra legionaria" pensai fra me. "Potrebbe avere un senso..."

Cercai di convincerlo in ogni modo a percorrere le vie legali, ma non ci fu niente da fare. Ci lasciammo con un nulla di fatto, ma mi accompagnò in strada fino alla mia automobile e chiacchierammo ancora del più e del meno. Ogni tanto mi guardavo intorno, per accertarmi di non essere seguito, e poi mi mettevo a ridere dentro di me: nessuno di noi due aveva le caratteristiche del personaggio da romanzo giallo. Prima che mettessi in moto mi chiese il mio numero di telefono e il giorno dopo mi chiamò personalmente per fissare un appuntamento da solo a solo.

Ci trovammo all'uscita del casello di Piacenza verso lo svincolo per La Spezia e ci sedemmo in un localetto davanti a un caffè e a un posacenere che si riempì molto presto di cicche perché Alfredo Gabaldo fumava come un turco e di tanto in tanto gliene chiedevo una anch'io, perché mi sentivo un po' nervoso e a disagio.

«Senta,» mi disse a un certo punto «è inutile che lei stia a farmi la predica: io allo Stato non la consegno perché la guardia di finanza mi ha rovinato due volte per dei cavilli, per delle irregolarità formali nel mio commercio: non mi fido di quelli. Ora, bando alle chiacchiere: io le accredito un miliardo di lire su un conto straniero anonimo se lei mi fa l'*expertise* e mi dice quanto vale quell'oggetto.»

«Non c'è bisogno di soldi: l'*expertise* gliela faccio a voce, subito e gratis: se quella spada è autentica, è arte celtica del primo secolo dopo Cristo, di provenienza nordica, probabilmente Irlanda o Scozia. Il valore? Ripeto, se è autentica non ha prezzo, perché non c'è nient'altro al mondo di questo livello. Diciamo non meno di dieci milioni di dollari.»

«Diciotto, diciannove miliardi.»

«Lira più, lira meno.»

«Me lo metta per iscritto e firmi e le accredito il cinque per cento su un conto estero.»

«Niente da fare. I miei bambini non hanno fame e la mia reputazione vale molto di più.»

«Quanto?»

«Non è in vendita.»

Continuammo con le schermaglie lasciandoci e rincontrandoci a più riprese: si era convinto che io fossi l'uomo che faceva per lui e che poteva fidarsi di me perché non ero uno che si lasciava comprare, io volevo convincerlo a chiedere un'ispezione alla Soprintendenza. A un certo momento fu proprio il soprintendente a chiamarmi, un vecchio amico e compagno di studi all'università.

«Senti, mi risulta che ti sei ficcato in un certo pasticcio e che frequenti strana gente...»

Capii subito a cosa si riferiva: «E tu che cosa ne sai?».

«I carabinieri del nucleo speciale sono alle calcagna di quel tizio da qualche tempo e perciò sanno che tu sei implicato in qualche modo. Togliti di mezzo, lascia perdere, dai retta a un amico.»

«Guarda che io sto solo cercando di scoprire di che cosa si tratta esattamente e di convincerli a consegnare il malloppo. Fammi il santo piacere di dire a quei ragazzi di lasciarmi in pace e di non rompermi le palle. Cribbio, sto lavorando per voi, no?»

«Sì, ma loro sono abituati a non fidarsi di nessuno e quindi molla tutto e torna a occupazioni più tranquille: è un gioco troppo pericoloso.»

Mi resi conto che non avevo scelta: telefonai al mio uomo e gli dissi che non potevo fare più nulla per lui e che, non essendo riuscito a convincerlo a chiedere un'ispezione della Soprintendenza, non avevo più motivo di occuparmi di quella faccenda. Non lo sentii più per qualche tempo, finché un giorno non andai a un convegno internazionale che si teneva a Trieste: Gabaldo era là, al bar del palazzo dei congressi e mi si avvicinò: «Vuole vederla?» chiese.

«Che cosa?»

«La spada.»

«Sta scherzando. Non ha detto che era all'estero?»

«Infatti, possiamo arrivarci in tre quarti d'ora.»

«Portorose.»

Annuì. La tentazione era troppo forte e accettai. Gli dissi di aspettarmi nella prima stazione di servizio sull'autostrada e che io lo avrei raggiunto con un taxi. Ero al colmo dell'eccitazione: da quando non mi occupavo più di quella faccenda non facevo altro che pensarci, e anche quando chiudevo gli occhi il bagliore di quella spada d'oro mi accecava. Giungemmo nella città croata verso la metà del pomeriggio, entrammo in una banca tedesca e scendemmo nel caveau. Il cuore mi batteva all'impazzata mentre l'impiegato apriva la cassetta di sicurezza e poi la scatola che conteneva il prezioso reperto.

«Allora?» disse il mio accompagnatore.

Presi il mio lentino dalla tasca ed esaminai la spada millimetro per millimetro.

«Non è una meraviglia?» chiese ancora Gabaldo.

«È falsa. E non è nemmeno d'oro. Una lega, direi, che lo imita abbastanza bene.»

«Cosa? Non è possibile.»

«Altro che, se è possibile. È falsa, ne sono sicuro al novantanove per cento.»

Gabaldo si lasciò andare sullo schienale della sedia, pallido e sudato mentre io, più deluso di lui, gli snocciolavo tutti gli aspetti e le caratteristiche che mi avevano condotto al verdetto. Continuava a dire: «Non è possibile... non è possibile».

Quella sera stessa telefonai ai carabinieri e al soprintendente comunicando loro la mia conclusione e dicendo che potevano pure chiudere il caso. Consegnai anche la fotografia che venne messa agli atti e archiviata. Il giorno dopo chiamai Frabetti a Torino: «Purtroppo è falsa» gli dissi. «L'ho vista e non ho alcun dubbio.» Seguì un lungo silenzio. «E non è nemmeno d'oro» aggiunsi.

«È d'oro, professore, è d'oro» disse Frabetti, e continuava a ripetere: «È d'oro... è d'oro. Ed è autentica, glielo giuro... Sta commettendo un errore. Un uomo come lei, come fa a fare un errore simile? Dobbiamo assolutamente impedire che esca dall'Italia...».

Chiusi con un pretesto la conversazione che altrimenti avrebbe potuto diventare imbarazzante: ero troppo sicuro del fatto mio e non mi andava di imporre in modo eccessivamente drastico il mio punto di vista al mio interlocutore. Non ci pensai più e mi dedicai a tutt'altre attività nei mesi successivi. Ma una sera d'inverno, fra Natale e Capodanno, mentre raccoglievo le mie carte per andare a rifugiarmi nella mia casa di campagna in Maremma, lontano dalle follie di fine millennio, squillò il telefono; era ancora Frabetti.

«Volevo farle gli auguri, professore e... se permette, volevo chiederle un parere sull'iscrizione... Sa, non ho esperienze di epigrafia.»

«Di quale iscrizione sta parlando, Frabetti...? non capisco.»

«Ma come... quella incisa sulla lama, proprio sotto la guardia... non mi dica che non l'ha vista.»

«Non c'era nessuna iscrizione, Frabetti, ho esaminato il pezzo con la lente centimetro per centimetro.»

«Le sarà sfuggita: c'erano tre lettere che io interpreto come KLG. Se ha la posta elettronica, le mando l'immagine come allegato al mio messaggio.»

Poco dopo esaminavo, sbalordito, il dettaglio con l'iscrizione: epigraficamente ineccepibile. Ma com'era possibile? Io non l'avevo mai vista. Cominciai a trattare l'immagine allo scanner e, passaggio dopo passaggio, uscirono le ombre di altre lettere K LGAK S: Kalgakus! Il mitico eroe scozzese della resistenza contro l'occupazione romana. Ma allora che cosa avevo visto io nel caveau di quella banca? Un sospetto terribile si fece strada nella mia mente: le spade erano due e mentre io, le forze dell'ordine e le autorità costituite correvamo dietro a un falso, il pezzo autentico se n'era andato. Una formidabile messa in scena e un formidabile attore il signor... ma chi era in realtà? Non riuscii più a rintracciarlo, né vi riuscì Frabetti. L'ultimo dell'anno, mentre leggevo il «Corriere della Sera» nella mia casetta in Maremma, notai un trafiletto in fondo alla pagina della cultura:

"Sir Angus MacInroy, grande supporter del movimento nazionalista scozzese, annuncia il recupero di una preziosissima reliquia dell'eroe Kalgakus. Prevista la costruzione di un sacrario e grandi manifestazioni per l'indipendenza scozzese."

Ho sempre pensato che il materiale archeologico può essere più esplosivo di un residuato bellico, e questa storia me ne convince ancor di più, se pure ce ne fosse stato bisogno. E ora, cosa succederà, o, come si dice da quelle parti, *What next*?

La strada

Superior stabat lupus.
FEDRO

Prologo

13 giugno 1993

Il sogno era sul punto di realizzarsi: ci provavano da anni a ritrovarsi tutti e cinque, una volta inseparabili, protagonisti, in un tempo ormai lontano, di tante avventure di viaggio. Professionisti, ora, di troppi impegni e troppe mondanità per potersi permettere di andare alla ricerca del tempo perduto, delle fantasie giovanili, degli itinerari della gioventù. Ci avevano sempre provato, è vero, ma mai sul serio, giusto per continuare a sentirsi giovani dopo gli "anta": «Dobbiamo rifarlo: quest'anno è il decimo anniversario, quest'anno è il quindicesimo...»

Il punto di riferimento era un loro viaggio ormai mitico, da studenti, sull'ancora più mitica Route 66, la *mother road*, la «*regina viarum*» come la chiamava Saverio Antonelli, direttore di un importante quotidiano, cultore di letteratura latina («non lascio passare un giorno senza leggermi qualche pagina di Seneca o di Orazio o di Cicerone, in lingua, ovviamente») e al tempo stesso fanatico di Kerouac e di Steinbeck. Veniva da un piccolo centro della provincia: era dunque un provinciale, come gli amici, e come loro aveva conquistato una posizione assai prestigiosa e di grande potere, invidiabile sotto tutti gli aspetti. Soleva dire che in un mondo decadente come quello della civiltà occidentale il successo e il potere sono per i provinciali: «Solo loro hanno la voglia e le palle per scalare i vertici, per affermarsi, per dimostrare il loro valore». Ma il complesso gli era rimasto: l'idea che solo in America valeva la pena vivere, che là era il centro del mondo, là nascevano i nuovi miti e le nuove mode, la nuova musica e la nuova letteratura, il nuovo tutto. Pur sapendo in cuor suo che in America non avrebbe mai conseguito i successi che aveva conseguito in Italia.

Era stato lui a organizzare, nel 1973, il Grand Tour: partenza da Chicago con destinazione Los Angeles sulla incomparabile 66. Lui, intellettuale conclamato, con Ginsberg e Bulgakov, Spinoza e Popper nello zaino, si divertiva a stupire con le sue continue citazioni gli amici che avevano invece una preparazione più tecnica o scientifica: Mark Wayne, studente di economia politica all'UCLA (era stato lui a suggerire la 66 come itinerario), Pablo Montegos di Oviedo, laureando in ingegneria meccanica a Modena, detto "Zorro", Oscar Molteni, appena laureato in chimica industriale, e Davide Ravarino, già reporter free lance, piuttosto affermato. Totale: tre italiani, un americano e uno spagnolo, ma anche i due stranieri si potevano dire in qualche modo italianizzati; Wayne aveva prima frequentato a Bologna e Zorro, il cui sogno era di diventare ingegnere capo della Ferrari, parlava il dialetto modenese quasi senza inflessioni, a parte l'incapacità di pronunciare la "s" davanti a consonante senza farla precedere da una "e". Li univa la passione per i motori e per le belle donne, un'ovvietà quasi banale in Emilia-Romagna, terra di motori e di donne procaci.

Ora Pablo Montegos era ingegnere capo alla Ferrari. Oscar Molteni era amministratore delegato di una controllata della Montedison, Mark Wayne era general manager della IBM in Europa ed era molto spesso a Milano. Di Antonelli già si è detto: Davide Ravarino era art director di una prestigiosa rivista di moda e protagonista di alcuni dei più clamorosi reportage degli ultimi dieci anni, ultimamente un po' a corto di idee, secondo i maligni.

Li aveva rimessi insieme Internet per la facilità di scambiarsi messaggi e di non scambiarseli, che al telefono può sembrare invadenza in un caso, disinteresse o scortesia nell'altro. E la nostalgia. Di che cosa, esattamente, non avrebbero saputo dire: in generale della gioventù, delle scomodità che allora erano stati in grado di affrontare come il dormire per terra e in sacco a pelo, comportamenti che ora li avrebbero fiaccati. Avevano dunque preso la decisione fatale. Si partiva il 15 giugno e si arrivava quando si arrivava: niente limitazioni, niente programmi precostituiti, a parte l'itinerario. Qualora fosse accaduto qualche imprevisto, qualora la dea dell'Avventura si fosse di nuovo ricordata di loro, si doveva essere pronti a tutto. O quasi.

Mark era già divorziato e aveva una giovane fidanzata di ventisei anni, aspirante modella di nome Jessica. Oscar era single per una sua intrinseca e inveterata paura di compromettersi e aveva solo una vecchia madre, afflitta da una grave malattia ereditaria, ricoverata in un costosissimo valetudinario sulle colline veronesi. Saverio aveva una moglie milanese di ottima famiglia, di parecchio più giovane di lui, un po' snob ma ancora piuttosto piacente, di nome Camilla, ma non avevano figli. Zorro era pure un single impenitente ma per scelta di libertinaggio e a ogni gran premio rimorchiava una qualche bellona del circo della F1. Gli altri, anche se non lo dicevano, lo invidiavano a morte ma gli volevano bene ugualmente. Non era possibile non voler bene a Zorro.

Davide Ravarino era divorziato con un paio di figli già all'università, ma aveva un'amica fissa, disegnatrice di moda a Milano.

Ognuno dei cinque aveva tentato di tutto per fare coincidere i propri giorni liberi con quelli degli altri, e questo fu il primo ostacolo che diede loro la consapevolezza di quanto tempo fosse passato dalla prima esperienza. Allora era bastato dire "andiamo" e ci si era messi in viaggio. Alla fine si era deciso che Oscar sarebbe partito subito per raggiungere Mark che lo aspettava all'Hilton di Chicago in Michigan Avenue. Gli altri tre, Zorro, Saverio e Davide, sarebbero arrivati dopo un paio di giorni.

Ormai erano pronti quando Davide Ravarino si prese una brutta infezione di ritorno da un paese tropicale e dovette rinunciare.

«Ragazzi, mi suiciderei per il dispiacere,» disse quando dovette comunicare agli amici la sua defezione «ma rischio di essere una palla al piede, senza contare che potrei attaccarvi qualche accidente. Queste infezioni sono impestate.»

«Ti aspettiamo» aveva risposto Saverio. «Dài.»

«Purtroppo i medici mi dicono che è una storia lunga: cure di antibiotici e cazzi vari. Sarà per un'altra volta. Pensatemi quando sarete sulla gloriosa 66. Porca vacca, mi fate rabbia, mi fate.»

«Ormai Oscar e Mark sono già a Chicago, non abbiamo scelta» disse Zorro. «Ti porteremo a casa un souvenir della Sixty Six.»

Il primo giorno

Oscar e Mark ci rimasero malissimo quando ne videro arrivare due invece di tre, ma si rassegnarono alla forza di causa maggiore. Avevano noleggiato un van e si presentarono con in mano due hamburger grondanti di grasso.

«Dobbiamo calarci nell'atmosfera» disse Oscar tenendo nell'altra mano una lattina di Seven up. Gli altri lo guardarono stupiti: Oscar era un fanatico dello slow food, un assaggiatore esigentissimo di vini rari e preziosi, un estimatore della cucina tradizionale.

"Potenza della suggestione" pensò Saverio. E desiderò in cuor suo un panino al prosciutto crudo, con melanzane, maionese fatta in casa, cuori di palma e funghi porcini, una ricettina svelta svelta del bar Nuvola Rossa a Scandiano. I bagagli erano già stati ritirati, e salirono tutti a bordo: Zorro al volante e al suo fianco Oscar con alla mano quello che lui chiamava "Il Vangelo", ossia una guida appena pubblicata da

Feltrinelli della 66 e una mappa dettagliata dell'itinerario tratta da un vecchio numero di «National Geographic».

«Partiti!» esultò Saverio, e distribuì a tutti una manciata di costosissime noci di macadamia, mentre Zorro, sfidando le leggi locali, apriva il piccolo frigo da viaggio estraendone una bottiglia di Krug per il brindisi.

«Ragazzi, non ci posso credere» rincalzò Oscar, che indossava per l'occasione una tenuta tipo *American graffiti* con pantaloni anni Settanta e T-shirt con una scritta hippy. Mark infilò nello stereo un cd di Bob Dylan: «Eh?» ammiccò. «Non male come inizio.»

Nell'euforia che contagiava tutti, Zorro sbagliò subito strada sottoponendo la compagnia a un defatigante detour nel traffico assurdo delle vicinanze aeroportuali, poi, finalmente, riuscì a imboccare "la mitica".

> «E misi me per l'alto mare aperto
> sol con un legno e con quella compagna
> picciola da la qual non fui diserto»

declamò enfatico Saverio citando Dante.

«Guarda! Guarda là» indicò Zorro puntando il dito verso una piazzola per gli autobus. «Lì è dove prendemmo su Mark, appena sceso da un greyhound!»

«È vero,» rispose Mark «avevate quel cesso di Pontiac usata, ma non potevamo permetterci niente di meglio e dovetti fare buon viso a cattivo gioco.»

«Non lamentarti,» intervenne Oscar «c'era di peggio in giro. E anche tu eri conciato niente male: sembravi lo strofinaccio di una cucina cinese.»

Nessuno notò una Buick grigia che si immetteva nella Interstate in quel momento, una delle tante auto che confluivano dal traffico locale e che si piazzò dietro di loro a una buona distanza ma senza perdere mai il contatto. C'era un uomo al volante, sulla cinquantina e con i capelli brizzolati, che si accese una sigaretta, una slim al mentolo. Sul sedile accanto a lui era appoggiata una borsa nera e sul cruscotto c'era la foto di una scena d'amore da *Uccelli di rovo*.

Il van continuò a veleggiare sulle sessanta miglia orarie fino alla prima tappa: Joliet. Con una visita d'obbligo alla prigione, "il joint", ormai luogo di culto per la location della prima scena di *Blues Brothers*. Oscar e Mark vollero farsi scattare una polaroid accanto a due manichini che rappresentavano Jake ed Elwood in atteggiamento di ballo scatenato.

«Questi non c'erano allora» commentò Saverio. «S'era detto che si ripercorreva lo stesso itinerario culturale.»

«Balle» ribatté Mark. «I Blues Brothers sono i Blues Brothers. Ti ricordi quando Elwood viene a prendere Jake con la macchina usata della polizia?» Si misero a recitare la scena.

«Where is the Bluesmobile?»

«I traded it.»

«You traded the Bluesmobile for this?»

«No, for a microphone.»

E si misero a ridere come deficienti aggrappati alle statue di plastica di Jake ed Elwood.

«Io comincio a carburare» disse Oscar. «A quest'ora avrei già fatto quattro ore di ufficio, ricevuto undici telefonate, no, sedici...»

«Dato due colpi alla segretaria!» interloquì Zorro.

«S'era detto che non si parlava di fica» ammonì Saverio.

«Sì, e come si fa?» ribatté Zorro. «Io sono già in crisi d'astinenza.»

«No, basta! Se si comincia diventa un incubo e non si parla d'altro: quella volta che io e quella volta che tu... E io ce l'ho più lungo e lui ce l'ha più corto; credetemi, diventa un tormentone insopportabile, regressione all'adolescenza di quattro rincoglioniti di mezza età. *Sursum corda*, eleviamo gli spiriti.»

«Io credevo che significasse "su di corda", contrario di "giù di corda"» ridacchiò Zorro. «Ehi, chiamiamo Ravarino, così lo facciamo schiattare dalla bile?»

«Dài, dài, chiamalo» incitarono gli altri.

Zorro formò il numero. «Pronto? Sono l'ingegner Montegos, vorrei sapere dove mandare la corona funebre per la salma del signor Ravarino...»

«Rotti in culo, figli di puttana!» gracchiò la voce di Ravarino. «Ve ne approfittate perché sono immobilizzato a letto, ma quando vi vedo giuro che vi piscio nelle scarpe.»

«Divertiti!» gridò Zorro facendogli ascoltare le pernacchie di tutti gli altri compagni di viaggio.

«Allora, prossima tappa il Cozy Dog?» propose quando ebbe chiuso la comunicazione.

«Speriamo di averci ancora lo stomaco» commentò Oscar. «Prima mandiamo avanti Mark che è indigeno: se sopravvive, proviamo anche noi.»

Il Cozy Dog era ancora là ma ormai era diventato il museo di se stesso: un juke-box in un angolo che offriva dischi d'epoca, un greve odore di grasso bruciato e un ancora più greve odore di doughnut, le ciambelle fritte che solo stomaci giovanissimi e integri erano in grado di digerire. Si guardarono intorno per scoprire che non c'era nessuno nel locale a quell'ora del giorno e ordinarono quattro caffè, neri, senza zucchero, la cosa migliore per entrare in atmosfera. Era anche consentito fumare, e Oscar si accese una Marlboro Light, una delle poche che si concedeva al giorno. Saverio andò al juke-box e selezionò una canzone di Joan Baez, e come per magia calò improvvisamente su tutti la strana consapevolezza che quel viaggio sarebbe stato una noia mortale, uno stupido pellegrinaggio sentimentale che avrebbe deluso ogni aspettativa. Chi diavolo c'era ancora lungo la 66 oltre a loro quattro?

«All'inferno la 66!» sbottò Mark. «Io propongo di andarcene tutti a Las Vegas: giochiamo, rimorchiamo, trombiamo e ci sbronziamo alla faccia delle memorie storiche. Io, se devo essere sincero, ne ho già pieni i coglioni.»

«Ti tira il culo?» ribatté scandalizzato Oscar. «Abbiamo giurato di arrivare fino a Los Angeles, costi quel che costi.»

«E allora? Giuriamo che non ce ne frega più un cazzo e ce ne andiamo a Las Vegas.»

«Mark, da te non me l'aspettavo!» intervenne Zorro. «E la cosa va messa subito ai voti: chi è d'accordo di andare avanti?» Tre mani si alzarono. Mark si trovò in minoranza. Si risalì a bordo del van con l'impegno di una variante: sosta a Las Vegas per tre giorni quando si fosse arrivati all'altezza di Williams, al confine fra Arizona e California.

Arrivarono a Springfield verso sera e Saverio constatò soddisfatto che il ruolino di marcia era rispettato: era prevista la prima sosta di pernottamento nella capitale dell'Illinois, luogo natale di Abe Lincoln. Saverio tirò fuori il diario che aveva scritto in quei lontani giorni: «Qui dice che andammo tutti e quattro in visita alla casa del presidente e che Mark ci spiegò la rava e la fava, tutto quello che c'era da sapere sull'eroe della guerra allo schiavismo».

«Voi americani ve la cavate sempre,» commentò. «Avete inventato lo schiavismo e poi vi salvate l'anima con Abe Lincoln. E gli indiani? Li avete ammazzati quasi tutti e poi fate i film di Peckinpah.»

«E i bisonti?» rincarò la dose Zorro. «Dove li mettiamo i bisonti? Prima quello stronzo di Buffalo Bill li stermina quasi fino all'ultimo, poi ti inventano i parchi nazionali, Yellowstone, Yoghi e Bubu e i ranger che proteggono le coccinelle e così non ci pensano più.»

«Una faccia come il culo» commentò laconico Oscar.

«Oh!» esclamò Mark. «Cos'è, un processo? L'America è un paese imperiale. Punto e basta. I Romani non hanno sterminato i Celti e i Cartaginesi e un sacco di disgraziati nel Colosseo? E tu, Zorro, che cazzo dici? Gli spagnoli hanno segato a zero gli Incas e gli Aztechi e hanno annientato tutte le civiltà precolombiane. Qui il più sano ha la rogna» concluse. «Allora, la volete vedere questa casa di Lincoln o non ve ne frega niente?»

«Io la voglio vedere» rispose Oscar.«E voglio anche buttarci uno stampone di Polaroid, se mi riesce.»

«E io pure» confermò Zorro. «Ho una nuova digitale che fa faville anche con luce scarsa.»

Alla fine si accodarono tutti e bighellonarono nel parco attorno alla casa storica rilassandosi dopo le varie ore di viaggio trascorse nel van. Cenarono in albergo, all'Hilton, senza grande soddisfazione, poi Oscar e Saverio uscirono nuovamente in cerca di un gelato, Zorro si mise a leggere il giornale nella lobby, Mark salì in camera sua e accese il televisore guardando per un po' le assurde bretelle di Larry King nel *Larry King Show*. Quando si fu stancato accese il suo portatile, si collegò in Internet e si dedicò per un'oretta alla sua attività preferita, segretissima e compromettente per un importante dirigente di una società informatica: quella di hacker. In quello spazio temporale relativamente breve riuscì a consultare la cartella clinica del papa e a rendersi conto che il pontefice era assai più robusto di quanto sembrasse. Alla fine aprì la posta elettronica e scorse i suoi messaggi: i primi sette, tutti di lavoro, poi i successivi tre, tutti di Jessica, tutti d'amore e di sesso. Infine ne rimaneva uno proveniente da un mittente dal nome strano: Father Ralph, un personaggio, gli pareva di ricordare, di un famoso romanzo di Colleen McCullough, *Uccelli di rovo*, da cui era stata tratta una fortunata serie televisiva... Il messaggio era molto stringato, in inglese. Diceva:

Welcome back

Mark restò colpito da quelle parole e tentò immediatamente di risalire al mittente e alla sua possibile identità usando tutte le sue astuzie di profondo conoscitore della Rete, del sistema informatico e dei trucchi di hacker. Invano. Father Ralph restava nascosto nel suo inespugnabile anonimato. Tutto quello che riuscì a ricavare fu una stringa in codice, una sequenza di lettere e numeri, come dire nulla, o quasi. Mark spense il computer, si spogliò e si mise sotto la doccia lasciandosi scorrere addosso l'acqua appena tiepida, e con l'acqua cominciarono a scorrergli addosso anche i ricordi. Ricordi che non avrebbe voluto riesumare. Perché si era indotto a ripercorrere quella strada con i suoi amici? In fondo non c'era un motivo tanto speciale, né una immediata necessità: si sarebbe potuto continuare a dire: "Una volta o l'altra lo dobbiamo rifare, una volta o l'altra si parte". E poi non si partiva per niente.

Gli venne un sospetto: chiuse la doccia, si asciugò e tornò al tavolo del computer. Si sentiva stanco per il jet lag, ma perfettamente sveglio; prese una Coca-Cola ghiacciata dal frigobar per immettere in circolo ancora un po' di caffeina e richiamò uno dopo l'altro i messaggi con cui erano stati ristabiliti i contatti fra i cinque amici a distanza di diversi anni, e organizzato il viaggio. Lavorò alacremente per quasi due ore finché fu in grado di ricostruire tutto il tracciato: una specie di bizzarra catena di Sant'Antonio che nessuno di loro aveva iniziato. La proposta era partita dalla stessa e unica mano, dal codice BSSXW4509THQ, corrispondente al mittente che si firmava Father Ralph. Il primo dei messaggi, datato 15 marzo, diretto a Oscar Molteni, diceva:

> Caro Oscar,
>
> so che questo messaggio sarà per te una sorpresa dal momento che è un bel po' di tempo che non ci sentiamo, ma ho ricevuto una e-mail dai ragazzi con la proposta, davvero eccitante, di un viaggio sulla mitica Route 66 per rinnovare le vecchie glorie. Loro sono d'accordo e anch'io. Mi sembra un'idea formidabile. Tu che ne dici?
>
> Fatti vivo, vecchio mio,
>
> *Mark*

Oscar aveva risposto con un return to sender dando il suo assenso allo stesso codice BSSXW4509THQ, cioè al sedicente Father Ralph, il quale aveva subito scritto a lui, Mark, dicendo che Oscar aveva avuto questa brillante idea e che tutti gli altri erano d'accordo. E si era firmato Saverio: e via così.

La stanchezza si fece sentire tutt'a un tratto e Mark si trascinò fino al letto sprofondando nel sonno.

Il secondo giorno

Il telefono lo risvegliò alle otto e mezzo: tutti erano già seduti al tavolo per la colazione e non mancava che lui. «Allora, scendi o non scendi?» lo sollecitò la voce di Saverio. «Ci sono pancake e english muffin con il burro salato: una goduria.»

«Vengo!» rispose Mark con scarso entusiasmo. «Voi intanto cominciate.»

Arrivò che gli altri avevano quasi finito e mangiò senza grande appetito un pancake con un po' di sciroppo.

«Ma che cos'hai?» chiese Saverio.

«Un po' di jet lag. Mi sono addormentato tardi.»

«Ah, senti,» disse Oscar «io me ne frego: mi prendo un tavorino e dormo come un angioletto. Dopo due giorni ho ripreso il ritmo e non ci penso più.»

«In compenso sei sempre più rincoglionito» commentò Zorro. «Ma va bene lo stesso. Allora muoviamo le chiappe o vogliamo mettere le radici a Springfield, Illinois?»

Non fu possibile partire prima delle nove e mezzo e l'attraversamento di Saint Louis richiese ancora più di un'ora. Quando finalmente riapparvero i cartelli con la scritta "Historic Route 66" Oscar tirò fuori la Polaroid e costrinse tutti a fermarsi a ogni insegna con un po' di ruggine, a ogni pompa di benzina che avesse più di venticinque anni. Quando arrivarono a Springfield, Missouri, erano le due del pomeriggio e non c'era altra scelta che una bistecca in una steak-house sulla Main Street martellata da un sole impietoso. Zorro notò che Mark continuava a guardarsi intorno. «Ma che cos'hai, il jet lag o le pulci?»

«Le pulci» rispose asciutto Mark, e rimise il naso sul piatto.

«Ma cos'è, incazzato?» chiese Oscar a Zorro, sottovoce.

«E chi lo sa?» rispose Zorro. «È da stamattina che è così. Avrà dormito male.»

Ripartirono nel primo pomeriggio a poca distanza da Joplin, luogo consacrato alla memoria di famosi gangster, come Machine Gun Kelly. Zorro propose di inscenare una rapina in banca appena fossero arrivati in città per movimentare un po' la scena del viaggio, ma l'umore strano di Mark aveva contagiato un po' tutti: le battute erano stanche, la conversazione languiva. Oscar si era persino messo a leggere.

«Non dire cazzate» gli rispose Saverio. «Guarda che qui prendono tutto sul serio. Questi ci sparano al primo movimento strano. Facciamo benzina, piuttosto, che siamo a secco.»

Zorro, che stava guidando, accostò a un self service e, mentre lui riempiva il serbatoio, gli altri si sparsero un po' in giro a curiosare. Oscar si mise a fotografare un paio di ragazze grasse in salopette di jeans che volteggiavano in monopattino come balene in un cartone di Walt Disney, ma mentre brandeggiava l'obiettivo inquadrò nel campo visuale la sagoma di Mark. Lo vide sparire dietro il tronco di una quercia e non riapparire più dall'altra parte.

«Oh, questa poi...» disse togliendo l'occhio dal mirino. Cercò di convincersi di essersi sbagliato. Una qualche forma di illusione ottica, pensò. Ma al momento di ripartire Mark non c'era. Saverio cominciò a chiamarlo; Zorro chiese se qualcuno l'avesse visto. Oscar allora pensò che, dopo tutto, quello che aveva visto dileguarsi poteva essere stato Mark.

«Da quella parte» disse. «Io l'ho visto sparire dietro quella quercia e non l'ho più visto riapparire.»

«Risucchiato in un'altra dimensione» commentò Zorro. «In un universo parallelo.»

«Cazzate» disse Saverio. «Semplicemente ha cambiato direzione dopo essere giunto all'altezza dell'albero. È andato verso sud.»

Oscar riprese a scandagliare la zona con il teleobiettivo. «Be', c'è un cimitero da quella parte,» disse «il Mount Hope Cemetery: esiste una ragione, secondo voi, per cui dovrebbe andare in un cimitero?»

«No,» rispose Saverio «se non diamo un'occhiata al cimitero.»

Si guardarono in faccia l'un l'altro, poi Zorro parcheggiò il van in una piazzola e i tre si avviarono verso il Mount Hope. Lo spettacolo che si offrì loro alla vista era singolare: ognuna di quelle tombe era una specie di piccolo sacrario. Un certo numero di esse erano monumentali e risalivano all'Ottocento o ai primi del Novecento. Erano di calcare grigio e ricordavano i cimiteri inglesi di età romantica nello stile delle iscrizioni e delle sculture, ma anche le sepolture più modeste, costituite da una semplice lapide, erano adorne di composizioni floreali straordinariamente curate e le iscrizioni erano piuttosto elaborate, alcune si sarebbero potute definire poetiche, per l'intensità dei sentimenti che esprimevano. Saverio, pensando a certe epigrafi funerarie latine del *Corpus*, ne rimase colpito e notò che anche i suoi amici erano impressionati.

«Dividiamoci,» propose «altrimenti non lo troveremo mai: questo posto è piuttosto grande. L'appuntamento è al van fra venti minuti in ogni caso.»

Si divisero e ognuno di loro prese un sentiero diverso: Oscar a destra, Zorro a sinistra, Saverio al centro. Oscar attraversò un prato verdissimo dove spiccavano bandierine a stelle e strisce sulle tombe di caduti delle varie guerre combattute dall'impero americano, ricordo del recente Memorial Day, e gettò loro un'occhiata distratta. Poi, d'improvviso, ritto su una collinetta ombreggiata da una quercia immensa, vide Mark a capo basso davanti a una lapide e a sua volta fu colpito da una subitanea consapevolezza, un lampo freddo gli balenò nella mente e un nome nel cuore: Jennifer...

Ebbe l'impressione di essere osservato e si volse di scatto, ma non vide nulla. Sentì un fruscio e forse il rumore leggero di un passo che si allontanava, ma non avrebbe saputo dire da dove venisse né dove andasse, come fosse il passo di un fantasma. Vide Mark tornare indietro, scuro in volto, e passargli accanto lungo il sentiero. Attese che fosse scomparso alla vista e fece per avvicinarsi alla lapide per accertarsi della concretezza del suo presentimento, ma in quello stesso istante il suono di un violino che si spandeva nell'aria immota e rovente gli tolse ogni dubbio. Si guardò intorno per scoprire la sorgente di quel suono ma il luogo sembrava completamente deserto, nemmeno un alito di brezza che facesse stormire le fronde, nemmeno il canto delle cicale. E in quel silenzio abissale il suono di quel violino penetrava fin dentro il cervello, come una lama, nel cuore. Poi il suono tacque improvvisamente, interrotto da una specie di tonfo sordo. Il ronzio di un motore che svaniva: forse i suoi compagni se ne andavano lasciandolo solo in quel luogo di pace insopportabile, di assordante silenzio. Tornò indietro, allora, in fretta, come quando da bambino fuggiva da una stanza buia, e raggiunse Mark nel momento in cui gli altri stavano per salire in macchina.

«Allora? Dove ti eri cacciato?» chiese Oscar. «Sei sparito improvvisamente senza dire niente.»

«Sono andato a dare un'occhiata a quel cimitero» rispose. «È uno dei più interessanti della zona, non lo sapevate?»

«Verissimo» rispose Saverio sopraggiungendo in quel momento.

«Sarà anche vero, però i cimiteri portano esfiga» ribatté Zorro con il suo accento castigliano.

«Sfiga, si dice sfiga» lo corresse Oscar. «E adesso muoviamoci che la strada è ancora lunga.» Si mise personalmente alla guida e partì di buon passo. Aveva al suo fianco Zorro con la carta geografica e dietro Mark e Saverio. Notò che Saverio di tanto in tanto guardava il suo compagno di sottecchi, come per spiarne l'umore, mentre Mark sembrava immerso nei suoi pensieri fingendo di osservare il paesaggio che man mano cominciava a mutare acquisendo i colori e le atmosfere dell'America profonda. L'Highway coincideva in quel tratto con l'itinerario della Route ed era percorsa da giganteschi autocarri rutilanti di cromature e di colori sgargianti. Al loro passaggio creavano fortissimi spostamenti d'aria e i loro clacson sembravano le trombe del Giudizio in mezzo a quella pianura sconfinata, sotto quel cielo vuoto.

Saverio prese il diario e cominciò a leggere:

Tulsa, Oklahoma, 5 agosto 1973

Oggi abbiamo incontrato Jennifer. Stava ai lati della strada seduta su un idrante e faceva l'autostop. Ci siamo fermati a raccoglierla: profumava di marijuana ma era fatta di LSD, non c'è dubbio. Ha detto che era diretta in una comunità hippy a Kingman dove aveva intenzione di fermarsi almeno fino a Thanksgiving.

Jennifer ha grandi occhi grigioverdi, una bocca ben disegnata, e si intuisce sotto i suoi abiti da zingara un corpo stupendo. Quando si è avvicinata aveva il sole alle spalle che rendeva la sua gonna di garza quasi trasparente. Ed era altrettanto evidente che sotto la camicetta non portava nulla. Si è seduta dietro con me e Mark con grande disappunto degli altri e ha cominciato a frugare nella sua borsa incurante della tempesta che aveva scatenato. Probabilmente aveva fame. Le abbiamo dato dei cracker e una mela. Quando ha finito di mangiare ha chiesto se la nostra auto aveva il mangianastri e ci ha dato una cassetta da mettere. Musica classica, il concerto op. 77 di Brahms per violino e orchestra. Ha detto di aver frequentato il conservatorio a Vienna per due anni. Forse è vero: da come mimava il gesto di passare l'archetto sulle corde e da come seguiva le note del concerto.

Saverio chiuse il diario, ma Jennifer riaffiorava tuttavia prepotentemente alla memoria così come la musica di quel violino, la stessa che risuonava fra i cipressi e le querce del Mount Hope Cemetery. Ma come faceva Mark a sapere che Jennifer era là, sotto quella quercia colossale, sotto quella pesante lapide di calcare grigio? E come mai gli amici avevano accettato di ripercorrere quell'itinerario? Possibile che nessuno avesse avuto paura dei fantasmi di quella torrida e sciagurata vacanza di tanti anni prima? Forse avevano pensato che tanto valeva affrontarli una volta per tutte per toglierseli dalla testa? Avevano avuto tutti lo stesso pensiero? Ma di chi era stata l'idea di partire? Pensò più volte alla cena che avevano fatto tutti insieme in una trattoria di Grazzano Visconti due mesi prima. Tutti contenti, tutti d'accordo lui compreso. Tutti consapevoli, probabilmente. E quindi inutile tirarsi indietro. Pensò che quella sera sarebbe andato a trovare Mark in camera sua dopo cena e gli avrebbe chiesto di vuotare il sacco, di dire che cosa lo aveva portato a quel cimitero.

Oklahoma City era deserta e rovente: un grappolo di grattacieli in mezzo al nulla e pochi edifici di mattoni, “Brick City”.

«Il quartiere alla moda» disse Zorro parcheggiando. «Vi ho portato nel posto più fico della città. Qui c'è un ristorante italiano di primissimo ordine dove la pasta è al dente, le tovaglie e i tovaglioli sono di fiandra e il vino è servito nei bicchieri giusti.»

Saverio ripose il diario nello zaino e Mark si riscosse. Improvvisamente euforico, entrò per primo e scelse il tavolo senza dover fare la fila. Il locale era mezzo vuoto, l'aria condizionata al massimo tanto da dare un'immediata sensazione di freddo.

Ordinarono una carbonara e una bottiglia di Chianti e, mentre tutti affondavano le forchette nel piatto fumante, Saverio disse: «Ragazzi, poco fa, in macchina, mi girava in testa un pensiero curioso...».

«Ordinare Coca-Cola invece di Chianti?» tirò a indovinare Zorro.

«No» rispose Saverio tranquillo. «Chi ha avuto per primo l'idea di organizzare questo viaggio?»

«Chiunque sia stato è stato un genio» rispose Oscar. «Io mi sto divertendo da matti. Queste atmosfere road side, questi motel, questi locali e noi quattro figli di puttana tutti assieme dopo tanto tempo. Peccato per il povero Ravarino...»

«Sono stato io» disse Mark. «Chi altri?»

«Tu?» chiese Saverio. «Non l'avrei detto.»

«E perché mai?» chiese Mark.

Arrivò la cameriera con l'insalata e l'argomento fu deviato immediatamente da Oscar sugli attributi della ragazza, impressionanti.

«Tanto mica te la dà» lo fermò Zorro.

«Questo lo dici tu. Sta' a vedere.»

«Signorina!» disse levando il dito per attirare la sua attenzione. La ragazza si diresse verso di lui con un sorriso compiacente. «Il mio amico sostiene che io le sono del tutto indifferente e che lei non mi prenderebbe assolutamente in considerazione per un'avventura sentimentale o, meglio ancora, per una notte di sesso.»

La ragazza, con lo stesso sorriso, rispose: «Your friend is absolutely right». E se ne andò verso la cucina.

«Te l'avevo detto» commentò Zorro, e aggiunse altre battute grasse che Saverio non riuscì a udire perché era di nuovo preso dai suoi pensieri. Oklahoma City... era proprio lì che si era reso conto di desiderare Jennifer come non aveva mai desiderato nient'altro al mondo. Quella sua aria assente e trasognata, quell'ombra di indefinibile malinconia nello sguardo anche quando rideva e cantava, quel suo corpo mai esibito né ostentato, velato appena, di irresistibile, prepotente bellezza, pur confuso in abiti modesti, umili, ingenui. Era lì, a Oklahoma City, che aveva deciso che la voleva per sé, non per una relazione che potesse continuare, ma per quella vacanza, sì, certamente, prima che lo facesse uno qualunque dei suoi compagni di viaggio. Perché lei era sicuramente disponibile, promiscua, hippy in una parola. Amore e non armi, sesso libero, nessuna inibizione, rivoluzione dei corpi oltre che delle anime. Perché mai altrimenti avrebbe accettato un passaggio su una macchina su cui viaggiavano cinque giovanotti? E non poteva essersi accorta di come tutti la guardavano, di come era diventato in pochi attimi il centro di gravità di quella situazione non più tranquilla, inquieta, insicura?

Cercò di scacciare quei pensieri sempre più assillanti, sempre più angosciosi e struggenti. Possibile che quella ragazza fosse stata l'unico vero amore di tutta la sua vita? Che egli avesse continuato a rimpiangerla per il resto dei suoi giorni, anche dopo sposato, anche dopo aver fatto carriera, anche dopo aver desiderato inutilmente dei figli? Ma tanto oramai non aveva più alcun significato. O forse sì. Ripensò al violino e gli parve di riudirne le note: erano le stesse del concerto di Brahms che lei aveva fatto ascoltare nel mangianastri della macchina quando le avevano dato un passaggio.

«Mangia, che ti si fredda tutto» disse Oscar dandogli un colpo con il gomito, e lui si accorse che la cameriera aveva portato la pasta: spaghetti alla carbonara, sicuramente di mano napoletana, come ebbe a constatare dopo la prima forchettata. Zorro tirò fuori la carta e cominciò a tracciare il programma per il giorno dopo. «Un milk shake al Rock Café di Stroud e poi via, diritti come una fucilata fino ad Amarillo: si entra nella topografia di Tex!»

«Del Texas, vorrai dire» lo corresse Mark.

«No, di Tex. Non conosci Tex? Non ci posso credere.»

«Tex,» spiegò pazientemente Saverio, è un fumetto western italiano popolarissimo nella nostra provinciale penisola, scritto e disegnato da due tizi di Gorgonzola, o di Viandrate... non ricordo bene. Questo personaggio, un ranger, si muove nella riserva navajo del Nuovo Messico e ha come raggio d'azione l'intero West fino a Los Angeles, ma il fulcro delle sue avventure è fra Amarillo, Gallup e Santa Fé. Ha una moglie indiana e un figlio meticcio e si fa chiamare in navajo "Aquila della Notte", una vera stronzata visto che le aquile di notte non volano. Se in Italia chiedi al primo che trovi per la strada dov'è Bangkok non lo sa, ma quasi sicuramente sa dov'è Gallup.»

«Infatti. E anch'io non vedo l'ora di arrivarci» disse Oscar.

Fecero un giro in auto dopo cena attraverso le strade deserte di downtown Oklahoma City e a stento riuscirono a trovare un bar aperto per prendere un caffè e fare ancora due chiacchiere prima di andare a letto.

Arrivarono in albergo verso le undici. Saverio si lavò i denti poi, dopo aver aspettato un quarto d'ora circa, andò a bussare alla camera di Mark.

«Chi è?»

«Saverio.»

«Entra.»

Saverio entrò e andò a sedersi vicino alla finestra, aspettando che Mark uscisse dal bagno. Sul tavolo c'era il suo portatile acceso e lo schermo era pieno zeppo di simboli astrusi, apparentemente indecifrabili.

«Che roba è?» chiese Saverio distrattamente.

«Un programma di ricerca che mi consente di arrivare dove pochi arrivano.»

Mark richiuse la porta del bagno e andò a sedersi sul letto di fronte a Saverio: «Siediti» disse. «E sputa il rospo.»

«Oggi hai detto che sei stato tu a organizzare questa scampagnata. E poi ti ho visto al cimitero di Mount Hope davanti a una tomba. Se non mi sbaglio, c'era scritto "In loving memory of Jennifer Lawson".»

«Non ti sbagli.»

«E ho sentito il violino. L'hai sentito anche tu, immagino.»

«L'ho sentito.»

«Io trovo tutto questo assai inquietante e mi chiedo che senso ha.»

«Nondimeno hai accettato di venire e così tutti gli altri. Ti sei chiesto il perché? Un inconscio desiderio di celebrare tutti assieme un rito catartico?»

«Non ho nulla da rimproverarmi.»

«Lo dici tu. C'è una tomba in quel cimitero, di una ragazza di ventidue anni. E il suono di quel violino dice che qualcuno non ha dimenticato. Non solo: è questo qualcuno che ci ha convocato qui. Non io.»

«Stai scherzando.»

«Purtroppo no. Guarda tu stesso.»

Si avvicinò al computer e cominciò a digitare una serie di comandi sulla tastiera e apparve la scritta "Welcome back".

Saverio lo guardò interdetto. «Ma può significare qualunque cosa...»

«Non direi. Come vedi, si firma Father Ralph, un nome convenzionale, evidentemente. Io comunque mi sono ficcato nella Rete e sono riuscito a espugnare la directory da cui proveniva questo messaggio: è lui che ha scritto la prima lettera a Oscar con la mia firma, e dopo il meccanismo si è autoalimentato fino all'assenso di tutti e cinque a intraprendere il viaggio. Per questo lui dice "Welcome back", bentornati.»

«Non è detto che ce l'abbia con noi.»

«Ah, no? E quale altra spiegazione ci sarebbe a un simile comportamento, che lavora per un'agenzia di viaggi?»

«Non dire cazzate, Mark. Qui c'è poco da scherzare.»

«È quello che penso anch'io. Per questo sto cercando di mettermi in contatto con lui.»

«E come, se non sappiamo chi è?»

In quel momento un cameriere bussò alla porta. «La sua camomilla, signore.»

Mark ritirò il vassoio e richiuse la porta.

«Ne vuoi un po'?» chiese. «Fa molto bene.»

«No, grazie. Continua, per favore.»

«Prima ho cercato la strada più facile, un return to sender. Come avevo fatto la prima volta, ho risposto al mittente, ma il mio messaggio è tornato indietro. Deve aver attivato qualche meccanismo per cui la posta in ritorno è deviata su un indirizzo erroneo e quindi automaticamente rispedita al mittente dal server.»

«E poi?»

«Be', sono passato ai modi più spicci e invasivi. Conosco un trucchetto o due e per prima cosa sono riuscito a penetrare la sua directory, come ti ho detto. Ora si tratta di entrare nell'hard disk del suo computer. Se ce la faccio forse riuscirò a trovare abbastanza dati per identificarlo. Dopo di che tenterò di sapere cosa va cercando e se possiamo discuterne.»

«Ma, secondo te, chi può essere e che cosa vuole?»

«Potrebbe essere il padre, o un fratello, o un fidanzato, o un marito. Chi può dirlo? In fondo, che cosa sapevamo di lei? L'unica cosa certa è che abbiamo tutti e cinque la coscienza sporca.»

«Perché? Le andava di scopare e l'abbiamo scopata.»

«Tutti e cinque.»

«E allora? Mica l'abbiamo stuprata. Era adulta e vaccinata, perfettamente in grado di intendere e di volere. E noi eravamo dei ragazzi come lei.»

«Vero, ma ci sono altri modi di stuprare una persona: c'è lo stupro morale, c'è la prevaricazione del forte sul debole, del gruppo sulla persona sola e indifesa. C'è il ricatto della droga, per esempio... Lei era fragile, instabile, dipendente... forse anche ingenua, e noi ne abbiamo approfittato. Questa è la verità, e abbiamo intrapreso questo viaggio per un bagno collettivo nella memoria, per un rito liberatorio...»

«Anche Oscar? Anche Zorro?»

«Anche loro. Perché no? Del resto, non ci vuole molto a saperlo. Basta chiederglielo. A Ravarino l'ho già chiesto, prima che tu entrassi, al telefono, e non è stato piacevole, te lo assicuro.»

«Che intendi dire?»

«Che prima ha fatto il disinvolto, poi ha cominciato a tremargli la voce e poi si sentiva benissimo che piangeva.»

«Come sta?»

«Non tanto bene: aveva il respiro corto, affannato.»

«E tu? Che ci facevi a Mount Hope? Come sapevi che lei è là?»

«Quando lessi sui giornali l'annuncio della sua morte, quattro giorni dopo la fine del nostro primo viaggio, vidi che era di Joplin e, qualche tempo dopo, passando da quelle parti andai a dare un'occhiata. Ieri, quando ci siamo fermati, mi è venuto il desiderio di tornarci.»

«A dire una preghiera?» chiese Saverio con tono ironico.

«Sì,» rispose asciutto Mark «per me.»

Saverio chinò il capo non sapendo cos'altro dire. Restarono così in silenzio qualche istante, ma quando Saverio fece per riprendere il discorso: «Senti, io propongo di...» le sue parole furono interrotte da un grido agghiacciante. I due si guardarono in faccia costernati e, prima che avessero modo di rendersi conto di che cosa fosse accaduto, udirono il rumore di un gran trambusto, gente che accorreva, grida, richiami. Mark corse alla finestra e guardò di sotto, poi si girò verso Saverio che lo aveva raggiunto. «Qualcuno si è buttato dalla finestra.» Guardarono in basso e videro confusamente un gruppo di persone assiepate attorno a un corpo che giaceva sull'asfalto della rampa che portava ai garage. Poi, subito dopo, si udì un ululare di sirene rifratto in mille echi dalle pareti di cristallo dei grattacieli e l'oscurità si animò dei lampi azzurri delle luci di un'ambulanza e di un'auto della polizia.

Saverio e Mark si scambiarono un'occhiata eloquente di paura e di sgomento, poi si precipitarono subito alle scale di emergenza lanciandosi di corsa giù per le rampe. Raggiunsero la strada sul retro dell'albergo dov'era la porticina di servizio del ristorante e corsero a perdifiato verso il lato est dell'edificio, dove si apriva l'accesso ai garage, e quasi travolsero Oscar che giungeva ugualmente di corsa dalla lobby.

«Dov'è Zorro?» Chiese Mark.

«Non lo so» rispose Oscar. «Sarà in camera sua. Quando ho sentito il grido e tutto quel casino, sono corso qui senza aspettare altro.»

«Chiamalo» disse Mark.

«Ma io non credo che...»

«Chiamalo!» ripeté. «Vai alla lobby e fai chiamare la sua camera.»

Oscar tornò indietro mentre Saverio e Mark si avvicinavano al cerchio di persone, clienti dell'albergo e passanti, che facevano ressa intorno al punto in cui era precipitato lo sconosciuto. Cercarono di farsi largo, ma l'impresa era quasi impossibile e per di più i poliziotti stavano raggiungendo il cadavere aprendosi la strada con energiche gomitate.

«Andiamogli dietro» disse Saverio. Uscirono dalla calca, fecero mezzo giro e cercarono di intrufolarsi dietro i poliziotti. Intanto arrivavano due infermieri con una barella dall'ambulanza e altri poliziotti da una seconda auto cominciarono a disperdere la gente: «Indietro!» dicevano. «Lasciate passare, su, non c'è niente da vedere. Tornate in albergo, per favore, non intralciate le operazioni!»

Quando la calca si fu sufficientemente diradata, Mark si avvicinò abbastanza da riconoscere, alla luce dei proiettori, il corpo di Zorro, disteso sull'asfalto. Gli usciva sangue dalle orecchie, dalla bocca, dal naso e da una spaventosa frattura nel cranio. Si volse indietro per scoprire negli occhi di Saverio, pieni di lacrime, la stessa angoscia e la stessa disperazione che gli avevano invaso l'animo.

Arrivò di corsa in quel momento Oscar dicendo: «Non c'è, in camera sua non risponde!», ma in cuor suo sentiva già che tipo di conferma stava per avere al suo sospetto e, quando vide i suoi amici in lacrime, non andò nemmeno a guardare. Mormorò soltanto: «Oh, mio Dio, no». E si coprì la faccia con le mani.

«Dammi una sigaretta» disse Saverio a Oscar che stava seduto accanto a lui sul bordo della fioriera lungo la strada.

«Avevi smesso.»

«E allora ricomincio.»

«Che cosa facciamo?» chiese Mark seduto dall'altro lato.

«Che cosa vuoi che facciamo? Andiamo alla polizia, facciamo la nostra deposizione, le pratiche per l'invio della salma e poi ce ne torniamo a casa.»

«Così?» chiese Mark schioccando le dita.

«Così» rispose Oscar schioccandole a sua volta. «Perché, ci sono altre opzioni?»

«Non so» disse Mark. «Per esempio, che cosa diciamo alla polizia, che è stato un incidente? Un suicidio?»

«Che altro?»

Mark guardò negli occhi Saverio con uno sguardo di intesa e Saverio disse: «Ci sono buone probabilità che Zorro sia stato vittima di un assassinio. Mark ha scoperto che qualcuno ci ha attirato qui...».

«Ma come, non è stato lui a organizzare il viaggio? Ma ha detto che...»

«Ti spiegheremo poi, ma le cose non stanno così. Qualcuno si è inserito nei nostri indirizzi e-mail e ci ha attirato qui. E tutto questo è collegato alla morte di Jennifer Lawson... tanti anni fa.»

«Oh, merda!» esclamò Oscar. «Ma noi che c'entriamo? Non abbiamo fatto niente!»

«Non proprio» disse Mark.

«L'esperienza che ha vissuto con noi potrebbe averla indotta in uno stato depressivo che poi...»

«Chiacchiere!» ribatté Oscar. «Noi non c'entriamo. E se c'è qualche pazzo che vuole giocare al giustiziere della notte, si accomodi pure. Il sottoscritto molla gli ormeggi e se ne torna a casa. Su questo non ci piove.»

«Come vuoi, Oscar» disse Mark. «Nessuno ti trattiene.»

«Volete dire che voi restate?»

Mark annuì.

«Credo di sì» confermò Saverio.

«Ma... a che scopo?»

«Vogliamo trovare quell'uomo, chiunque egli sia, e parlargli.»

«Ma siete fuori di testa. Se è vero che ha ammazzato Zorro significa che è un paranoico assassino. Non si ragiona con quella gente.»

«Non è detto. E comunque noi vogliamo provarci.»

«Padronissimi. Io vado su a fare le valigie e a cambiare la prenotazione del mio aereo. Voi che fate?»

«Andiamo alla polizia e faresti bene a venire anche tu, se non vuoi che ti fermino all'aeroporto per interrogarti. E poi ci sarà da riconoscere la salma, da pagare per il trasporto, telefonare alla famiglia e tutto il resto.»

Oscar chinò il capo. «Va bene,» disse «va bene, ma dopo me ne vado, prima possibile.»

Chiamarono un taxi e si fecero portare alla stazione di polizia.

«Lasciate parlare me» disse Mark. «Dirò che non sapete l'inglese. Se dovessero darvi un interprete per interrogarci separatamente, dite semplicemente la verità, e cioè che non ne sapete nulla, che tutto andava benissimo fino a poche ore fa. Il resto, la faccenda dell'e-mail, per ora resta fra noi, altrimenti non ne veniamo più fuori. Va bene? Siamo tutti d'accordo?»

Gli altri due accennarono di sì, rassegnati, ancor più che convinti.

L'interrogatorio durò quasi due ore. Ognuno dei tre fu interrogato separatamente e non fu trovato alcun elemento che potesse far emergere una responsabilità di qualunque tipo a carico di quei tre rispettabili professionisti dall'aria evidentemente sconvolta per la morte dell'amico. Inoltre il signor Antonelli era in camera con il signor Wayne al momento della disgrazia, come aveva attestato il cameriere che aveva portato su una camomilla. E il signor Molteni era al bar a bere un bourbon con ghiaccio, come aveva attestato il barista. Nessun segno di effrazione era stato trovato all'interno della camera. Nessun oggetto personale era stato sottratto, nessuna traccia di colluttazione; inoltre le vetrate erano infrangibili e non c'erano finestre che si potessero aprire. Non era caduto dalla sua camera ma dalla finestra di un corridoio di servizio usata per la pulizia dei vetri esterni.

«Una sola cosa ha attirato la nostra attenzione: questo» disse il funzionario. «Pensate che possa avere un qualche significato?» Premette il tasto PLAY su di un registratore portatile e subito si diffuse nella camera il suono di quel violino, le note struggenti del concerto di Brahms.

«Gli piaceva la musica classica» fu pronto a dire Mark, prima che i compagni mostrassero una qualunque reazione a quel suono intensissimo nel ristretto spazio di quell'ufficio. E aggiunse: «Guardi, siamo distrutti. Eravamo amici da una vita, fin dai tempi dell'università. È da anni che sognavamo di fare questo viaggio».

«E come spiegate questo fatto, un suicidio? E avete motivi di credere che si sia trattato di questo?»

In quel momento lo sguardo di Mark fu attirato da un sacchetto di plastica in cui erano stati raccolti gli oggetti rinvenuti sul corpo: un mazzo di chiavi e una piccola macchina fotografica digitale, in frantumi. Poi rispose: «La spiegazione è probabilmente molto semplice: era un maniaco della fotografia. Ha cercato una finestra che si potesse aprire per evitare il riflesso dei vetri: ha perso l'equilibrio ed è caduto di sotto».

«Non si può escludere» ammise il funzionario. «Ora, se volete seguirmi, dobbiamo procedere alle formalità d'uso.» Aprì la porta e fece passare Oscar. Ma mentre Mark era coperto da Saverio, infilò la mano nel sacchetto e afferrò il chip che sporgeva per metà fuori dal corpo della macchina di Zorro e lo mise in tasca.

Si ritrovarono tutti in albergo verso le tre del mattino,

con gli occhi rossi, il mal di testa e lo stomaco bloccato dai crampi.

«Allora è venuto il momento di dirci addio» disse Saverio. «Oscar ci lascia. Se non sbaglio.»

Oscar sospirò. «Purtroppo non ancora... non proprio. Il portiere dell'albergo ha consultato Internet: i voli interni sono tutti pieni e non prendono neanche le liste di attesa. La migliore soluzione che mi hanno consigliato è un volo venerdì sera da Flagstaff, dove sono riusciti a prenotarmi.»

«E quindi vieni con noi fin là» concluse Mark. «Bene. Almeno ci terremo compagnia. Ah, il funzionario di polizia ha voluto i nostri numeri di cellulare e ci ha detto di tenerci a disposizione per qualunque cosa. Glieli ho dati, naturalmente.»

«Naturalmente.»

«Povero Zorro» disse Oscar. «Quando ce l'hanno fatto vedere, non potevo crederci. Solo poche ore fa eravamo in quel ristorante a dire cazzate... E povera la sua famiglia. Sua madre non se ne dava pace: gridava, piangeva, sembrava fuori di senno.»

«Era figlio unico» disse Saverio. «E questo peggiora le cose... Allora, io vado a dormire per qualche ora. Direi di partire presto, comunque, non dopo le otto, se vogliamo essere a Flagstaff venerdì sera per l'aereo di Oscar. Dormite un po' anche voi, se ci riuscite.»

Si separarono salendo ognuno nella propria stanza. Appena entrato, Mark andò a sedersi al tavolo, accese il suo portatile e inserì il chip della macchina digitale di Zorro. Uno dopo l'altro apparvero i file delle foto che aveva scattato e cominciò ad aprirli. C'erano una quantità di particolari road side, come piacevano a lui: soprattutto insegne anni Cinquanta, vecchi motel, perfino semafori, vecchi fienili, aeromotori, serbatoi dell'acqua. L'ultima invece era interessante: si vedeva l'immagine in parte sfuocata di un uomo che indossava snicker Reebok, pantaloni kaki e un giubbotto blu di jeans. La testa non si vedeva, l'immagine era tagliata all'altezza del collo. Tuttavia Mark notò qualcosa all'occhiello del giubbotto e cominciò a ingrandire, sempre di più, finché poté distinguere un distintivo dei Fightin' Irish. Non molto come indizio, ma meglio di nulla. Era quello Father Ralph, l'omicida? E il suo povero amico aveva tentato di scattare la foto del suo assassino mentre lo spingeva nel vuoto? E dov'era ora Father Ralph? Dove si nascondeva? Chi sarebbe stato il suo prossimo bersaglio? Per chi avrebbe suonato questa volta il violino?

Mise il chiavistello alla porta, si lavò i denti, prese un Tavor e si abbandonò esausto sul letto.

Il terzo giorno

Ripartirono poco dopo le nove e ognuno di loro si guardò intorno con l'inconsapevole intenzione di scoprire qualcosa o qualcuno di anomalo, una traccia qualunque della maledizione che si sentivano addosso. Il van uscì dal garage con uno stridore di gomme e dopo una decina di minuti fu di nuovo sulla 66.

Oscar si volse verso Mark che stava alla guida: «Perché non stai sull'Interstate? Si fa molto prima».

«Il viaggio continua» rispose asciutto Mark «come si era detto. Saremo comunque a Flagstaff ampiamente in tempo per il tuo aereo.»

«Ma dico, siete ammattiti? Siamo quasi certi che Zorro è stato scaraventato dalla finestra da un qualche esaltato paranoico giustiziere del cazzo e voi insistete ad andarvene a spasso come turisti? Ma vi ha dato di volta il cervello? Ehi, Saverio, sei d'accordo anche tu? Guarda che io scendo e faccio l'autostop.»

Mark pigiò sul freno e aprì la portiera. «Accomodati,» disse «ma attento a non prendere il passaggio sbagliato, quello per l'inferno.»

Oscar si fermò, raggelato da quella frase. «Cosa intendi dire?» domandò inquieto.

«Quello che ho detto. Come sai chi è quello che si ferma a darti un passaggio? E se fosse lui?»

«Lui chi?»

«Quello con le Reebok ai piedi e la giacca di jeans che Zorro ha fotografato prima di essere spinto giù sul selciato dell'Hilton. Gli ha scattato una foto prima di precipitare e io ho fregato il chip della sua macchina nell'ufficio della polizia, ma purtroppo manca la faccia e poi a quest'ora avrebbe potuto cambiarsi d'abito, anzi è molto probabile. Allora?»

Oscar richiuse la portiera. «Andiamo, accidenti a voi.»

Mark mise la freccia a sinistra e si reinserì nel traffico, poi aprì il cassetto della plancia, estrasse una stampa in bianco e nero e la porse a Oscar. «Ecco la foto,» disse «se vuoi dargli un'occhiata. Osserva il braccio dell'uomo fuori fuoco perché troppo vicino all'obiettivo: Zorro è riuscito a scattare un attimo prima che quella mano lo spingesse nel vuoto.»

«Mi sembra evidente» rispose Oscar. «Ma perché non l'hai restituito alla polizia?»

«Scherzi? A quel punto sarebbe scattata l'ipotesi di omicidio, avrebbero cominciato a scavare, ci avrebbero trattenuto per giorni, forse per settimane. Questa è una faccenda che dobbiamo sbrigare da noi.»

«Mark ha ragione» disse Saverio. «Non ci avrebbero mai più fatto ripartire e Dio sa come sarebbero andate le cose. Io non dimentico mai che in questo paese vige la pena di morte e che gli errori giudiziari esistono, dunque, quando viaggi da queste parti, se per caso ti capita di trovarti nel posto sbagliato al momento sbagliato c'è pur sempre una remota possibilità che tu finisca arrosto su una sedia elettrica.»

Oscar sospirò e si distese contro la schienale tirandosi il cappello sugli occhi per sonnecchiare un po'. Doveva aver passato la notte in bianco.

Si riscosse quando sentì che il van si fermava.

«Hydro!» disse Saverio. «Si scende!»

«A far che?» chiese Oscar.

«A fare un saluto alla vecchia buona mamma Lucille! Te la sei forse dimenticata? Ti ricordi che ci fece i pancake e ci mostrò tutta la sua collezione di memorabilia sulla Route 66?»

Oscar scosse la testa: tutto gli sembrava fuori dal mondo,

una cosa completamente senza senso. Ma cosa volevano fare quei due?

Il chiosco di Lucille era ancora lì con la sua insegna che recitava "Lucille's, Historic Highway". La vite americana si era arrampicata dovunque, la pompa di benzina era ancora lì, ma sembrava tutto chiuso.

Saverio si avvicinò e vide dietro il vetro della finestra frontale un cartello scritto a mano e un po' sbiadito. Diceva:

> "Lucille è morta nel maggio del 2000.
> La sua famiglia si sta organizzando
> per riaprire questo sito storico al più presto.
> Contattate www.lucille.hydro.com"

«È morta» disse Mark.

«Cosa vi aspettavate?» ribatté Oscar. «Aveva quasi novant'anni. Mi sembra naturale, no? Su, leviamoci dai coglioni, che questo posto mi dà i brividi.»

Saverio non gli diede retta e indugiò a lungo nei dintorni del piccolo chiosco scattando delle fotografie e diede una lunga occhiata al piccolo motel nelle vicinanze. Era lì che aveva fatto l'amore per la prima volta con Jennifer, in cambio di una dose di hashish. Lei aveva le lacrime agli occhi mentre lui se la sbatteva ancora mezzo vestita sul lettino della sua camera, ma a lui non interessava il perché, non erano fatti suoi in fondo. Ma evidentemente quel maledetto Father Ralph non la pensava allo stesso modo. Evidentemente li considerava alla stregua di schifosi stupratori, bastardi figli di puttana, e si era preparato a saldargli il conto. Forse aveva ragione Mark che voleva farlo uscire allo scoperto e poi risolvere il problema in un modo o nell'altro. Fargli intendere ragione, se possibile, oppure togliergli la voglia di fare lo spiritoso.

Mark fumava in disparte: appena gli fosse venuta l'idea giusta, avrebbe ritentato di penetrare nella memoria di quel maledetto computer e saperne un po' di più su quel Father Ralph.

«Allora, portiamo via le chiappe sì o no?» insistette Oscar.

«Va bene, va bene» rispose Saverio. «Adesso ce ne andiamo.»

Si guardarono ancora intorno tutti quanti, ma videro solo un motociclista in tenuta di pelle nera e borchie sfrecciare su una Electra Glyde lucida come uno specchio e sparire lontano nel nulla...

Passarono Sayre e poi Erick, attraversando magnifiche praterie su cui galoppavano mandrie di bellissimi appaloosa e sopra di loro, nel cielo terso, candidi cirri spinti dal vento dell'Est. Lungo la ferrovia passavano treni interminabili con la scritta "Santa Fé" e Oscar non poteva fare a meno di contare i vagoni come un insonne che conta le pecore, ma non valeva a calmare la sua agitazione. Non vedeva l'ora di arrivare a Flagstaff.

In quella zona il cellulare prendeva e lui passava un sacco di tempo a chiacchierare con chicchessia dall'altra parte dell'oceano per ingannare l'angoscia, anche con Ravarino, che disse di sentirsi un po' meglio e che la febbre stava scemando sotto l'effetto degli antibiotici. A bordo del van la conversazione per lo più languiva. Saverio leggeva il suo maledetto diario o un trattato di Hauser sull'arte antica... Mark era intento alla guida, ma nel suo cervello evidentemente passavano modelli di programmi, sistemi di equazioni che gli consentissero di espugnare quel maledetto computer remoto.

Raggiunsero Amarillo verso mezzogiorno e l'attraversarono da un capo all'altro sotto il sole a picco. Era quasi deserta: la gente stava rintanata nei bar per il lunch o nelle palestre a smaltire in anticipo il grasso in eccedenza che avrebbero accumulato con gli snack e il drink delle cinque. Una gigantesca bandiera a stelle e strisce sventolava pigramente su un alto pennone all'incrocio principale, segno onnipresente del patriottismo americano e della potenza dell'impero.

«Beviamo qualcosa?» chiese Mark. «Il Big Texan va bene?»

«Un po' troppo turistico per i miei gusti» obiettò Saverio. «Ma va bene. Inutile perdere tempo.» Gli altri lo guardarono non senza un certo stupore: sembrava impossibile che non rinunciasse al suo snobismo nemmeno in quelle tragiche circostanze.

«Sembra di essere in una scena di *Thelma & Louise*» osservò Oscar appena entrato. Gli avventori erano tutti in stile country con cappelloni, fibbione, stivaloni, e anche le ragazze avevano giubbetti western con frange di pelle, stivaletti operati con i tacchi e i seni strizzati nei Wonderbra. Al banco un gigantesco cowboy tentava l'impresa che consentiva di pranzare gratis: divorare in dieci minuti una bistecca da due chili.

Ordinarono una birra e la conversazione riprese sull'unico argomento che avrebbero potuto affrontare: la fine di Pablo Montegos, Zorro per gli amici. Che non sembrava vera. Un incubo che li aveva perseguitati in quell'ultimo brandello della notte e aveva ripreso possesso delle loro menti anche con l'avvento della luce diurna.

«A me non sembra possibile» disse Oscar. «Le disgrazie succedono e purtroppo questa è successa a noi. Ma perché dobbiamo pensare per forza a un omicidio? Se non ci hanno pensato quelli della polizia che sono dei professionisti, perché dovremmo pensarci noi che in fondo non ne sappiamo nulla?»

«Perché siamo gli unici in possesso di indizi...» rispose Mark.

«Quella frase sul tuo monitor?»

«Già. E di un movente.»

«Abuso di una ragazza maggiorenne, consapevole e consenziente, in seguito deceduta per cause che nulla hanno a che vedere con...»

«Andiamo, Oscar, quando seppi della morte di Jennifer volli che lo sapeste perché non mi andava di tenermi da solo un simile carico. Sai benissimo che tutti siamo in colpa, dal primo all'ultimo, e siamo venuti qui per assolverci a vicenda e per rimuovere una volta per tutte un pensiero fastidioso con cui abbiamo convissuto per tutti questi anni.»

«Questo lo dici tu.»

«Se è così, allora, perché te ne vai da Flagstaff invece che da Los Angeles come abbiamo deciso di fare noi?»

«Perché ho paura, va bene?»

«Appunto. E adesso muoviamoci.»

Uscirono dal locale e ripresero il viaggio sulle tracce dei grandi scudi di latta con la scritta "Historic Route 66". Mark guidò per una quindicina di minuti, poi si fermò di nuovo parcheggiando ai bordi della strada.

«Che c'è adesso?» chiese Oscar spazientito.

«Il Cadillac Ranch, guardate.»

Davanti a loro, a circa un centinaio di metri in direzione sud, si ergeva l'opera d'arte che sopra tutte incarnava lo spirito della strada, del fragore dei motori, del cigolio delle gomme, dell'odore della benzina bruciata: nove Cadillac di differenti modelli tutte in fila, ciascuna in atto di affondare nel terreno come una nave affonderebbe nel mare. Saverio citò ancora Dante:

> «Alla quarta levar la poppa in suso
> e la prora ire in giù, com'altrui piacque...»

«Infin che il mar fu sopra noi richiuso» concluse Oscar.

«Certo che l'aspetto originario è profondamente modificato» osservò Mark. «Bisognerebbe immaginare queste auto nuove di zecca, con all'interno i loro cruscotti e le loro tappezzerie, la vernice lucida, gli organi meccanici perfettamente funzionanti, che vengono immerse in una bara di calcestruzzo fino all'altezza della portiera posteriore. Tutto un altro effetto. I graffiti che le ricoprono completamente hanno un'aria festosa che uccide il significato originale del monumento.»

«Che sarebbe?» chiese Oscar.

«Il suicidio del nostro mondo presuntuoso e arrogante» rispose Saverio.

«Che stronzata» concluse Mark senza mezzi termini.

Oscar scattò qualche foto, una anche con l'autoscatto, presa di spalle, e ripartirono attraverso il Panhandle, lo stretto territorio texano incuneato fra Oklahoma e Nuovo Messico. Man mano che lo sterminato spazio aperto del Midwest scorreva sotto i loro occhi, la tragedia così recente tendeva in qualche modo a sfumare. Ognuno di loro cercava di rimuoverla, pensavano che Zorro non li avrebbe voluti così addolorati e sconvolti, che quel viaggio l'avevano desiderato tutti e che lui avrebbe deciso senz'altro di continuare. Sia Mark che Saverio, in cuor loro, speravano, senza un motivo particolare, che Oscar non sarebbe salito su quel volo da Flagstaff e che avrebbe continuato il viaggio fino al capolinea. Dovunque e qualunque fosse.

Tucumcari... il monumento alla 66 era una sintesi delirante fra una piramide azteca e un orpello automobilistico.

«Vale la pena di fotografarlo?» chiese Oscar.

«No» rispose Mark.

Oscar scattò ugualmente. La camera digitale rendeva la fotografia un'opzione completamente virtuale e gratuita, effimera, possibile ma non definitiva. Frustrante, in ultima analisi.

Dormirono a Tucumcari in un motel fatto di tanti piccoli bungalow e passarono la sera a giocare svogliatamente a carte nel bar e a discutere l'itinerario che li avrebbe condotti a partire dal giorno dopo nelle profondità del Grande West.

Il quarto giorno

Ripartirono dopo la colazione diretti verso Albuquerque, dove c'era un'altra stazione del loro pellegrinaggio, il Diners 66, e Mark ebbe la strana sensazione che forse in quel locale avrebbe potuto aspettarli l'uomo con le Reebok ai piedi e con il distintivo dei Fightin' Irish all'occhiello, ma non vide nulla del genere quando, entrato per primo, si guardò intorno scrutando ogni angolo del mitico locale. Vide che il cameriere preparava una porzione di gelato: tre sfere enormi dai colori vivacissimi di fragola, menta e crema su cui mise panna, sciroppo di cioccolato, granella di arachidi, ancora una sfera di cioccolato e poi ancora panna, sciroppo, altra granella e da ultimo un'abbondante porzione di ciliegie candite, di un rosso assurdo. Saverio guardava incredulo quell'operazione dissennata e non riuscì a trattenere la propria curiosità. «Per chi è questa ricca porzione di gelato?» chiese al barista.

Questi indicò con un cenno due ragazze sedute in disparte a un tavolo, incredibilmente massicce e pesanti. Le sedie non ce la facevano a contenerne gli opulenti sederi, che ricadevano in pliche da ogni parte.

«Quelle due ragazze sono già disperatamente obese,» proseguì rivolto a Mark «eppure ordinano una quantità di grassi e zuccheri da uccidere un elefante. Perché, secondo te?»

«Perché vogliono morire.»

«Oh, no, è perché vogliono godere.»

«Che è la stessa cosa» disse Mark. «Eros e Thanatos.»

«I fumatori non fanno forse lo stesso?» osservò Oscar.

E mentre pronunciava quelle parole, stranamente si sentiva osservato, come un insetto sotto la lente di ingrandimento. La cosa non sfuggì a Mark, che aveva la stessa sensazione: avrebbe voluto che si mostrasse, che venisse allo scoperto per vederlo in faccia, anche solo una volta, anche a rischio di rimetterci la pelle. E continuava a guardarsi intorno, a scrutare anche oltre la vetrata nella strada accecata da un sole impietoso. Inutilmente.

Raggiunsero Santa Fé verso le due e parcheggiarono vicino alla cattedrale. La città, quasi completamente finta, era una specie di luna park indiano piacevole comunque a vedersi, con i suoi portici, i suoi terrazzi, balconi e patii vagamente spagnoleggianti con fioriere di gerani di tutti i colori e negozi di souvenir brulicanti di turisti. Mangiarono in un locale carissimo che dava sulla piazza principale e mangiarono male, ma soprattutto di malavoglia. Solo quando visitarono il mercatino degli argenti e degli oggetti di artigianato indigeno sembrarono un po' rasserenarsi e Oscar si lasciò andare perfino a qualche battuta. A un tratto, mentre lasciavano il mercatino per tornare verso l'auto, Saverio percepì un riflesso luminoso con la coda dell'occhio e disse: «Qualcuno ci sta fotografando».

«Dove?» chiese Mark senza nascondere un certo tono d'allarme.

«Andiamo,» disse Oscar «a parte i cani e i gatti, qui tutti hanno una macchina fotografica, e dunque tutti fotografano tutti e tutto: una specie di orgia iconografica.»

«Quello era un cannone da 300 millimetri ed era puntato su di noi» insistette Saverio. «Un po' me ne intendo.»

«E dov'è ora il tuo misterioso personaggio?» chiese Mark.

«È sparito dietro quell'angolo laggiù.»

«Come altri venti o trenta» commentò Oscar alzando le spalle. «C'è un passaggio come in Piazzetta a Capri per Ferragosto. Dài, ragazzi, non facciamoci venire la paranoia del pedinamento. Non siamo mica in un film di Hitchcock.»

«Ah, no?» disse Mark. «E allora com'è che Zorro sta in cella frigo in attesa che gli confezionino un bel vestito di abete?»

Oscar fece un gesto come per scacciare quell'immagine angosciosa, mentre Saverio aggirava l'angolo della strada per vedere se ci fosse un uomo con un teleobiettivo che si allontanava nella direzione opposta; vide solo una Buick grigia che lasciava il parcheggio e planava via lentamente in leggera discesa, come fosse spinta dal vento.

«Allora?» chiese Oscar che era già alle sue spalle.

Saverio scosse la testa con un gesto di fastidio.

«Dài, muoviamoci, che per questa sera voglio essere a Gallup.»

La conversazione continuò in auto, ma Saverio teneva sempre lo sguardo inchiodato allo specchietto retrovisore per scoprire se qualcuno li stesse seguendo. Sembrava che avesse un sospetto o un presentimento. Quando l'itinerario abbandonò la Interstate per tornare sull'antica Route trasalì a una vista improvvisa. Gli pareva di aver notato per un istante la Buick grigia che faceva la stessa manovra pur mantenendosi a notevole distanza. Afferrò d'istinto la Polaroid appoggiata accanto a lui sul sedile e scattò una foto al retrovisore.

«L'ho beccato, porca puttana!» disse mentre osservava ansioso il cartoncino impressionato uscire dalla feritoia della fotocamera. Un lampo gli accecò la mente: per una frazione di secondo ebbe la nettissima impressione, quasi la certezza, di aver visto materializzarsi su quella piccola lastra l'immagine sorridente di Jennifer. Cristo... come un colpo al cuore.

«Che cosa?» chiese Oscar allarmato.

Saverio si riscosse, fece mente locale. «Uno che ci segue, secondo me.»

«Ne sei certo?» chiese Mark. «Io non vedo niente.»

Saverio attese che l'immagine si formasse sul cartoncino e la passò all'amico.

«Mah, non è che si veda un gran che. È poco più grande di un francobollo.»

«Vogliamo fare una prova? Fermati, dài, accosta e alziamo il cofano come per fare un controllo. Sono sicuro che ha girato dietro di noi e quindi deve sorpassarci per forza.»

Mark accostò più per accontentare l'amico che per vera convinzione, ma vide che Oscar era estremamente allarmato. La tensione che pervadeva l'abitacolo sembrava scaricarsi soprattutto su di lui.

«Ma chi ce lo fa fare?» protestò. «Vi ha preso la paranoia, ve lo dico io, vi ha preso il trip del cacciatore di teste e vedete i fantasmi dappertutto. Ancora un po' e vi appare la Madonna. E tutto perché quella là si è fatta scopare di santa ragione vent'anni fa? Ma dico, diamo i numeri?»

Saverio si voltò di scatto a quelle parole e lo colpì con un manrovescio. «Piantala!» urlò. «Taci, porca puttana, chiudi quella boccaccia di merda, hai capito? Hai capito?»

Mark lo guardò stupefatto, poi aprì la portiera, scese come un automa, senza dir nulla, e aprì il cofano dell'auto. Oscar piangeva.

Saverio gli si avvicinò. «Scusami,» disse «perdonami, Oscar, dài, non fare così. Mi dispiace. Mi è scappato. Mi dispiace, va bene? Ho detto che mi dispiace.» Come avrebbe potuto spiegargli che il volto di Jennifer era stato vivo e reale dinanzi ai suoi occhi un istante prima?

Oscar alzò la faccia: un'espressione patetica di dolore e di sgomento. L'espressione di uno che avrebbe voluto essere dovunque piuttosto che nel luogo in cui si trovava. Saverio scese dalla macchina, gli aprì la portiera e lo fece scendere a sua volta.

«Dimmi che non ce l'hai con me, per favore» insistette. Oscar annuì e Saverio lo abbracciò, battendogli la mano sulle spalle. Avrebbe dato qualunque cosa in quel momento per non aver fatto ciò che aveva fatto.

«Con tutto questo casino, se quella macchina fosse anche transitata non l'avremmo certo vista» brontolò Mark. «Allora, che cosa decidiamo? Aspettiamo che faccia notte?»

«Sono sicuro che era la stessa Buick grigia che ho visto a Santa Fé e...»

«Buick grigia» ripeté Mark. «Saverio, il mondo è pieno di Buick grigie. E poi, ragazzi, cerchiamo di tenere i nervi a posto, va bene? Va bene? Adesso vi faccio vedere una bella cosa. Ve la ricordate Laguna? Eccola là, è dritta davanti a noi.»

Guidò il van dentro alle strade polverose della cittadina, superando un pick-up pieno di navajo e si fermò davanti alla chiesetta candida di calce su cui spiccava la chioma verdissima di un carrubo.

«*L'asso nella manica* di Billy Wilder» disse Oscar ricordando uno dei suoi film preferiti. «Questa è la chiesa dove va a pregare la madre del minatore prigioniero nella miniera franata.»

«Già, proprio quella» rispose Mark. Parcheggiarono ed entrarono nel piccolo sagrato circondato dal muretto di cinta anch'esso di un biancore accecante. Sulla sommità della facciata svettava una croce candida anch'essa come le nubi che veleggiavano nel cielo. Oscar notò che a fianco c'era un cimitero, un piccolo riquadro di sassi e polvere, senza un filo d'erba: «Ve lo ricordate questo?» chiese.

Saverio gli si avvicinò. «No, forse non l'abbiamo visto la volta scorsa, e poi chi può ricordarsi? Sono passati tanti anni.»

Mark gettò un'occhiata alle tombe. Erano sepolture miserabili, segnate da una croce di legno con scritte dilavate che ricordavano il nome dei defunti. In tutto due, caduti della Seconda guerra mondiale.

«Guardate questo qua,» osservò «se lo avessimo visto, ce lo saremmo ricordato.»

La scritta sulla croce recitava:

Frank B. Sarracino
1919-1945

«È un paesano» commentò Saverio.

«Del Sud, con quel cognome» aggiunse Oscar. «Ma pensa al povero sfigato: è venuto a lasciare le ossa in questo posto dimenticato da Dio e dagli uomini.»

«Capita» disse Mark. E pensò che era preferibile il riposo eterno di Frank B. Sarracino, all'ombra di quella chiesetta immacolata ascoltando il canto del vento occidentale, che non quello di Pablo, se mai ci sarebbe stato. Pensava al rigore della cella frigorifera e ai ferri del medico legale e si sentiva stringere il cuore.

Reagì a quella sensazione, quasi con un soprassalto. «Su, dài, andiamo, dobbiamo essere a Gallup questa sera.»

Gallup nel loro itinerario era una specie di luogo magico, una specie di Mecca del Route 66 traveller, e in particolar modo lo era per i due italiani, Saverio e Oscar che, nonostante tutto, ricordavano i loro entusiasmi di ragazzi per il loro comic di culto, il mitico Tex, precursore dello spaghetti western, ranger concepito nelle nebbie padane, nutrito a bistecche e patatine fritte da Bonelli e Galleppini, suoi padri e creatori. Gallup era sempre un turning point per Tex e per i suoi pard Kit Carson e Tiger Jack, un'oasi di ristoro con i suoi saloon dopo interminabili cavalcate nel deserto. Ed eccolo là, il locale altrettanto mitico, l'Hotel El Rancho, già prenotato fin da Chicago perché Oscar non avrebbe voluto perderselo a nessun costo. Il grande portico in legno bianco ombreggiava la facciata inferiore in pietra grezza e sul piazzale erano schierati i mezzi dei trasvolatori: jeep, dune-buggy, motociclette risplendenti come gioielli, pegasi d'acciaio che sembravano scesi dal cielo più che convogliati da un nastro d'asfalto.

Mark fermò il van e aprì il cofano posteriore mentre Oscar e Saverio scaricavano i bagagli. L'asfalto emanava un odore di olio bruciato e di gomma assieme alla vampa di calore immagazzinata durante la giornata torrida. Entrarono per registrarsi: la lobby era sempre quella che loro ricordavano, gremita di gadget della Route ma soprattutto dell'epopea western. Gigantografie di John Wayne, Richard Widmark, Jimmy Stewart, Kirk Douglas, tutti ricollegabili a una particolare pellicola: *Rio Bravo*, *La battaglia di Alamo*, *La donna che visse due volte*...

«Kirk Douglas è quello de *L'asso nella manica*» disse Saverio. «Non è vero, Oscar?»

Oscar accettò il tentativo dell'amico di ristabilire una situazione normale e rispose: «Ti sbagli, lì fa Doc Holliday in *Sfida all'OK Corral*».

«Ti dico che è *L'asso nella manica*, cosa ci vuoi scommettere, non vedi la camicia che indossa, ti sembra una roba da western? E poi in *OK Corral* aveva il gilè.»

«Ci scommetto la cena di domani sera prima del mio volo da Flagstaff» insistette Oscar.

«Ma quale Flagstaff, tu non te ne vai. Tu resti qui» ribatté Saverio.

Era solo un invito, ma Oscar lo prese come qualcosa di diverso e forse anche di sinistro, o così parve al suo amico, ma la situazione era tale che nessuno sembrava più agire o reagire in modo naturale.

«Volete mangiare qui o volete andare fuori?» chiese Mark.

«Io sono stanco. Per me va bene qui» rispose Oscar.

«Anche per me» disse Saverio. «Anzi, io non vado nemmeno su in camera. Ho una fame da lupo. Mi lavo le mani e mi siedo: se volete, ordino anche per voi.»

«Sì, bravo, fai così,» disse Mark «che noi arriviamo subito.»

«E che cosa vi ordino?»

«Che domande!» esclamò Oscar pateticamente euforico. «Una bistecca con una montagna di patatine fritte!»

«Come Tex?»

«Come Tex, porca puttana!»

Cercavano di tornare ragazzi anche solo per qualche istante, di esorcizzare lo spettro dell'amico scomparso, il convitato di pietra che sedeva invisibile al loro tavolo, in qualunque locale e in qualunque atmosfera si trovassero.

Mangiarono con discreto appetito e nessuno tirò più in ballo la storia della Buick grigia, ma era chiaro che tutti ci pensavano. Mark immaginava che alla guida ci fosse l'uomo con le Reebok ai piedi e con il distintivo dei Fightin' Irish all'occhiello del giubbotto e che forse nascondesse nel cofano dell'auto qualche arma micidiale e implacabile acquistata in una delle tante rivendite, in una delle tante vetrine arroventate dal sole delle main street.

Dopo cena Oscar volle ritirarsi perché si sentiva stanco, Mark e Saverio fecero un giro in macchina per la città. Gallup era bassa, acquattata nel deserto, ma palpitante di luci di tutti i colori. Viveva di insegne, si sarebbe potuto dire che senza quelle non avrebbe avuto alcuna rilevanza e forse nemmeno una vera e propria esistenza. Stazioni di servizio, motel, fast food di ogni tipo: Taco Bells, KFC, Pizza Hut, White Castle, McDonald's, Burger King, in più saloon, sale da gioco e perfino chiese; tutto era annunciato da fantasmagoriche insegne animate, luccicanti, ammiccanti. Nella loro ingenua arroganza sembravano sfidare le costellazioni del cielo che s'incurvava sul deserto e sui suoi profumi asciutti e intensi.

«Oggi, quando hai colpito Oscar, ci sono rimasto di stucco» disse a un tratto Mark. «Ma che cosa ti ha preso?»

«Davvero non puoi capirlo?»

«Vuoi dire che quell'avventura con Jennifer ti ha segnato così tanto che ancora oggi ti senti un attempato cavaliere errante che deve difendere l'onore della sua dama? Andiamo, Saverio, non è credibile dopo tanti anni, e comunque questo non basta per salvarci l'anima, ammesso che ne abbiamo una e che sia in pericolo di dannazione.»

Saverio non disse altro e Mark cercò di sdrammatizzare. «Ti va una birra?» chiese, e accostò, senza attendere risposta, al marciapiede di una birreria. Saverio gettò un'occhiata allo specchietto retrovisore e la sua espressione non sfuggì all'amico. «Di notte tutti i gatti sono bigi, Saverio. È così che si dice in Italia, no? Mettiti tranquillo: non colpirebbe mai quando siamo in un locale pubblico.»

«Ha colpito in un albergo.»

«In un corridoio isolato e fuori vista: è diverso.»

Si sedettero a un tavolo e ordinarono dal telefono che stava appoggiato nel mezzo.

«Mi è dispiaciuto,» disse Saverio «sono affezionato a Oscar. È stata una reazione incontrollata: non mi è mai successo prima.»

Una cameriera con minigonna e gilet di pelle a frange con stivaletti da cow-girl portò due Bud gelate con le goccioline di rugiada che scendevano lungo la superficie del boccale e Mark mandò giù una lunga sorsata.

«Credi davvero che colpirà ancora?» chiese Oscar.

«Sì,» rispose Mark «credo di sì. E, dopo tutto, quella Buick grigia potrebbe anche essere la macchina dell'assassino: forse il fratello, o un fidanzato. Uno che ci conosce e che ha saputo aspettare a lungo.»

«Vent' anni. Non sembra credibile.»

«Lo è invece» ribatté Mark. «E come se lo è. Non è il primo caso. Ho fatto una ricerca su Internet sui casi giudiziari. Per quella gente è come se il tempo si fosse fermato: sono degli psicotici, ma solo da quel punto di vista. Per il resto sono perfettamente normali: gente che lavora, che ha famiglia, che va al cinema e paga regolarmente le tasse.»

«Sei riuscito a penetrare nella memoria di quel computer?»

«Ci sto provando, accidenti, ma il sistema di accesso sembra inespugnabile. Funziona come un tipo avanzato di antivirus per cui il mio tentativo di raggiungere il file che contiene la password di accesso viene percepito dal sistema come un virus: i miei comandi vengono individuati e disattivati. Chi ha costruito quel sistema difensivo è uno che ci sa fare, dannazione, potrei quasi dire che è un genio informatico.»

Saverio bevve alcune lunghe sorsate: quelle parole gli avevano seccato il palato e la lingua sembrava un pezzo di cartone.

«Ma se le cose stanno così, perché continuare?»

«Già, perché continuare?»

«Forse sarebbe meglio imbarcarsi con Oscar a Flagstaff, che ne dici?»

«Puoi farlo. Ma se vuoi la mia benedizione, scordatela. Io voglio continuare, cascasse il mondo, e prima o poi entrerò in quel fottuto hard disk e scoprirò l'identità di quel bastardo...»

«E poi?»

«E poi gli romperò il culo, fosse anche il presidente degli Stati Uniti. Zorro era un mio amico, che cazzo!»

Saverio assentì senza dire nulla, poi a un tratto sembrò riscuotersi. «Forse è meglio rientrare: Oscar potrebbe essere in pericolo.»

«Tranquillo, non succede nulla, ma se ti fa stare meglio, andiamo.»

Parcheggiarono pochi minuti dopo davanti a El Rancho e passarono a ritirare la chiave dal banco della reception.

«Pensaci questa notte» disse Mark. «Se vuoi imbarcarti da Flagstaff, non fare complimenti. Ci vediamo a Milano in ogni caso... spero.»

Saverio prese la sua chiave e parve esitare per un istante.

«Buonanotte» disse Mark.

Saverio lo guardò negli occhi. «E lasciarti da solo a fare il Rambo fra qui e Los Angeles? Dovresti conoscermi: non sono un leone, ma nemmeno una pecora.»

«Benissimo. Allora si continua insieme. Peggio per Oscar che si perde la parte migliore del viaggio.»

«Già, peggio per lui. Buonanotte, Mark.» Si avviò verso le scale.

Mark si rivolse al portiere di notte, un giovanotto con due spalle come un armadio. «Dovesse arrivare un tizio abbastanza ben piantato, con un giubbotto di jeans con un distintivo dei Fightin' Irish a bordo di una Buick grigia mi svegli per favore, anche se è nel cuore della notte. È un amico che aspetto da molto tempo.»

«Lo farò senz'altro, signore» rispose il portiere.

Mark raggiunse Saverio e salì con lui al primo piano dove c'erano le camere. Lui aveva quella di Lee Marvin, Saverio quella di Yul Brynner.

I due si scambiarono un'ultima occhiata poi fecero girare la chiave nella toppa all'unisono. Mark andò a sedersi davanti al suo portatile e cominciò a digitare sulla tastiera.

Saverio prese il diario e andò a sedersi sul balcone sotto la luce esterna. Si accese una sigaretta e aspirò una profonda boccata. L'aria era tiepida, una brezza appena percettibile che faceva ondeggiare dolcemente la bandiera americana appesa al suo pennone. Di tanto in tanto guardava in basso verso la strada come se si aspettasse di poter distinguere la Buick grigia fra quelle sagome luccicanti tutte uguali, visibili solo per le luci gialle in fronte e quelle rosse in coda.

23 giugno 1973

Jennifer oggi mi ha detto di amarmi e io ho avuto paura. Sento di amarla anch'io ma sono confuso: forse è solo il desiderio che ho di lei, un desiderio totalizzante ed esclusivo, così forte e prepotente da annebbiarmi la ragione. Ma io sto per sposarmi con la figlia del direttore del mio giornale: un'unione solida e sensata, destinata a durare nel tempo, e questo sentimento non può essere altro che una forma di malattia, una febbre che induce una specie di delirio. Jennifer può avere detto la stessa cosa a Mark o a Oscar o a Davide e questo pensiero mi fa impazzire di gelosia. Tutto quindi è assurdo, improbabile; nessun avvenire, nessun futuro.

Mi ha chiesto se potrei concepire la mia vita accanto a lei e io le ho risposto che no, non ci pensavo nemmeno e che se lo togliesse dalla testa. Mi ha chiesto se mi sarebbe importato se lei fosse andata a letto con Mark o con Oscar o con Pablo o con Davide. Le ho detto che no, che l'amore è libero, che la coppia chiusa è un relitto medievale, che si vive solo una volta e che bisogna spassarsela, che diamine, che si accomodasse pure.

È scoppiata in lacrime e io non ho resistito. L'ho abbracciata, le ho tolto i vestiti e l'ho baciata a lungo, dappertutto. E ho fatto l'amore con lei dicendo a me stesso che era l'ultima volta.

Il profumo dei suoi capelli... un profumo naturale eppure così netto e intenso, come di rose appassite. Un profumo che mi dà alla testa come un vino forte, e dentro di me le dicevo mille volte di amarla, che non l'avrei lasciata per nulla al mondo, ma la voce non mi è mai uscita, ne sono certo. L'ho seguita, dopo, sotto la doccia. Siamo rimasti a lungo in quel bagno di vapore caldissimo e io ho continuato ad accarezzarla e a cercare la sua bocca, ma quando lei si è resa conto che la volevo ancora è uscita, si è messa addosso un asciugamano e ha attraversato il corridoio del motel.

È entrata nella camera di Mark. O di Oscar. Non ricordo, che differenza fa?

Ho preso un acido e ho viaggiato altrove per il resto della notte in cerca di ristoro. Lontano da lei, o dentro di lei come un feto ancora informe, chi lo può dire? Solo, a un certo momento, ho sentito il suono del suo violino. Struggente e soave come una serenata. Da dove veniva? E come poteva essere a quell'ora di notte?

24 giugno 1973

Mi sono svegliato questa mattina con la bocca impastata e gli occhi arrossati. Sul tavolino da notte c'era un foglio con un paio di versi scritti con la mia grafia:

"Il fondo dell'inferno è una gran lastra ardente
è, come la mia fronte, d'acciaio incandescente."

Non sarò mai un poeta, temo di no. Ci vuole anima per essere poeti e io, la mia, credo di averla venduta al diavolo.

Saverio richiuse il diario con un sospiro e andò di nuovo alla finestra che dava sul piazzale, nella speranza, forse, di vedere la Buick grigia, ma c'erano solo un paio di pick-up, una jeep e una Harley color arancio con la testa piumata di un indiano dipinta sul serbatoio. Si sporse in fuori guardando alla sua sinistra e vide che la luce in camera di Mark era ancora accesa. O era quella di Oscar? Non si pose altri problemi: prese un sonnifero e si lasciò andare sul letto. Se fosse passato nella notte l'angelo della morte non voleva vederlo in faccia, nel timore che avesse il volto di Jennifer; voleva essere profondamente assopito, immerso in una beatitudine inconsapevole.

Il portiere di notte di El Rancho smontò alle cinque, salì sul suo pick-up e svoltò verso ovest passando davanti a un motel Holiday Inn. Notò una Buick grigia nel parcheggio ma non ritenne che la cosa avesse rilevanza e non poteva certo fermarsi a chiedere al collega dell'Inn se il padrone di quell'auto calzasse delle Reebok e portasse un giubbotto di jeans con il distintivo dei Fightin' Irish all'occhiello, né ritenne di tornare indietro ad avvertire quel signore che a quell'ora doveva dormire della grossa. In qualche modo si sarebbero incontrati se quella Buick era dell'amico che stavano aspettando. Albeggiava, e la prima luce del giorno imbiancava le colline gessose che delimitavano l'orizzonte. Le luci di Gallup impallidivano in una lenta agonia e nel profondo silenzio del mattino un gallo levò il suo peana al disco solare che si affacciava in quel momento con un unico punto luminoso, una lama di luce affilata sui contorni scabri delle colline. Il raggio invase i parcheggi degli alberghi e dei motel e incendiò le cromature dei camion e delle motociclette, mentre la brezza mattutina gonfiava le bandiere d'America.

Il quinto giorno

Saverio uscì sul terrazzo con in mano una tazza fumante di caffè e si sedette su una poltrona di vimini accendendosi una sigaretta. Oramai si era abituato all'odore di benzina, olio bruciato e asfalto e lo aspirava con voluttà, come una droga. Restò in quella posizione a lungo, ascoltando i rumori della città che si risvegliava, le trombe dei camion che passavano sulla Interstate, abbandonato alla deriva dei ricordi. Lo riscosse Mark uscito anch'egli sul terrazzo della sua camera.
«Hai dormito bene?» gli domandò.

«Di merda» rispose Saverio.

«Anch'io. Ma poteva essere peggio. Fra dieci minuti giù per la colazione. Che cosa ti ordino?»

«Uova strapazzate e bacon» rispose Saverio.

«Bene. Oggi dobbiamo raggiungere Flagstaff, ma prima dobbiamo far divertire un poco Oscar. Ho pensato di fare una piccola deviazione per il Grand Canyon. So che è la sua passione.»

«Mi sembra una buona idea,» rispose Saverio «e anch'io voglio farmi perdonare per quel mio stupido scatto di ieri. Offro io il pranzo.»

«Non ti preoccupare,» lo rassicurò Mark «Oscar non è uno che se la prende. Ha già scordato tutto.»

Fecero la prima fermata ad Holbrook dove si vedeva dovunque il saccheggio della foresta pietrificata. Frammenti di alberi fossili erano dappertutto: a delimitare i giardinetti, disposti come sedili intorno a tavolini da picnic in cemento, perfino ai giardini pubblici.

«Lo sai?» disse Oscar. «Da qualche ora non penso più alla Buick grigia.»

«Nemmeno io, se è per questo» rispose Mark. «Tanto più che Saverio ci offre il pranzo. E sai dove? Al Grand Canyon. Su, monta che si parte, in un'ora siamo là, pranziamo, poi torniamo indietro in un'altra ora e facciamo ancora in tempo ad arrivare a Flagstaff con un'ora e mezzo di anticipo sulla partenza del tuo aereo.»

«Ne sei sicuro?» chiese Oscar. «Guarda che non voglio perderlo.» E la sua voce aveva un tono di particolare determinazione.

«No che non lo perderai, perché dovresti? È che Saverio vuole fare un po' festa, cacciare i brutti pensieri ed essere sicuro che non gliene vuoi per quello schiaffo. Gli è scappato, non voleva. Ci sta male, te lo assicuro.»

«Lo so,» disse Oscar «siamo tutti stravolti. È solo che non voglio perdere quell'aereo, ecco tutto.»

«Certo che non lo perderai. Saverio è andato a prendere

delle birre e ora ripartiamo alla svelta. Guarda, eccolo là che arriva.»

Saverio mise un pacco di lattine nella borsa frigo e si sedette al volante. «Non mi ricordo se al ristorante servono alcolici» disse. «Così andiamo sul sicuro.»

Arrivarono all'ingresso del parco nazionale, girarono a sinistra e parcheggiarono, dopo un paio di chilometri, al Mountain Castle, un albergo ristorante con una magnifica terrazza panoramica sul canyon. Il cameriere chiese se volevano pranzare all'interno con aria condizionata o all'esterno sulla terrazza, e tutti e tre decisero per la terrazza. Il sole era abbastanza caldo ma c'era un po' di brezza e soprattutto la vista era incantevole.

Mark si sedette per primo, Saverio tornò alla macchina dove aveva dimenticato la carta di credito e Oscar andò al bagno a lavarsi le mani. Entrò nella toilette ma appena ebbe aperto la porta restò immobile, paralizzato dalla paura. Davanti a lui, appesa all'attaccapanni, c'era la giacca di jeans con il distintivo dei Fightin' Irish. Volse lentamente lo sguardo verso le toilette e vide, sotto uno dei portelli, le Reebok marroni e non ebbe più dubbi. Arretrò come se avesse visto il demonio e corse via verso il corridoio. In fondo c'era una porta di servizio che dava sul retro dell'albergo. Un inserviente lo vide e gli gridò dietro: «Ehi, fermo! Non si può andare di là». Ma Oscar sentì solo le prime parole e si mise a correre ancora più veloce, senza nemmeno voltarsi a guardare. L'inserviente gli corse dietro e arrivò sul piazzale posteriore ingombro di pallet carichi di bottiglie di acqua minerale, confezioni di cibi conservati di vario genere, latte di detersivi e ogni altro tipo di mercanzia per le necessità dell'albergo e del ristorante. Inciampò e fece rotolare una pila di latte di maple syrup provocando un baccano infernale. Oscar, ancora più terrorizzato, sentiva confusamente i richiami dell'uomo che gli diceva di fermarsi e li percepiva solo come un suono minaccioso. Ignorò i cartelli con la scritta "no access, railing out". Scavalcò la staccionata di protezione e cadde dall'altra parte sul bordo del sentiero panoramico. Il terreno era in parte franato, probabilmente per una qualche infiltrazione d'acqua o per una pioggia particolarmente violenta, e aveva trascinato con sé una parte della balaustra di protezione. Sbilanciato dal balzo, Oscar perdette l'equilibrio e precipitò nel baratro. Quando l'inserviente arrivò trafelato alla staccionata non vide nulla, udì soltanto l'eco, rifratta, di un grido già spento.

In quel momento l'uomo con le Reebok ai piedi uscì dalla toilette, indossò la sua giacca di jeans e uscì dalla scala che dava verso il parcheggio pubblico del parco. Percorse a piedi i circa duecento metri del vialetto alberato scattando di quando in quando qualche fotografia al paesaggio. Poi si accese una sigaretta, entrò in macchina e uscì dal parcheggio immettendosi sulla strada che riportava a Holbrook.

Saverio arrivò con la sua carta di credito e, mentre si sedeva davanti a Mark, gli chiese se avesse già ordinato o se conveniva aspettare Oscar. Ma lo sguardo di Mark era pieno di apprensione.

«È successo qualcosa» disse.

«Cazzo, non è possibile... non sarà...»

Mark si alzò, seguito da Saverio, e tutti e due corsero verso il luogo in cui il personale dell'albergo stava accorrendo, ma quando furono davanti alla porta di servizio un agente della sicurezza li fermò.

«Non si può passare,» disse «è successa una disgrazia. Un uomo è precipitato di sotto.»

«Io non so che cosa gli sia preso» disse uno degli inservienti. «È uscito dalla toilette correndo come un pazzo e si è diretto verso la porta di servizio. Gli ho gridato di fermarsi e lui correva ancora più forte. Quando siamo arrivati sul piazzale io sono inciampato; lui a quel punto aveva già saltato la staccionata di protezione...»

«Non può essere lui» mormorò Saverio. «Non può essere Oscar.»

«Aveva una felpa blu con una scritta in italiano o in spagnolo,» disse l'inserviente «non so... e un paio di pantaloni neri. Non si è nemmeno voltato indietro, sembrava avesse il diavolo alle calcagna. Davvero non so cosa gli ha preso... io volevo solo...»

«È lui, purtroppo» disse Mark. «Vieni, andiamo via.»

«Ma dove? Dobbiamo aspettare la polizia...»

«Per fare che? Lui deve essere ancora qui intorno.»

«Ma non hai sentito che cosa ha detto l'inserviente?»

«Appunto. Oscar era spaventato a morte. Quello lo inseguiva, si è sentito in trappola... Su, muoviamoci. Tu vai verso il terrazzo panoramico, io passo dai parcheggi. Ci ritroviamo alla macchina fra dieci minuti, non uno di più... Se hai paura, stai qui, dove sei al sicuro. Vengo a prenderti dopo.»

«No, vado» rispose deciso Saverio, e si diresse verso la terrazza panoramica. Gettò intorno una rapida occhiata, ma tutti gli avventori erano assiepati al parapetto e guardavano in basso. Li osservò con calma, uno per uno, osservò il loro abbigliamento e le loro calzature: se Oscar lo aveva riconosciuto, lui doveva essere ancora vestito a quel modo. Ma non vide nessuno che attirasse la sua attenzione: erano in prevalenza dei pensionati in calzoncini corti e anziane signore in abiti pastello. A un certo momento notò che alcuni se ne andavano e non poté fare a meno di accostarsi al parapetto nel posto che avevano lasciato libero. Gettò uno sguardo verso il fondo e vide il corpo inerte di Oscar su un ciglione roccioso un centinaio di metri più in basso. Un elicottero della polizia si stava avvicinando scendendo lentamente lungo la parete a strapiombo. Dal portello aperto un agente si apprestava a calarsi con il verricello. Saverio si asciugò le lacrime mormorando: «Povero amico mio» e tornò indietro verso il parcheggio dell'albergo. Mark arrivò poco dopo trafelato. «Ho controllato anche il parcheggio del parco, giù vicino all'ingresso, ma non c'era nessuno. Però il parcheggiatore mi ha detto di aver visto un uomo che corrisponde a quelle caratteristiche uscire pochi minuti fa su una Buick nera o grigia. Lo ricordava perché gli aveva dato la mancia. Se la prende comoda il figlio di puttana, a quanto pare. Secondo me, se ci diamo dentro, lo possiamo anche raggiungere. Fai guidare me.»

Mark si lanciò in direzione di Holbrook tenendo l'acceleratore sul piede delle novanta, cento miglia. Saverio stava seduto di fianco, muto e pallido in volto, e ogni tanto si voltava indietro come se si aspettasse di vedere ancora Oscar seduto al suo posto a sgranocchiare noccioline o a leggere una rivista. Poco prima di Holbrook una pattuglia della polizia li fermò per eccesso di velocità e l'inseguimento di Mark ebbe termine in un modo costoso e banale.

Superarono Flagstaff senza nemmeno fermarsi e tirarono avanti in direzione di Williams. Passavano davanti alla loro vista i saguaro, levando al cielo le braccia spinose, e il deserto dell'Arizona si dispiegava fino all'orizzonte in tutta la sua sterminata immensità, punteggiato di yucche e di cespugli secchi di amaranto che sotto la luce del sole risplendevano come oro.

Si fermarono in un motel a mangiare un sandwich e Saverio andò a prendere la birra dalla borsa frigo. Mark cercava di meditare su tutta quell'assurda vicenda che si faceva sempre più ingarbugliata, ma non riusciva in alcun modo a trovare il bandolo della matassa. L'assassino, Father Ralph, che gli aveva mandato la prima missiva sul computer, era veramente l'uomo delle Reebok? E aveva veramente cercato di uccidere Oscar? Oscar aveva una personalità abbastanza instabile, facilmente influenzabile. Era possibile che si fosse sbagliato, che avesse visto quello che non c'era? Comunque fossero andate le cose, la tragedia era ora di proporzioni assurde e certamente era stato un errore andarsene in quel modo. La polizia avrebbe potuto collegare una cosa all'altra, stabilire delle connessioni, forse anche formulare delle accuse? Stranamente a quel punto non gliene importava nulla. Era sicuro che quel bastardo si sarebbe ancora fatto vivo per ammazzare lui, o Saverio, o tutti e due assieme, e che a quel punto non solo lo avrebbe visto in faccia, finalmente, ma gli avrebbe anche saldato il conto.

Saverio arrivò con la birra e gli appoggiò davanti una lattina ancora fresca.

«Hai fatto bene, qui non hanno la licenza per gli alcolici.»

«Alla salute di Oscar» disse Saverio alzando al lattina. «Che possa finire in un paradiso alternativo con un sacco di belle fanciulle che lo trastullano per l'eternità.»

«Hai ragione, il nostro paradiso è una noia mortale: cantare salmi *in saecula saeculorum*, ma temo che Oscar non fosse nemmeno circonciso.»

«Adesso cosa facciamo, aspettiamo che arrivi e che ci faccia fuori, prima me e poi te o prima te e poi me? Che dici? E alla famiglia di Oscar non diciamo nulla?»

«Non era single?»

«Credo abbia una madre molto anziana che vive in una casa di riposo.»

«Lasciala in pace, povera vecchia... lasciala in pace. Le parleremo al nostro ritorno.»

«Al nostro ritorno... sì.»

«Perché, hai forse dei dubbi?»

«Be', fino ad ora le perdite sono del cinquanta per cento.»

«Ma non è ancora andato a letto quello che deve vedere la brutta sera.»

«Che cosa intendi dire?»

«Che adesso vado a comprarmi una calibro 9 e appena lo vedo gli metto la canna in bocca e vediamo se ha ancora tanta voglia di fare lo spiritoso.»

«Ammesso che si faccia vedere.»

«Io dico di sì. C'è un albergo a Kingman. Sai dov'è Kingman?»

«Sulle montagne, prima di Needles, giusto?»

«Proprio là: è come l'anticamera dell'inferno. Sotto c'è una bolgia di lava pietrificata, un inferno fossile, mi sembra un posto buono per un appuntamento con la Signora in Nero, o con Father Ralph o come cazzo si chiama.»

Saverio pagò i sandwich e i due tornarono alla macchina.

«Ce la prendiamo comoda» disse Mark. «Ci arriviamo domani al tramonto, affittiamo una camera nell'hotel, l'unico che c'è se ricordo bene, e lo aspettiamo lì, finché non arriva.»

«Come in *OK Corral*?»

«O *Rio Bravo*... quello che vuoi tu.»

«Insomma, o la va o la spacca.»

«Più o meno.»

Procedettero in silenzio per parecchi chilometri in mezzo a un paesaggio sempre più aspro e imponente, finché non cominciarono ad apparire i sobborghi di Seligman e le prime insegne che indicavano Las Vegas.

Mark accostò in una grande stazione di rifornimento e lasciò le chiavi a Saverio. «Fai il pieno» disse «e prenditi un caffè al bar, io torno fra una mezz'ora. Non attaccare chiacchiera con nessuno. Sai, qui è pieno di balordi, veterani dell'esercito che vanno in giro sbronzi fin dal mattino e tutti armati. Vivono randagi nel deserto, dentro le roulotte o i pick-up e possono essere molto pericolosi.» Saverio annuì e lui si allontanò a piedi dirigendosi verso la strada principale della città. Tornò puntuale dopo trentacinque minuti esatti e aveva sotto braccio un involto di flanella grigia.

«Sono pronto» disse. «Andiamo?»

Saverio si sedette alla guida e mise in moto.

«L'hai comprata davvero?» chiese.

«E come. Dai un po' un'occhiata.»

Saverio aprì l'involto e scoprì una Beretta calibro 9 da guerra, nuova fiammante, con due caricatori da diciotto colpi.

«Ognuno ti fa un buco che ci passa un tubo da stufa. E adesso andiamo a scoprire che carte ha in mano quel figlio di un cane.»

«Dove dormiamo?»

«Qui, a Seligman, conosco un buon motel di bungalow dove cucinano discretamente. Ma questa notte non voglio sorprese. Prendiamo una camera a due letti e montiamo di guardia a turno, va bene?»

«Per me va benissimo» disse Saverio.

«La sai usare quella?»

«Me la cavo. Vado qualche volta al poligono a tirare con una vecchia Astra Llama 6,35.»

«Non è la stessa cosa ma è meglio di niente. E poi, quando toccherà a me, dormirò con un occhio solo.»

«Lo sai che a Kingman s'è nascosto per qualche tempo

quello squilibrato che fece saltare quel grattacielo a Oklahoma City?» chiese Saverio.

«Te l'ho detto, Kingman è la porta dell'inferno, ma i suoi paesaggi sono unici al mondo, il sole lassù è più rosso e la luna più bianca quando sorge dietro quelle colline di lava pietrificata.»

Si fermarono al motel e cenarono senza molte parole con una T-bone con patate arrosto. Poi ordinarono un caffè nero forte come se dovessero stare svegli tutti e due.

Salirono assieme verso le dieci portando con sé le tazze del caffè e guardarono un po' di televisione fumandoci sopra. Si erano quasi rilassati.

«Secondo te, sono qui con noi?» chiese a un certo punto Mark.

«Chi, Oscar e Zorro? No. Sono solo due carcasse in un obitorio, se ancora sono là. Sono qui se noi immaginiamo che lo siano...»

«Sono qui perché ci mancano,» lo interruppe Mark «perché vorrei che fossero qui. Erano due stronzi, ma mi mancano da morire. Ecco, Zorro potrebbe essere lì vicino al frigobar e starebbe sicuramente armeggiando con il mixer per preparare una delle sue schifezze, mentre Oscar...»

«Piantala, per favore. Piantala» lo interruppe Saverio. «E adesso fammi vedere come funziona quell'accidente.»

Mark prese la pistola dalla sua borsa di flanella, sfilò il caricatore e lo infilò nuovamente facendolo scattare con grande abilità una, due, tre volte, poi fece arretrare il carrello e mise il colpo in canna. «Ecco, è pronta per sparare: ha il grilletto molto dolce, basta sfiorarlo. Hai diciotto colpi nel caricatore e qui altri diciotto in quello di riserva. Per sostituirlo basta toccare questo pulsante e quello vuoto cade a terra da solo.»

«Come Keanu Reeves in *Matrix*» disse Saverio.

«Proprio così. Ma tanto non succederà nulla. Il primo turno lo faccio io. Puoi prendere il tuo Tavor senza problemi.»

«Mezzo. Quando tocca a me, non voglio essere rincoglionito.»

«Come vuoi, ma adesso dormi. È domani che comincia la musica.»

«Hai dato un'occhiata al parcheggio?»

«Sì. Nessuna Buick grigia. Si tiene alla larga. Gli piace giocare al gatto con il topo. Ma chissà che questa volta non ci lasci il pelo. Dormi adesso.»

Spense il televisore e andò sul balcone a fumare una sigaretta guardando in lontananza la 66 con il suo traffico sempre più rado. Verso ovest c'era ancora una lama vermiglia a profilare il contorno delle colline, l'ultimo riflesso del sole che affogava dentro la bolgia di Needles. Tornò in camera e sentì che Saverio stava riposando: il Tavor e la spossatezza uniti alla consapevolezza che la guardia era affidabile dovevano avergli conciliato il sonno. Oppure non gliene fregava più niente di niente. Anche questo era possibile, dopo tutto.

Estrasse il suo portatile dalla valigetta, lo collegò all'alimentatore e al telefono e ricominciò il suo duello con la porta inespugnabile dietro cui si celava l'indirizzo postale di Father Ralph. Poi, quando la mezzanotte era passata da un pezzo, gli venne un'improvvisa folgorazione e si mise a digitare furiosamente sulla tastiera ringhiando: «Questa volta te lo metto in culo, brutto figlio di puttana, pezzo di merda...» e man mano che i baluardi crollavano l'uno dopo l'altro la sua eccitazione cresceva sempre di più. Ormai era a un paio di impulsi dal colpo risolutivo: digitò gli ultimi comandi sicuro dell'imminenza della rivelazione finale quando sullo schermo apparve, invece della directory completa dell'hard disk, un'immagine animata del Fightin' Irish che faceva sberleffi e rideva a crepapelle. Una scena che aveva già visto, molto simile, in *Jurassic Park*: ma quando, e in che occasione?

Mark spense il computer con un gesto di stizza e andò sul balcone a masticare la sua rabbia e la sua frustrazione. Restò a lungo a rimuginare, a elaborare sospetti. Ogni tanto gli sembrava di essere vicino a un'ipotesi plausibile, ma poi il filo del ragionamento gli sfuggiva e tutta la sua costruzione crollava. Tornò in camera e si sedette cercando di rilassarsi fino al momento del cambio, ma Saverio aveva puntato la sveglia, e la suoneria lo fece sobbalzare dalla sedia.

«Tocca a me» disse Saverio. «Mettiti giù, puoi dormire quanto vuoi.»

Mark si tolse gli stivali e si lasciò andare sul letto fissando a lungo il soffitto. A un tratto liberò un lungo sospiro poi disse: «Amavi Jennifer?».

«Perché me lo chiedi?»

«L'amavi sì o no, cazzo?»

«Sì.»

«Anch'io.»

«Dormi adesso. Io sono ben sveglio e se c'è da sparare, sparo, stai tranquillo.»

Il resto della notte trascorse senza alcun problema e Saverio si asciugò più volte la mano che gli sudava a contatto con il calcio della pistola prima che la luce dell'alba cominciasse a filtrare da sotto le tendine. Aspettò che Mark si fosse destato e che facesse la doccia prima di riconsegnargli l'arma e di entrare a sua volta nel box per una rapida abluzione con acqua quasi fredda.

Il sesto giorno

Il calore era molto forte già nelle prime ore del mattino e preannunciava l'approssimarsi del punto più torrido di tutti gli Stati Uniti. I camionisti che si fermavano per il breakfast lasciavano accesi i loro enormi diesel perché il condizionatore continuasse a rinfrescare la cabina mentre mangiavano.

Mark e Saverio si misero in marcia senza fretta verso le dieci e mezzo, diretti a ovest, sperando che il loro misterioso nemico sarebbe venuto all'appuntamento.

Superarono alcuni semafori e un paio di svincoli finché, davanti a loro, restò solo la Sixty Six, desolata e solitaria, un nastro grigio che tagliava in due la loro solitudine senza fine.

«Voglio farmi quest'ultimo pezzo di turismo» disse Saverio, e parlava come se non avesse più un futuro.

«Ehi,» rispose Mark «ne faremo di turismo quanto ne vorremo. Nella vita si passano dei brutti momenti, è normale, purtroppo, e poi le cose si mettono meglio. E anche questo è normale.»

«Sono io che non mi sento più normale» rispose Saverio. «Mi sembra di vivere in un incubo o in un film e aspetto sempre che sorga l'alba o che riaccendano le luci in sala. Ma perché siamo venuti a fare questo viaggio di merda?»

«Perché era necessario, probabilmente. Guarda, guarda là. Te lo ricordi quel posto? Cristo, quello è uno dei luoghi di culto più famosi di tutta la 66, è l'ultima stazione Mobiloil prima della Valle dell'Inferno. Che dici, ci fermiamo? Tanto abbiamo tutto il tempo e dietro di noi non si vede nessuno a perdita d'occhio.»

«Sì, dài, fermati. Ci sgranchiamo un po' le gambe e poi voglio fare qualche foto. Guarda che roba, guarda quelle macchine!»

Mark parcheggiò davanti alle vecchie pompe Mobil, ancora in perfetto stato, e i due si misero a curiosare intorno.

«Questa comunque la tengo sempre con me» disse Mark, mostrando la Beretta.

«Guarda qui che sfilata di auto d'epoca: una De Soto, guarda qui, con la testa dell'hidalgo spagnolo come polena, non è straordinaria? E questa Cadillac? Modello 59, fantastica!» Saverio sembrava aver dimenticato tutti i suoi crucci nell'entusiasmo per quell'atmosfera così decadente, così road side, che lo faceva tornare giovane.

«E questo saguaro gigantesco a lato delle pompe? Non è da sballo?» gli fece eco Mark. L'enorme cactus, certamente secolare, era traforato in più punti e nelle cavità ospitava nidi di uccelli che entravano e uscivano per nutrire i loro piccoli.

«Vedi? In questo modo i predatori non possono avvicinarsi perché loro sono protetti dalle spine del cactus. A volte verrebbe da dire che Dio esiste, non è vero? Saverio? Saverio? Ehi, dove sei?»

«Sono qui, dove vuoi che sia?» rispose Saverio dal backyard della stazione di servizio. «Mi chiedo dove sia il proprietario. Qui c'è un valore per migliaia e migliaia di dollari solo in auto d'epoca. Ehi, c'è nessuno qui?»

«Stai attento» gli disse Mark. «Da queste parti vivono dei balordi. Magari è da qualche parte in mezzo a questi rottami, strafatto di ero e con un fucile a pompa fra le mani. O magari c'è un grosso cane da guardia in libertà.»

Preoccupato per quelle sue stesse ipotesi, Mark aggirò la stazione di servizio ma, svoltando l'angolo, sbatté con il ginocchio contro un paletto di ferro con un cartello che era stato girato in senso longitudinale in modo da non essere più leggibile da chi veniva dalla strada.

«E questo che cos'è?» disse rigirandolo. Era un pannello giallo contornato in nero e di forma romboidale che diceva "Warning! Rattlesnake Xssing".

«Oh, cazzo! Saverio, Saverio, vieni via di lì! Questo pazzo usa serpenti a sonagli come cani da guardia. Vieni via! Saverio! Saverio! Dove cazzo sei? Non fare lo stronzo. Sono scherzi del cazzo, hai capito? Hai capito? Vieni fuori ti ho detto.»

Si udì solo il sibilo del vento e il continuo cigolare dell'insegna con la scritta "Mobil" appesa a un sostegno di ferro. Poi, d'improvviso, il rumore di una portiera che si apriva con un lungo gemito. Mark si girò puntando la pistola con il colpo in canna. E Saverio venne fuori. Strisciando e rantolando. Aveva sul collo i segni di due denti aguzzi e, subito dopo di lui, un grosso serpente a sonagli strisciò sotto il pianale dell'auto e sparì nel groviglio dei rottami.

«Saverio, no! Porca puttana, no! Nooo!» gridò Mark fuori di sé. Lo distese per terra, tolse di tasca il temperino svizzero e cercò di allargare i buchi per succhiare fuori il veleno, ma uno di essi aveva centrato in pieno la carotide e non c'era nulla da fare. Lo aiutò a sollevarsi e lo trascinò fino all'auto mettendo in moto e correndo via a tutta velocità.

«Resisti, Saverio, tieni duro, non addormentarti. Adesso chiamo un'ambulanza, così a Kingman ci vengono incontro e ti portano subito a Needles, magari con l'elicottero. Dov'è il maledetto cellulare... l'emergenza, il numero di emergenza.

Vedi se riesci a trovarlo, lì, nel cruscotto, assieme ai documenti, no, un po' più in là. Ecco, da' qua....» Saverio aveva un colore cianotico ed era completamente coperto di sudore.

«Ecco... 911... Hallo... Hallo? Cazzo, rispondete, rispondete porca puttana! Stai calmo, calmo, Saverio, va tutto bene, è tutto okay, fra un po' comunque siamo a Kingman...»

Ritentò con il cellulare ma non prendeva, non prendeva...

«Ma che cosa sei andato a fare dentro quell'auto... Lo sai che è pericoloso.»

Saverio si voltò verso di lui, gli rispose con un filo di voce: «Jennifer... abbiamo fatto l'amore l'ultima volta in un'auto come quella... proprio qui. È stata l'ultima volta... Quando eravamo spariti, ti ricordi? Volevo solo... non ho pensato che...»

«Sì, sì... ma non dovevi, non dovevi.»

Saverio scosse la testa, ansimando. «Dammi una sigaretta... per favore.»

«Ti fa male.» rispose Mark. Ma si rese subito conto di aver detto una stupidaggine: accese una sigaretta e gliela porse. Saverio aspirò una profonda boccata e si lasciò andare sullo schienale.

«Ecco, fuma, ma non addormentarti, Saverio, mi stai a sentire? Guarda che non è grave, ti danno l'antidoto, l'antiofidico... Ehi, forse, forse ci potrebbe essere a bordo, una cassetta del pronto soccorso, ecco!» Fermò l'auto a fianco alla strada e frugò nel cassetto di plancia fino a trovare il kit di pronto soccorso: «Garza, cerotto, acqua ossigenata, stick antiemorragico.... cazzo! Cazzo, non c'è! Ma non preoccuparti, adesso arriviamo a Kingman, fra un po' ci siamo, okay? Resisti, cerca di resistere. Pochi chilometri...» Ritentò con il cellulare. «Prende, finalmente!» Ma una voce registrata rispose: «The number you have dialed is not correct».

«Come non è corretto, cazzo, c'è scritto qui... Saverio... Saverio!»

Una Buick sfrecciò inosservata mentre Mark cercava ancora dentro la cassetta del pronto soccorso e quando Mark si rimise alla guida era già sparita dietro una curva della 66.

Kingman appariva ormai sulla sommità della collina come un miraggio sotto il sole meridiano, ma Saverio non vide nulla. La sigaretta gli era caduta sul tappetino dell'auto e lui si era accasciato dolcemente contro lo schienale del sedile, come se dormisse. Mark allungò una mano verso di lui: non c'era più polso, né carotide. Saverio era morto. Scoppiò in lacrime ma non tolse il piede dall'acceleratore e continuò a salire per i tornanti che portavano alla piccola città western. Ci arrivò verso mezzogiorno e la trovò completamente deserta. C'era solo un tizio a cavallo, vestito da cowboy con tanto di cinturone e pistole, che sparì al suo sopraggiungere in un vicolo laterale. Fermò la macchina all'ombra di un'acacia nel parcheggio dell'unico albergo e gettò un lungo sguardo all'amico, come una carezza fatta con gli occhi. Vide che al suo fianco era appoggiato il diario del viaggio del '73 sul quale a volte lo vedeva fare delle annotazioni e se lo mise in tasca. Poi si infilò la pistola nella cintura sotto la sahariana ed entrò.

Si registrò alla reception con il nome di George MacCabe, prese la chiave e salì a farsi una doccia. Si asciugò e si vestì con comodo, sempre pensando a Saverio che se ne stava inerte sul suo sedile come uno che dorme. Un sonno senza sogni, senza tormenti, senza rimorsi. Pensò a una frase di Platone che lui citava spesso: "La notte più bella è quella in cui non si sogna". Scese per il lunch.

Era a buffet e ci si serviva da soli al banco. Un cameriere stava alla piastra per cuocere le uova, se uno le voleva, all'occhio di bue o strapazzate. Mark prese dell'insalata, delle patate, del prosciutto affumicato e un po' di mostarda e cominciò a mangiare, masticando lentamente, con la testa sul piatto. Prese il diario di Saverio dalla tasca e cominciò a leggere, soffermandosi di tanto in tanto per mandare giù un sorso d'acqua: gli pareva di avere in gola tutta l'arsura di quel deserto arroventato, di quella bolgia nera che si estendeva davanti alla collina di Kingman, un luogo in cui era ancora possibile morire di sete e di stenti, se uno avesse osato avventurarvisi fuori dalla 66.

A un tratto sentì il rumore di passi che si avvicinavano, vide davanti a sé due piedi calzati da un paio di Reebok, un paio di pantaloni kaki, una cintura di cuoio grezzo. Alzò lentamente lo sguardo su un giubbotto anch'esso di jeans con all'occhiello il distintivo del Fightin' Irish e la mano gli andò al calcio della pistola che teneva infilata nella cintura. Finalmente.

Lo guardò in faccia, da ultimo, con un'espressione di disappunto e di rabbia più che di stupore. «Tu? Avrei dovuto immaginarlo. Chi altri poteva firmarsi Father Ralph se non uno che ha sempre pensato di assomigliare a Richard Chamberlain?»

«Ognuno ha le sue debolezze» rispose il suo interlocutore.

«E sei stato tu a mandarmi quel messaggio... Il sistema di difesa del tuo mail-box non poteva che venire da un mio software... che idiota sono stato... e quel pupazzo che ride... Avevamo visto *Jurassic Park* in televisione quella sera.»

Davide Ravarino gli rispose con un sorriso ambiguo. «Posso sedermi?»

«Che cazzo ci fai qui?» chiese Mark cupo.

«Be', non avrai pensato che vi lasciassi soli in questa avventura: soltanto che ho voluto seguirvi a distanza per coglervi senza essere visto, senza che voi lo sapeste. Un'idea che mi era parsa originale, un viaggio di quattro vip sulla mitica 66, sulle tracce di misteriosi ricordi di gioventù. Una sera che era brillo Oscar mi aveva confidato alcuni particolari piccanti...»

Mark appoggiò la pistola sul tavolo e la coprì con il tovagliolo.

«Ehi, che cosa significa?» disse Ravarino sgranando gli occhi.

«Significa che hai ammazzato Zorro, tanto per cominciare...»

«Ti ha dato di volta il cervello...»

«Per niente. E dovrai spiegarmi anche il perché, se non vuoi che parta accidentalmente un colpo da quest'arma.» Estrasse dal portafoglio una stampa che aveva ricavato dalla scheda della macchina fotografica di Pablo, l'appoggiò sul tavolo e la spinse verso di lui.

Ravarino la guardò e scosse la testa. «Sei pazzo... non penserai che... guarda che è esattamente il contrario. Stavo fotografando Zorro di nascosto quando lui ha perso l'equilibrio. Io allora mi sono precipitato per afferrarlo... una frazione di secondo troppo tardi. Cristo, che tragedia!»

Mark lo scrutò facendo scivolare la mano sotto il tovagliolo e il dito indice sul grilletto. «E non hai detto niente, non ti sei fatto vivo con noi, sei sparito, così... Ma sei un maiale.»

«Un professionista, mi sembra più appropriato. Un viaggio di quattro amici, una vacanza completamente spensierata e a un tratto irrompe la tragedia. Un'occasione irripetibile: volevo vedere cosa avreste fatto. Se vi foste imbarcati al primo aeroporto per tornare a casa vi avrei raggiunto, vi avrei parlato e sarei rientrato con voi. Ma vi ho visto proseguire e non potevo non documentare una cosa simile: che cosa vi spingeva ad andare avanti dopo un evento tanto traumatico? Che cosa si nascondeva dietro ogni curva della mitica Sixty Six? Uno scoop eccezionale, una vicenda degna della fantasia di Hitchcock.»

«L'hai fatto per soldi. Sei un cinico bastardo e penso che dovresti morire... E Oscar? Tu eri al Mountain Castle, ne sono certo. Lui si è spaventato a morte, è scappato via e...»

«È vero. Ma Oscar non l'ho visto, lo giuro. Non ho nemmeno mangiato un panino: sono andato soltanto alla toilette.»

«Cerca di essere convincente, Ravarino, se non vuoi morire. Che ora era quando sei andato alla toilette?»

«L'una precisa. Mi ricordo bene perché mi sono tolto l'orologio per lavarmi le mani. È un vecchio Piaget, non è a prova d'acqua.»

Coincideva tutto. Mark ricordava benissimo il momento in cui Oscar era andato alla toilette e aveva lasciato a loro l'incarico di fare l'ordinazione.

«Lui, intendo dire Oscar, aveva mai visto quella foto?» chiese Ravarino indicando la stampa che Mark gli aveva messo davanti sul tavolo.

«Sì, certo.»

«Allora può aver visto la mia giacca appesa sull'attaccapanni della toilette... si è spaventato... non so. Poi ho sentito soltanto un grande trambusto...»

Mark lo fissò smarrito: i conti tornavano, accidenti... Ma allora? Era possibile una simile sequenza di assurde coincidenze?

«E sei stato tu a manomettere il cartello che avvertiva della presenza di serpenti a sonagli giù alla stazione Mobil. Non negare,» bluffò «ho visto le impronte dei pneumatici della tua Buick grigia nella polvere del piazzale.»

«Be', sì, mi faceva riflesso nell'obiettivo e poi... oh Dio, ho dimenticato di rimetterlo a posto, ma perché mi fai questa domanda?» Sembrò d'improvviso rendersi conto di qualcosa che non aveva fino a quel punto considerato. «Dov'è Saverio?»

Gli occhi di Mark divennero lucidi, forse di collera, forse di lacrime e di disperazione: «È giù in macchina» rispose con studiata lentezza, osservando le reazioni del suo interlocutore, le gocce di sudore che gli scendevano lungo le tempie. «È giù in macchina che... dorme.»

Ravarino tirò un lungo sospiro di sollievo.

«Per sempre» concluse Mark.

«Oh Dio, no. Io, Io...»

«Adesso vattene.»

«Mark, io non...»

«Vattene ho detto, prima che ci ripensi.»

Ravarino uscì, salì in auto e cercò il nastro con il concerto per violino e orchestra di Brahms che aveva ascoltato ossessivamente all'inizio del viaggio, ma non lo trovò: doveva averlo dimenticato nel Walkman che aveva perso da qualche parte a Oklahoma City. Batté con rabbia il pugno sul volante e pigiò violentemente il piede sull'acceleratore. Mark lo vide passare poco dopo sulla sua Buick grigia. Prese dalla tasca il diario di Saverio e lesse le ultime righe:

> Jennifer ha fatto l'amore con Mark e Pablo e anche con Oscar, io credo... Anzi, ne sono certo. Per punirmi, per farmi soffrire o per leggere nella mia sofferenza il segno di un amo-

re che non ho avuto il coraggio di darle. Solo Ravarino non l'ha toccata. Jennifer mi ha detto una volta: «Non è un problema per me fare l'amore con un compagno occasionale, ma devo poter riconoscere in lui almeno un briciolo di umanità, anche solo un barlume. Ravarino è puro cinismo: se avessi fatto l'amore con lui, mi sarei sentita una puttana.

Mark sembrò riscuotersi come per un'improvvisa illuminazione e si diresse verso il van. "E così lui è stato l'unico escluso dalle grazie di una dea" pensò mentre saliva al posto di guida. «Dunque resta una possibilità che dobbiamo assolutamente verificare» disse rivolto al corpo inerte di Saverio. «E c'è un solo modo: scendere verso Needles, attraversare le porte dell'inferno.» E mise in moto.

Fece per riporre il diario nel cruscotto e notò che nell'ultima pagina Saverio aveva scritto in stampatello una frase in latino con il pennarello blu che aveva ancora nel taschino della camicia.

DEUS CONFUNDIT QUOS VULT PERDERE

«Dio confonde quelli che vuole distruggere» mormorò fra sé, innestando la marcia.

«Andiamo,» disse al compagno addormentato «rimettiamoci sulla 66.»

L'epigrafista

Ho sempre sostenuto che le più grandi scoperte si fanno là dove tutto sembra chiaro e definitivamente acquisito, dove nessuno getta più uno sguardo o avanza un'ipotesi di dubbio, dove la bibliografia è conclusa. Un intero volume del *Corpus inscriptionum Latinarum* è intitolato *Falsae* e raccoglie tutte le iscrizioni latine che la critica epigrafica ha ritenuto prive di qualunque autenticità. È incredibile quanta gente si divertisse nel Medioevo e soprattutto nel Rinascimento a falsificare iscrizioni latine con i propositi più disparati. Il più frequente dei quali è quello di ancorare a un luogo preciso (di solito il paese natale del falsario) un grande evento storico come il passaggio del Rubicone o la stipula del secondo triumvirato. Quasi sempre comunque il falso ha una sua ragion d'essere, un *cui prodest* in ragion del quale qualcuno si è preso la briga di scegliere una lastra di marmo o di bronzo e di farvi scolpire sopra un testo epigrafico. Qui no.

Eccola lì, l'iscrizione falsa che più falsa non si può, falsa nell'eccessivo distanziamento delle due iniziali D M (*Diis Manibus*, "Agli dei Mani"), falsa nel formato e nello stile delle lettere capitali, nell'impostazione delle righe, falsa nella sua evidente mancanza di qualsiasi senso comune...

Eppure il testo in tutta quella evidenza di falsità ha una sua potente apparenza di enigmatica verità.

Aelia Laelia Crispis, né uomo né donna,
né androgino né fanciulla, né giovane né vecchia,
né casta né meretrice, né pudica, ma tutto questo insieme...

Non è possibile che si tratti di un fantasma, di una pura invenzione: ho sempre pensato che vi fosse una persona vera dietro quel rompicapo su marmo.

Oggi è morto improvvisamente il mio professore di epigrafia: stroncato da un ictus che ha spento d'un tratto nel suo cervello l'immenso catalogo di iscrizioni false e autentiche che egli poteva citare a memoria in qualunque momento. Così è andata persa in un istante la straordinaria abilità di integrare le lacune scavate dal tempo e dai vandalismi nei marmi e nei bronzi. Perso tutto. Aveva settantasette anni ed era professore emerito da cinque, una carica che gli consentiva ancora di frequentare l'istituto dove era stato indiscusso signore e padrone per tanti e tanti anni, dove aveva impartito lezioni a generazioni intere di studenti su come si legge un'iscrizione latina, su come si integra e su come si pubblica. Era un uomo potente e importante, anche dopo che si era ritirato e aveva messo in cattedra tutti i suoi allievi, tranne me. Di tutti non certo il peggiore, anzi. Ma mi aveva promesso che questa volta sarebbe stato il mio turno, finalmente!

Non proprio promesso, diciamo lasciato intendere, che è come dire promesso perché una mezza parola sua era come una dichiarazione scritta e messa a verbale. Maledizione, maledizione... Perché doveva toccare a me una simile sfortuna? E ora che farò, andrò dai membri della commissione del concorso per ordinario a dire che il professor Cassanelli era deciso a sostenere la mia candidatura?

E con tutti questi guai e questi problemi mi sto tuttavia chiedendo perché mi trovo al museo medievale davanti all'iscrizione di Aelia Laelia come se lui mi ci avesse condotto per mano.

Non ci siamo lasciati da buoni amici perché aveva un carattere difficile e ombroso e avevamo litigato sull'impostazione del mio corso. Gli avevo detto che era mia la responsabilità, che sapevo quel che facevo e che non avevo bisogno dei suggerimenti di nessuno. Lui invece continuava a trattarmi come un allievo, peggio, una matricola di primo pelo che non sa nemmeno consultare uno schedario in biblioteca. Tuttavia ho quasi la sensazione che volesse riparare per avermi trattato in modo tanto brusco e scortese, che volesse darmi un suggerimento importante. Ma quale?

Sono evidentemente suggestionato dalla sua scomparsa e dal modo in cui ci eravamo lasciati soltanto due giorni prima sulla soglia del suo studio... dal fatto che fra un paio d'ore sarò presente al suo funerale.

Certo, se è vero che nell'aldilà ci appare la verità in tutto il suo fulgore, è facile per lui vedere la soluzione dell'enigma, forse egli conosce perfettamente o in qualche modo conosceva l'identità del personaggio che un tale Achille Volta, gran maestro dell'ordine dei Cavalieri Gaudenti aveva voluto immortalare in quell'iscrizione forse derisoria, forse carica di autentico mistero. Ma io che cosa posso pensare? L'ordine dei Cavalieri Gaudenti non poteva essere che un'associazione di goliardi che si dedicavano alla crapula, al vino e a ogni sorta di orge e baccanali. E chi poteva essere Aelia Laelia se non un oggetto ambiguo e inquietante di piacere, doppio e replicante, volto celato dietro una maschera, corpo ammaliatore, indefinibile e chimerico: femmina, maschio, androgino, fanciullo e fanciulla, un essere mirabile e mostruoso, un angelo di carne diabolica, capace di cavalcare e di soggiacere al tempo stesso, di concedersi e di negarsi nello stesso istante, di gridare di orgasmo e di disperazione, di amare l'odio, di odiare l'amore. E alla fine di morire dietro un'iscrizione vera e falsa, semplice e assurda, lettera beffarda e sfuggente.

È strana la sensazione che sto provando: malinconia mista a un'intensa eccitazione come se dovessi andare a un appuntamento risolutivo, come se mi accingessi ad accendere una candela davanti al santo patrono degli epigrafisti. E le parole incise sull'iscrizione che ho davanti sembrano sparire e ricomparire, a macchie, a chiazze, come su uno schermo catodico che sta per esaurirsi. È l'eccesso di concentrazione, dicono, un sovraccarico del lobo parietale sinistro del cervello, un'area che può esalare allucinazioni come una palude libera miasmi e fuochi fatui. Ora me la lascerò alle spalle e andrò in San Francesco ad assistere al funerale del professor Cassanelli, passerò sotto le arche dei glossatori, sotto le loro ossa umide di nebbia e mi sembrerà di assistere al mio di funerale: è sempre così ultimamente. Quando vado a un funerale, in realtà seguo il mio stesso corteo funebre. Non sono che un fantasma: ci sono io dentro quella bara. E in fondo non è solo questione di tempo? Probabilmente non vincerò il concorso a cattedra e, onestamente, se lui non fosse morto non posso nemmeno giurare che avrebbe puntato su di me. E comunque, senza di lui, come si dice in gergo accademico, senza il capo che mi sostenga, sono carne morta: gli altri ordinari si divideranno le spoglie e destineranno i posti disponibili ai loro allievi: è la legge non scritta del nostro mondo.

Cassanelli mi stimava senza convinzione e comunque non riteneva che sarei stato capace di dedicare tutta la mia vita e tutto me stesso all'epigrafia come aveva fatto lui, che in ultima analisi è la stessa cosa, almeno ai fini di un concorso a cattedre. Aelia Laelia. Perfino il nome sembra sbagliato.

Cammino nella foschia di novembre, passo per la strada come un fuscello nella corrente di un fiume limaccioso: è così che mi avvicino al mio appuntamento.

I pinnacoli di San Francesco si perdono nella nebbia sempre più densa come cime montane fra nubi basse e piovorne. Arriva l'auto funebre, nera e luccicante, coperta di corone di fiori. Altre corone vengono scaricate da un furgone che segue da vicino e disposte ai fianchi del feretro. Celebra l'arcivescovo, di cui il professore era intimo amico, un'amicizia di cui potrà forse avvantaggiarsi nell'aldilà. *De profundis*, Aelia Laelia: da quali profondità sei emersa alla mia memoria? Com'è successo che la tua iscrizione, da sempre nel limbo delle false, è venuta in superficie, galleggiando nel mio subconscio come il cadavere di un suicida? Non lo ricordo, non ora almeno. In questo momento sono molto impegnato a leggere le iscrizioni sui nastri viola che pendono dalle corone di fiori. Deformazione professionale. Sono epigrafi anche quelle.

"ACHILLE VOLTA, A NOME DEGLI EX ALLIEVI DEL CORSO 1981."

Penso che la depressione sia come una droga: ti fa vedere quello che non esiste. Di fianco a me c'è Ornella Sabatini, una collega dell'università di Pavia che si soffia il naso rumorosamente sia per la commozione che per il raffreddore. Le chiedo: «Ornella, che cosa vedi su quel nastro, no, non quello, quell'altro a sinistra, su quella corona appoggiata alla colonna?».

«Vedo "Achille Volta, a nome degli ex allievi del corso 1981". Perché , lo conosci?»

«Certo» rispondo. «Lo conosco sì. È il gran maestro dell'ordine dei Gaudenti.»

Ornella Sabatini mi guarda con un'espressione di compatimento e si soffia ancora il naso, rumorosamente. Grazie, professore, caro vecchio professor Cassanelli, burbero benefico che mi mandi in cattedra *post mortem* come un figlio postumo. Sarò quello che scioglie l'enigma di Aelia Laelia. Vincerò per merito, di prepotenza, uscirò dall'anonimato; il violino che suono da dilettante volenteroso non sarà più il mio unico passatempo. Mi offriranno l'iscrizione ai circoli più esclusivi della città e finalmente avrò anch'io dei ricercatori da sistemare come associati e degli associati da promuovere ordinari in cambio di duri tirocini di cui io stabilirò i tempi e i modi.

Esco in fretta dalla basilica odorosa d'incenso e mi avvicino ai necrofori: «Chi ha confezionato le corone?». La risposta mi conduce a un autobus che percorre il centro cittadino e poi s'inoltra verso la periferia sud sempre più nebbiosa, verso San Lazzaro. Non ho la patente, non l'ho mai avuta. Al massimo riesco ad andare in bicicletta: non potrei mai dominare un'automobile, correre a cento all'ora stando seduto. Ora ricordo. Ho trovato una foto dell'iscrizione su di un tavolo dell'istituto, il giorno 16 di ottobre di quest'anno di grazia 2003, mio quarantaquattresimo genetliaco. Ecco come è cominciata la mia caccia al mistero. Credo che prima di me ci abbiano provato a decine pubblicando ogni sorta di farneticazioni e gli unici studiosi seri l'hanno dismessa come falsa. Errore. Un falso ha una sua verità, una sua ragion d'essere: in quanto falso è autentico. Scendo alla fermata delle Due Madonne. Non è un nome curioso? Non è straordinariamente ambiguo? Tutti sanno che la Madonna è una sola.

È difficile a credersi, ma non ho nemmeno un telefono cellulare e le colonnine fisse sono diventate una vera rarità, pezzi da museo. Non so perché ma devo sapere dov'era il professor Cassanelli il 16 di ottobre e potrei saperlo telefonando a Osvaldo Cuomo, il segretario del dipartimento, suo fedele, silenzioso e devoto collaboratore, sua ombra. Non era al funerale e quindi dev'essere indisposto e quindi in casa. Forse un'influenza, forse la sua asma cardiaca. Ecco una colonnina, ecco la moneta che mi consente la chiamata urbana.

Cuomo risponde con una voce strana, quasi assente. Anzi, non risponde, domanda a sua volta: «Perché lo vuole sapere?».

Non mi ero preparato la risposta: «Perché non ricordo di averlo visto in istituto quel giorno e la cosa mi è parsa strana. Sto... sto cercando di ricostruire i suoi ultimi giorni di vita: è una questione mia personale».

Cuomo tace per qualche istante, poi dice: «Era andato a trovare sua sorella suora che l'indomani sarebbe partita per l'Africa. Mi disse di andarlo a prendere nel pomeriggio perché si sarebbe trattenuto a pranzo da lei».

«La ringrazio, Cuomo. Mi dispiace di averla disturbata.»

L'impresa di pompe funebri è una trentina di passi avanti a me sotto il portico di via Dallolio. Ha ancora le porte a vetri di una volta che fanno squillare un campanello quando uno entra. Il commesso è gentile e mi sciorina subito il catalogo dei prodotti della casa con i rispettivi prezzi: corone, cuscini di fiori, ghirlande d'alloro con finte bacche dorate stile onoranze ai caduti, lampade votive, lapidi, con le iscrizioni. Com'è povera l'epigrafia moderna: non una frase di senso compiuto, non un'espressione elegante: solo aridi dati anagrafici. Mi sono distratto: «Guardi,» dico «non voglio nulla. Vorrei solo sapere se la corona con la scritta: "Achille Volta, a nome degli allievi del corso 1981" è stata già pagata da qualcuno. Vede, anch'io faccio parte di quel corso e vorrei partecipare alle spese, ma non so come rintracciare la persona».

Il commesso sfoglia il blocchetto degli ordini e delle fatture: «Ecco qua,» dice «Achille Volta, via Gilberto Gualandi, 347/b». Un brivido mi corre sotto la pelle: quel recapito corrisponde al vecchio indirizzo del professor Cassanelli, la casa dove abitava nei primi tempi in cui io frequentavo l'istituto.

«Grazie» rispondo con una voce che quasi non riconosco. Esco. Ormai si è fatto scuro e i lampioni diffondono un globo opalescente che a mala pena si riflette sull'asfalto umido. Sono quasi le sette. Sono stanco e non più così convinto che questa faccenda mi interessi poi tanto. Penso al mio appartamento in via Castiglione pieno di libri, di dischi e di videodischi, a un buon bicchiere di brandy che mi tolga la nebbia e le ubbie dallo stomaco. Anzi, sai che faccio? Prendo un taxi, sì, mi concedo un lusso una volta ogni tanto, prendo un taxi e mi faccio accompagnare davanti all'uscio di casa.

Ci vuole un po' prima che se ne fermi uno ed è una fortuna perché sta cominciando a scendere un'acquerugiola appena più pesante della nebbia, che penetra fin dentro le ossa. A volte mi sento più vecchio di quello che io non sia in realtà. L'autista parte senza dire neanche una parola, ma tant'è, nemmeno io ho voglia di chiacchierare. Leggo la targhetta che dice COTABO una sigla che non mi è difficile sviluppare in CO[OPERATIVA] TA[XISTI] BO[LOGNA]. Deformazione professionale, non c'è dubbio. E il nome del conducente: Ignazio Bonetti. Eccoci sui viali, Porta Mazzini...

«Aspetti, ho cambiato idea. Mi porti per favore in via Gilberto Gualandi, 347/b» Non so come, mi sono uscite d'improvviso quelle parole. Anzi, lo so. Se Cassanelli in qualche modo ha voluto lasciarmi una traccia per decifrare una delle iscrizioni più famose dell'epigrafia cittadina, non vedo perché dovrei lasciarmi sfuggire l'occasione. Forse ha avuto delle avvisaglie prima di morire, forse non si è sentito di parlarmi direttamente, dato il suo carattere orgoglioso, forse ha voluto solo lasciarmi le indicazioni per giungere alla meta e guadagnarmi la cattedra. Magari aveva anche già contattato qualche membro della commissione che forse si sentirà ancora più vincolato da una promessa fatta a un defunto. O forse ho più coraggio di quello che non pensassi.

La corsa è costata dieci euro: speriamo ne sia valsa la pena.

Eccomi davanti alla porta. Suono il campanello, una, due volte. Non ottengo risposta. Forse non c'è nessuno in casa. O forse non funziona il campanello? In effetti non si è sentito alcuno squillo. Busso. La porta si apre da sola: era solo accostata.

«È permesso? È permesso? C'è qualcuno?»

Forse è meglio che torni un'altra volta. Se arrivasse qualcuno e mi trovasse in casa sua, che cosa potrei mai dirgli? C'è una luce accesa in una delle camere che si riverbera sul pavimento dell'ingresso. È uno studio. C'è un tavolo con un abat-jour acceso e sul tavolo ci sono delle fotografie... mio Dio... mio Dio...

Sono fotografie che mi ritraggono in atteggiamenti intimi con suo figlio... o sua figlia... a seconda di come uno voglia vedere la cosa. Lui sapeva quindi, sapeva che io avevo una relazione intima con la sua creatura, con l'essere ambiguo che aveva registrato ventotto anni fa all'anagrafe come una persona di sesso maschile ma che era anche altro... Era a conoscenza del fatto che io sono un uomo vile e corrotto che approfittava di una persona debole e indifesa e che rimuove tutto ciò non appena il suo piacere si è spento tornando a una vita completamente normale e rispettabile, cancellando tutto, anche la consapevolezza, fino al prossimo incontro...

E ha voluto che lo sapessi quando si è sentito morire. Ma lui (lei) dov'è adesso? Come mai improvvisamente ricordo di non averla vista (visto) al funerale di suo padre? Non è strano?

E quando ho saputo che il professor Cassanelli era morto, il primo pensiero che mi venne in mente non era stato il concorso a cattedre né l'epigrafe di Aelia Laelia, no. Il primo pensiero che mi era venuto in mente era stato che avrei potuto incontrarmi con suo figlio (figlia) quando avessi voluto, senza pericolo che lui mi scoprisse e che si vendicasse.

Raccolgo in fretta le fotografie e mi dirigo verso la porta. Ma c'è già qualcuno sulla soglia. È Osvaldo Cuomo e mi punta contro qualcosa che non vedo molto bene nell'oscurità.

«Buonasera, dottore. Come mai qui?»

Mi ha chiamato "dottore". Significa che non andrò mai in cattedra.

Il kriss di Emilio

> Io penso che l'uomo senta venire la morte e che la sua imminenza lo segni di stanchezza e di luce, di tensioni miracolose e di presentimenti.
>
> JORGE LUIS BORGES

Verona è una città strana, indecifrabile sotto certi punti di vista; vi aleggiano atmosfere così intense da sembrare eccessive – come dire? – troppo perfette per essere vere, troppo giuste. Ci abito da sempre e non ci ho ancora fatto l'abitudine. Ogni volta che passo sotto l'Arco dei Gabii non posso fare a meno di rivolgere un saluto a quelle pallide teste di antichi defunti, come fossero scomparsi da qualche anno, come fossero degli zii o dei nonni e non degli oggetti musealizzati. E lo stesso effetto mi fa il Ponte Scaligero: benché io sappia benissimo che è quasi tutto finto, ricostruito da capo dopo un bombardamento, mi fa l'effetto del più bello, del più medievale, del più arcuato dei ponti e immagino sempre di dover pagare un pedaggio al diavolo ogni volta che lo attraverso, chissà perché. E San Zeno? Può esservi destino più ironico per una città così nordista che un santo protettore nero come un tizzo? E i signori, gli Scaligeri? Come fa un signore a chiamarsi Cangrande? Immaginate la mamma che lo chiamava da bambino. Lo chiamava con tutto il nome intero o lo abbreviava in Cane, o in Grande? E quell'altro che si chiamava Mastino?

E così, quando leggo i versi di Shakespeare incisi sulla lapide dei Portoni della Bra, non posso che dirmi d'accordo ancora oggi. Essere lontano da Verona non è vita: è un esilio amaro, proprio perché in tutto il mondo non c'è un altro habitat così perfetto e bilanciato, rassicurante e inquietante al tempo stesso: corpo e anticorpo, luce e ombra, anzi, tenebre. Che Shakespeare fosse in realtà veronese?

E anche la gente che l'abita è a immagine e somiglianza della città. Ci sono dei segreti inimmaginabili fra queste antiche mura e quasi nessuno è colui che sembra essere. A Porta Palio conosco uno che fa il commercialista e organizza feste di beneficenza per l'Unicef ma è stato per due anni chirurgo in prima linea nella guerra di Bosnia. Abusivo, ovviamente. Non ha mai conseguito una laurea in medicina e nemmeno un diploma da infermiere. Imbroglione? Impostore? No, sadico. Guardate l'Arena: è forse un teatro lirico? No, è un anfiteatro e, se avete orecchio fino, dietro gli strilli del tenore potete ancora udire le urla dei feriti e dei morenti. E, a dire la verità, nemmeno io sono quello che sembro. Insegno matematica in un liceo privato molto esclusivo e vivo la più metodica e regolare delle vite. Niente alcol, niente fumo, una sola donna né bella né brutta, né stupida né intelligente. Eppure ho un vizio nascosto: la passione per l'avventura. Cartacea, s'intende. Non sarei nemmeno capace di partecipare a un viaggio organizzato fuori da un paese dell'Occidente europeo. Divoro la letteratura avventurosa e vedo tutti i film del genere, anche quelli più trash, per dirla con una parola di moda, e l'origine di tutto ciò è nella mia fanciullezza. Mia madre, separata dal marito, un padre che non ho mai conosciuto, non mi voleva fra i piedi, e così mi aveva messo in un collegio dei Monfortani dalla disciplina quasi militare. La noia fra quelle mura regnava sovrana: mai nulla che turbasse la regola, l'orario, il programma. Tutto era previsto, contemplato, eseguito nei modi e nei tempi dovuti. L'unico scampo era la lettura e io lessi tutti i libri di avventura contenuti nella grande biblioteca del collegio. Avventure di tutti i tipi, in tutti i mari e in tutti i continenti, e in ogni epoca.

Fino a qualche tempo fa questa dicotomia così accentuata e così geometricamente bilanciata ha funzionato alla perfezione finché non è intervenuto un elemento perturbatore: un oggetto trovato sulla bancarella di un rigattiere in un mercatino d'antiquariato. Era uno di quei pugnali indiani con la lama serpeggiante: un kriss. Lo presi in mano, non so perché; forse perché aveva un aspetto così finto e così fuori luogo in questa città che lo percepii come autentico.

«È autentico» disse il venditore, come se mi avesse letto nel pensiero, o nello sguardo.

«Sì, mia nonna» risposi io, tanto per non sembrare troppo ingenuo.

L'uomo mi fissò con certo sguardo mefistofelico che mi turbò lievemente, benché fosse giorno pieno e l'ora più frequentata del mercato: «Guardi che non solo è autentico, è anche un pezzo storico. Questo, nientemeno, è il kriss con il quale si suicidò Emilio Salgari».

Quella dichiarazione mi sembrò talmente spudorata che non volli nemmeno discuterla. Chiesi solamente: «Quanto costa?».

«Perché lo vuole comprare?» mi domandò quello a sua volta.

«O bella, perché è in vendita, se non sbaglio.»

«Se è per questo, ci sono anche altre cose in vendita qui. Cosa gliene pare, ad esempio, di questa gondola veneziana con luci e carillon?»

«Lo voglio comprare perché mi incuriosisce e basta. Ma, guardi, non è una questione di vita o di morte...»

«Lo dice lei» replicò il venditore. E devo confessare che quelle parole mi diedero un altro brivido. Ma solo per un istante. In fondo era normale: probabilmente nemmeno lui era ciò che sembrava. Magari era un professore universitario, o un mago, o un prete: chi poteva mai dirlo?

Chiunque fosse, percepì immediatamente il mio stato di disagio e rientrò, come se nulla fosse stato, nella normalità della sua professione. E riallacciandosi acrobaticamente alla mia prima richiesta rispose: «Glielo posso dare per settantacinquemila lire perché lei mi piace, ma le giuro che non ci guadagno nulla».

Pagai senza discutere considerando che, se anche le probabilità fossero state scarse, quell'oggetto poteva veramente essere ciò che il venditore affermava, e in tal caso era comprato bene. Anzi, benissimo. Lo accartocciò in un foglio di giornale fissandolo con un paio di elastici, lo mise in un sacchetto di plastica usato e me lo porse. Avevo programmato di passare anche al supermercato a fare la spesa e poi dall'orologiaio a prendere il mio orologio che avevo fatto riparare e invece non andai in nessun posto, me ne tornai a casa per vedere che effetto mi avrebbe fatto quell'oggetto fuori dal contesto di cianfrusaglie in cui l'avevo trovato, restituito a una certa qual dignità, appoggiato su un tappeto o sul trave del caminetto. Restai a guardarlo a lungo e, lo si creda o no, da quel giorno quel pugnale serpeggiante mi cambiò la vita. Non perché avesse alcunché di magico, no, per l'amor d'Iddio, ma per ciò che significava: non avevo mai considerato che l'Autore capace di creare centocinque romanzi e centotrenta racconti in meno di vent'anni di attività, tutti completamente e genuinamente finti, visto che non aveva mai messo il naso fuori porta, a un certo momento aveva osato intraprendere, non costretto dalla natura, anzi di sua iniziativa, il viaggio più avventuroso in assoluto: quello nell'aldilà.

Così, un giorno dopo l'altro, cominciai a violare quella linea di demarcazione interiore fra avventura solo di finzione e vita reale di assoluta regolarità e prevedibilità. Presi a fare incursioni sempre più frequenti oltre quel confine che avevo rispettato per tutta la vita. Piccole cose, per carità, come disertare le lezioni e andarmene in giro per la campagna, oppure prendere la licenza di caccia e sparare alle anatre in palude. Ma per me queste erano già imprese inconcepibili solo qualche mese prima.

L'appetito, si sa, vien mangiando, e qualche tempo dopo mi associai, sempre per puro caso, a un gruppo che faceva giochi paramilitari in montagna nei fine settimana. Cose del tutto innocenti: ci si divideva in due squadre, i rossi e gli azzurri, ovviamente, si indossavano tute mimetiche e stivali anfibi e si imbracciavano armi laser, giocattoli sì, ma piuttosto sofisticati con i quali si puntava il nemico per abbatterlo. Le tute avevano dei sensori che segnalavano il bersaglio centrato quando venivano sollecitati dal raggio laser, e chi era stato colpito usciva dal gioco: era morto, per così dire. Alla sera, stanchi, sudati e coperti di fango dalla testa ai piedi, ci riunivamo in baita attorno a un tavolo per la cena a concludere la giornata di combattimento con una grigliata di carne e a rievocare le azioni più brillanti. Incredibilmente diventai in poco tempo uno dei più abili giocatori, anzi, diciamo pure il migliore in assoluto e, all'interno di quella piccola armata da burla, ero considerato quasi un eroe, un leader, come si diceva nel nostro gergo da Rambo del fine settimana.

C'erano anche donne, con noi, cui piaceva molto indossare uniformi attillate, cinturoni e bandoliere, baschi con stellette e distintivi di vario genere acquistati nei negozi specializzati. Cominciai a trovarle molto attraenti e non tardai a rendermi conto che esercitavo su alcune di loro un certo fascino, su una in particolare, una bruna dalle forme provocanti, dai capelli corti tagliati a caschetto. Si chiamava Sabrina, nome che solo sei mesi prima avrei considerato da telenovela e che ora invece mi suonava esotico e in qualche modo eccitante. La mia compagna mi venne a noia: improvvisamente mi parve scialba, insignificante, priva di qualunque attrattiva e la lasciai. Pianse, mi chiese cosa avesse fatto per meritare un trattamento così freddo ma non seppi cosa risponderle. Dissi che semplicemente ero cambiato, che vedevo il mondo in modo diverso e volevo vivere la mia vita senza legami e condizionamenti. E cominciai una relazione con Sabrina, nel modo più eccitante che si potesse immaginare. Lei faceva parte del mio gruppo d'assalto ed era moglie di un agente di borsa di mezza età che combatteva con la parte avversa. Ci isolammo durante un'azione e facemmo l'amore in terra, nascosti fra i cespugli del sottobosco. Non avevo mai sentito in vita mia una donna gemere di piacere e tutto mi sembrava fantastico, meraviglioso; mi sentivo un uomo nuovo, un eroe da romanzo e mi piacevo in quella dimensione.

Come avevo potuto vivere tutti quegli anni come una larva, come un essere insignificante?

Capii che potevo spingermi oltre e che la vita poteva riservarmi esperienze ancora più forti, più esaltanti. La mia relazione con Sabrina divenne sempre più coinvolgente fino a risucchiarmi in una specie di dimensione di vigile delirio. Finché un giorno lei mi chiese una prova d'amore e di coraggio estremo. Dovevo dimostrarle se ero solo capace di eccellere nella finzione o se ero un vero uomo, un vincente. Mi disse che suo marito era un essere spregevole, un impotente depravato e che io ero la sua unica speranza di liberarsene. C'era anche molto denaro in gioco, una montagna di denaro, con proprietà e partecipazioni in una quantità di attività finanziarie. Si trattava solo di progettare la cosa nel migliore dei modi e di condurre a termine l'impresa con sangue freddo e intelligenza. E dopo non ci sarebbe stato limite al nostro futuro. Avremmo solo dovuto pazientare per qualche mese, un anno forse, al massimo due, aspettare che le acque si calmassero, che il caso venisse archiviato e poi incontrarci in un altro luogo, in un'altra situazione, nella nostra nuova vita. Mi disse anche che la stragrande maggioranza dei delitti in Italia restavano impuniti e che non c'era quindi motivo di preoccuparsi. All'interno del nostro gruppo avevamo tutti dei nomi convenzionali (il mio era Yanez!) e questo mi avrebbe aiutato a sparire nel nulla in ogni caso, a rifugiarmi nella mia identità regolare di pallido insegnante liceale.

Non so perché questa sera, quando sono rientrato, l'occhio mi è caduto sul kriss acquistato da quel rigattiere al mercato dell'antiquariato. E d'improvviso mi sono reso conto di aver interpretato il personaggio negativo, il malvagio che Yanez e Kammamuri avrebbero stanato nella giungla nera e messo per sempre in condizioni di non nuocere. Per la prima volta quest'arma da attrezzeria teatrale mi è sembrata autentica. La sua punta rilucente è molto più affilata di quanto mi fosse sembrata quando l'acquistai, e anche il suo filo tagliente. In fondo non potrebbe essere l'arma del delitto? No, troppo riconoscibile. Forse la suggestione giusta è un'altra, quella che portò Emilio, umile artigiano dell'avventura estrema ma fittizia, a intraprendere il viaggio più terribilmente autentico della sua vita. So già di essere capace di fare ciò che Sabrina mi ha chiesto, non rappresenta per me un problema né una difficoltà, è come se l'avessi già fatto. Anzi, mi farebbe piacere eliminare quel flaccido maiale: la vera sfida è un'altra, l'ultima, l'estrema. È lì che si vedrà se la mia metamorfosi è completa, se sono diventato un vero uomo.

Non l'ho mai visto luccicare come ora, in effetti, il kriss che ho comprato dal rigattiere, mai come ora sono stato certo che questa fu l'arma.

De imperio

Era decisamente invecchiato d'aspetto: aveva la pelle secca e grinzosa, la fronte solcata da profonde rughe e mostrava un'estesa calvizie al centro del cranio. L'occhio cieco che aveva perso in Italia, non per un colpo di spada come qualcuno andava dicendo, ma per un'infezione, era coperto da una benda di pelle nera che gli conferiva una cert'aria spavalda e al tempo stesso minacciosa.

Vestiva modestamente: un abito molto semplice di lana grezza fermato in vita da una cintura di cuoio e un paio di sandali di tipo militare costituivano tutto il suo abbigliamento. Ammetto che provai una certa emozione nel trovarmelo di fronte dopo nove anni dal nostro incontro sotto la tenda in campo neutro, alla vigilia della battaglia di Zama. Annibale era sempre Annibale, l'uomo più sagace, il politico più sottile, il combattente più temibile che il nostro secolo abbia conosciuto.

La sedia accanto a lui era vuota e capii che il maestro di cerimonie aveva riservato a me quel posto. La nostra delegazione doveva discutere sulla libertà delle città greche d'Asia dal giogo di re Antioco di Siria. Efeso, Smirne e tutte le altre città dell'antica Ionia si erano rivolte a noi in cerca d'aiuto e noi avevamo risposto anche in nome dell'antica discendenza troiana. La nostra non era un'ingerenza ma piuttosto un ritorno nei luoghi d'origine dell'eroe Enea, fondatore della nostra patria. È inoltre noto a tutti che stavamo appoggiando il re di Pergamo, Eumene, che subiva la pesante egemonia della Siria, per farne la nostra testa d'ariete contro Antioco.

Prima di prendere posto, lo salutai in greco: «Salve, Annibale».

Mi rispose con un lieve cenno del capo: «Salve Publio Cornelio» e lo disse senza emozioni, come se salutasse uno dei tanti presenti.

È difficile spiegare che cosa provai in quel momento: non potei fare a meno di riandare a quel giorno ormai lontano, a quell'incontro sotto la tenda, al calar del sole. Mi pareva di sentire ancora l'odore della polvere, e di vedere i raggi obliqui del tramonto arrossare, attraverso il tessuto del padiglione, i nostri volti e le nostre mani. Era stato un incontro breve, se si considera l'importanza della posta in gioco: l'esito finale di uno scontro fra due imperi che durava ormai da oltre sessant'anni. Ma non dimenticherò l'emozione che mi prese al trovarmi faccia a faccia con l'uomo che aveva annientato tanti eserciti romani combattendo in campo aperto. Ero così timoroso di subire la sua influenza e il fascino della sua personalità e del suo carisma che fui, per reazione, più duro e intransigente del necessario. E non v'è dubbio che questo portò alla rottura quasi immediata della trattativa e impedì una composizione politica del conflitto. Rischiai, vinsi. E fu la cosa migliore. Ma ora che il tempo era passato, che nulla minacciava la supremazia della patria, trovarmelo di fronte ancora a Efeso, come membro di una delegazione per trattative politiche, mi faceva piacere. Potevo permettermi di parlargli come si parla a una persona che si ammira e che si stima.

Non ho mai condiviso l'accanimento con cui alcuni dei nostri magistrati e comandanti militari gli hanno fino a ora dato la caccia, non perché rappresenti più un reale pericolo ma solo per riportare la sua testa come un trofeo: il vecchio, indomito nemico, finalmente annientato. Che atteggiamento miserabile!

La trattativa si arenò quasi subito in quella sala dell'assemblea cittadina di Efeso. Noi sostenevamo il nostro buon diritto di intervenire in difesa delle città greche della Ionia, loro sostenevano che il nostro intervento fosse in realtà un'ingerenza. Un dialogo fra sordi di cui ambedue le delegazioni avevano previsto l'esito. Ma più che il tempo dedicato alle discussioni politiche furono interessanti gli intervalli, durante i quali riemergevano i rapporti umani e perfino la stima reciproca fra le componenti delle delegazioni, al di là dei compiti che i rispettivi governi le avevano incaricate di svolgere.

Non ricordo chi pronunciò la prima frase della nostra conversazione informale: lui, mi pare, forse accorgendosi di un qualche mio imbarazzo e credo che parlasse del cibo, del fatto che non aveva mai capito l'entusiasmo degli abitanti di quella terra per la carne di gru e che gli mancava molto il pesce cucinato alla maniera di Tiro e di Cartagine.

Ammisi che nemmeno io andavo pazzo per la carne di gru e che preferivo il pesce ma che in certe situazioni non c'era scelta e bisognava pur onorare la mensa di chi ci ospitava. Avevamo appena cominciato a parlare che il diffuso brusio nella sala si attenuò, e mi sentii tutti gli sguardi addosso. La cosa mi diede un certo fastidio, non c'è dubbio, mentre il mio interlocutore sembrava completamente a suo agio e continuò a parlare spostando a quel punto l'argomento sugli usi e costumi degli abitanti dell'Asia, simili in tutto a quelli dei Greci, benché si trattasse di stranieri. Ma l'ombra di Zama si allungava su di noi e potevamo sentire l'attenzione dei presenti, apparentemente intenti alle loro discussioni, e il tentativo di coloro che ci erano più vicini di captare almeno un brandello di conversazione.

Il magistrato che aveva organizzato l'incontro, un efesino di nome Antistene, si avvicinò a noi senza pudori mentre il chiacchiericcio si attenuava ancora fin quasi al silenzio e la sua voce si fece udire in modo distinto: «Credo che tutti i presenti, io per primo, sarebbero lieti di ascoltare la vostra conversazione, di non perdere l'occasione di assistere all'incontro di due fra i più grandi uomini del nostro tempo. E credo, in particolare, che tutti vorrebbero porre una domanda ad Annibale».

«Quale domanda?» chiese l'interpellato.

«Mi sembra ovvio» rispose Antistene. «Chi è stato il più grande condottiero di tutti i tempi?»

Annibale mi fissò per un attimo e la luce del suo unico occhio era penetrante come la punta di un pugnale. Sorrise, scoprendo una fila di denti ancora intatti nonostante l'età e mi si accostò per dirmi prima qualcosa in confidenza, quasi all'orecchio: «Nella mia città si racconta una storia, Publio Cornelio, di quando l'eroe Enea, profugo da Troia, fu richiesto dalla nostra regina e fondatrice Elissar di raccontare le sue vicissitudini. L'eroe non voleva, era riluttante a evocare eventi tanto luttuosi, ma alla fine cedette alle insistenze di lei e cominciò a parlare. E a quel punto, si racconta, tutti fecero silenzio nella sala del banchetto... Non so perché, ma questa situazione mi rievoca quella storia, *mutatis mutandis*, come direste voi Romani. Curioso no?».

Sorrisi anch'io a quell'osservazione ironica che accostava il barbuto Antistene alla bellissima regina fenicia. Poi Annibale rispose ad alta voce alla richiesta del magistrato: «Alessandro di Macedonia, senza dubbio».

Antistene accennò che era d'accordo e anch'io, se rammento bene, feci un cenno di assenso. Chi potrebbe mai mettere in dubbio il primato del più grande conquistatore di tutti i tempi? Certo, in cuor mio pensavo che la fama di Alessandro sarebbe stata molto offuscata se avesse dovuto incrociare le lame con i nostri legionari, ma ovviamente non lo diedi a intendere.

«E il secondo?» chiese Antistene. E qui veramente il silenzio si fece completo. Tutti aspettavano la risposta. Che cosa avrebbe detto Annibale? Avrebbe accreditato se stesso come il più grande dopo il Macedone? Ma in tal caso, come avrebbe potuto sostenere il confronto diretto con me, lì presente, che lo avevo sconfitto?

«Pirro» rispose fra la sorpresa generale. «Perché fu il primo a disegnare gli accampamenti portando un'innovazione fondamentale nell'arte militare, non inferiore per importanza a qualunque invenzione tattica o strategica.»

Il magistrato insistette: «E il terzo?».

Era evidente che voleva condurci allo scontro verbale: chi poteva mai essere se non uno di noi due?

Annibale non ebbe una sola esitazione. «Io,» rispose «io sono il terzo.» Non dissi nulla. Non aveva molto senso controbattere una simile affermazione. E soprattutto, in fondo, io ero sostanzialmente d'accordo con lui. E certo il mio silenzio fu una delusione per tutti. Forse si aspettavano un violento scontro verbale o una mia impennata d'orgoglio, ma non accadde nulla di tutto questo. Infatti la conversazione riprese un po' per volta come se nulla fosse stato: i presenti si scambiavano le loro impressioni su quel triplice, singolare verdetto, e si interruppero solo quando Antistene richiamò le delegazioni al tavolo delle trattative. Discutemmo ancora, senza gran costrutto, fino al tramonto, quando fummo invitati a passare nella sala preparata per il pranzo. Annibale preferì uscire sotto il portico esterno per respirare un po' d'aria fresca e io lo seguii.

«Posso farti una domanda?» gli chiesi.

«Certamente.»

«Che cosa avresti detto se fossi stato tu a battermi a Zama?»

«Avrei detto che ero io il primo» fu la risposta.

Non potei fare altro che sorridere: in fondo mi aveva accreditato ben più di quanto potessi sperare: mi aveva posto al di sopra di qualunque confronto. Ma evidentemente non erano quelli i suoi pensieri. Le relazioni fra Roma e il regno di Siria erano ormai molto tese, lo aveva dimostrato quel nostro stesso incontro concluso con un nulla di fatto. Era inoltre abbastanza evidente che le due potenze prima o poi sarebbero giunte ai ferri corti e non era nemmeno difficile capire chi avrebbe avuto la meglio, soprattutto per Annibale che conosceva perfettamente le caratteristiche dei nostri eserciti e le poteva confrontare con la qualità scadente delle armate di Antioco, più adatte a spettacolari parate che ai duri scontri sul campo di battaglia.

Era un bel tramonto di tarda primavera: le barche dei pescatori rientravano in porto e un paio di navi da guerra manovravano all'interno del bacino per accostare al molo. Le dorature sugli acroteri dei santuari e degli edifici pubblici brillavano come fuochi nella quiete del crepuscolo e i gabbiani si affollavano attorno ai banchi dei pescatori contendendosi i rifiuti del mercato del pesce che venivano gettati in mare.

«Quando succederà?» chiese a un tratto.

«La guerra? Non so. Un anno, forse due. Dobbiamo ancora consolidarci nella Cisalpina e in Macedonia.»

«E ti sembra una buona cosa?»

«Non so. Penso che sia nella logica dei fatti. Un esito inevitabile.»

«Tutto è evitabile» rispose Annibale rivolgendomi improvvisamente quel suo sguardo mutilato, inquietante. «Fuorché la morte.»

«Lo so» dissi. «Questa guerra sarà diversa da quella che noi combattemmo. Avrà altri scopi...»

«È vero. La nostra fu la guerra di un impero contro una città. Questa sarà la guerra fra due imperi. Vincerete voi, come già accadde nelle guerre precedenti, ma la vittoria vi si ritorcerà contro.»

«Che cosa intendi dire?»

«Con noi fu diverso. Noi non eravamo un impero anche se tentammo di divenirlo a partire dalle conquiste di mio padre. Eravamo una città che aveva sparso tante colonie nel mare occidentale, ognuna delle quali fungeva da centro di incontro e di scambio con i popoli indigeni. Ma la Siria lo è e si estende su un territorio sterminato, il più grande che esista, più grande anche del vostro. In tutto questo tempo, a partire dalla morte di Alessandro, questo impero ha diffuso la civiltà dei Greci fino al Caucaso d'India, fino alle rive dell'Idaspe. Voi riuscirete, temo, a indebolire la Siria. Le toglierete dapprima le province più ricche, quelle vicino al mare, da dove si irradia la comune civiltà di tutti i popoli che vi si affacciano, e a quel punto dovrà crollare...»

«Non è detto. E comunque il destino di Roma è di governare il mondo. Ne sono sicuro, altrimenti perché gli dei, o il fato, ci avrebbero concesso di vincere tutti i nostri avversari?»

Annibale tacque per qualche istante e mi sembrò che seguisse di nuovo con lo sguardo le zuffe dei gabbiani che si contendevano gli avanzi del mercato.

«Tu credi, Publio Cornelio?» disse a un tratto, senza voltarsi.

«Sì, fermamente.»

Sentivo a cosa pensava, a quel giorno lontano, a Zama, quando la sorte lo aveva beffato all'ultimo momento, quando aveva preparato con sagacia il suo capolavoro tattico, per rimanere, alla fine, comunque sconfitto.

«Io no» rispose. «È il caso a dire sempre l'ultima parola, al di là dei nostri piani e delle nostre speranze. E non c'è necessità di imperi. Cartagine prosperò per secoli senza conquistare territori nell'interno, e senza opprimere popolazioni indigene.»

«Ma ha perso. Questo significa che la sua struttura non era fatta per sopravvivere. Gli imperi sono necessari, o forse dovrei dire ineluttabili. Al crollo di un impero fa sempre seguito il caos, la frammentazione, una frenesia di particolarismi che portano a lotte intestine, sangue, lutti e danni senza fine. Solo i nomadi possono vivere senza strutture politiche perché non hanno territori, né città, né templi, né abitazioni.»

Annibale meditò ancora in silenzio per un poco, mentre il sole toccava ormai la superficie delle acque spandendo una striscia vermiglia che giungeva fino alla costa.

«Ciò che dici è in parte vero, ma è altrettanto vero che nessun impero può dominare tutto il mondo. Voi avete l'Occidente, il regno di Antioco ha l'Oriente ma nessuno dei due contendenti potrebbe mai aspirare a un'egemonia ecumenica. Nessun impero, da solo, può dominare l'intera umanità. Se sconfiggerete la Siria, l'Asia vi sfuggirà comunque. Non avete abbastanza uomini da dislocare da qui fino all'India, e se mai li trovaste dovreste a tal punto dissanguare le vostre generazioni da causare indirettamente il crollo della vostra struttura politica o costringere tutti i vostri cittadini a diventare soldati anziché agricoltori, commercianti, marinai, artigiani, muratori.»

«Dovremmo rinunciare al primato per paura delle conseguenze? Non ha alcun senso, nessuno lo fa e nessuno l'ha mai fatto.»

«Dovreste rinunciare a decisioni che porteranno prima o poi alla vostra rovina e alla rovina del mondo che avrete costruito.»

Non c'era animosità nelle sue parole, come la prima volta che lo avevo incontrato a Zama sotto la tenda in campo neutro. Aveva mostrato equilibrio e una saggezza quasi più adatti a un filosofo che a un soldato. Per questo, anche in quel momento, i suoi ragionamenti acquistavano un peso e un'autorevolezza molto maggiori. E io già mi rendevo conto dello scenario che cercava di prefigurare. Quanti nostri soldati, al ritorno dalle loro campagne di conquista, si erano ritrovati poveri e nullatenenti! Dovevano vendere il loro podere a coloro che si erano arricchiti a dismisura appaltando la vendita dei prigionieri di guerra e del bottino. E gli schiavi stavano prendendo ogni giorno di più il posto dei piccoli proprietari, e degli operai salariati a giornata. Coloro che avevano sempre provveduto con il lavoro al proprio sostentamento dovevano ora umiliarsi a chiedere l'elemosina o i favori e la protezione di un potente.

Si accorse che stavo meditando sulle sue parole e riprese il discorso: «È probabile che sconfiggerete la Siria come avete sconfitto noi. E la cosa non è cattiva in sé. Antioco non è meno avido di ricchezze e di potere di quanto non lo siate voi, ma proprio questo, non fosse altro, dovrebbe spingervi a un accordo. Quando avrete distrutto anche l'unico impero rimasto, non potrete, come ho detto, ereditarne l'estensione territoriale, né il controllo sui popoli che lo abitano, se non in minima parte, ma erediterete le conseguenze dello sfacelo. Le etnie in lento processo di assimilazione riprenderanno le loro identità e la loro forza e con esse la volontà d'ingrandirsi con guerre e saccheggi».

«Parli come se le vostre armate non avessero fatto la stessa cosa in Sicilia, in Sardegna, in Spagna» risposi, più per reagire a quello che mi sembrava un cupo presagio che per vera convinzione.

«È vero. Ma finché fu possibile penetrammo in terre straniere con i commerci e i traffici, non con le armate. Solo quando fu minacciata la nostra sopravvivenza mi indussi a un lungo conflitto, a trasformare la mia città di mercanti in una metropoli guerriera. E ho perso. Così come hai perso tu.»

«Solo poco fa hai ammesso, sia pure indirettamente, la mia superiorità sul campo di battaglia.»

«Sai bene come andarono le cose, e sai il ruolo che giocò la fortuna in quella giornata come in tutte le giornate campali. Io, comunque, mi riferivo ad altro. Tu hai perso perché è finita la tua stagione così come è finita la mia.»

«Ho poco meno di quarant'anni...»

«Non cambia nulla. Hai perso perché il tuo tempo è passato, il tempo in cui gli avversari si affrontavano guardandosi negli occhi e potevano battersi con accanimento senza perdere la stima e il rispetto che avevano l'uno per l'altro. Il tempo in cui contavano soprattutto il valore, il coraggio, la forza d'animo, la fede nei propri ideali. Non c'è più posto per gente come noi: ora il campo è libero per allibratori, appaltatori, speculatori, gente che ha come unico scopo quello di accumulare denaro.»

«Dicono che vuoi convincere Antioco a portare la guerra in Italia.»

«E tu ci credi? Nessuno che sia sano di mente penserebbe mai di invadere l'Italia. Io per primo, che sono l'unico che sappia veramente che cosa significa. Sono soltanto speculazioni: una nuova guerra significa nuove forniture, nuove spese, nuovi appalti, nuovi schiavi e forse, alla fine, la cattura di Annibale. So che a Roma si favoleggia di miei nascondigli segreti in grotte sulle montagne, di fortezze provviste di decine di cunicoli. Si dimostrerà che uno dei motivi per abbattere il regno di Siria è che dà ospitalità ad Annibale. Sia tu che io sappiamo che non è vero, che la ragione è solo l'avidità. La quale non può essere in alcun modo alla base di alcun progetto politico. Distruggete la Siria e qualcuno di ben più aggressivo e pericoloso sorgerà dalle rovine del suo impero e, prima o poi, vi farà mordere la polvere. È vero, Publio Cornelio, gli imperi sono ineluttabili, ma il principio che determina il loro successo contiene in sé un germe di follia che alla fine porta alla loro dissoluzione. Addio.» Mi salutò con un cenno del capo e si allontanò in direzione del porto.

Sono passati quattro anni da quel giorno. Abbiamo sconfitto la Siria e occupato una parte dei suoi territori; l'impero di Roma sembra non dover conoscere tramonto, ma mai come oggi appare evidente che non potremo in alcun modo raccogliere l'eredità di Alessandro e nemmeno quella, ben più modesta, di Antioco. Annibale è ancora libero ma il cerchio attorno a lui si sta chiudendo e presto non ci saranno più paesi indipendenti che possano ospitarlo. La mia famiglia è stata travolta da uno scandalo per la distrazione di fondi pagati da Antioco al Senato romano sotto forma di danni di guerra. Mio fratello Scipione Asiatico è stato messo sotto processo e io vivo quasi da esule lontano da Roma, dove non farò mai più ritorno.

Il tesoro del Suphan

«Mai sentito parlare di re Mida?»

Il commendator Morselli si protese un poco in avanti sulla sua scrivania appoggiando i gomiti a metà del tavolo e fissando con sguardo interrogativo il suo direttore generale, dottor Fulvio Ricossa, seduto di fronte a lui, a gambe accavallate e braccia conserte.

«Be', certo. Era un re dell'antica Lidia che si dice potesse trasformare in oro qualunque cosa toccasse. Ma poi rischiò di morire di fame perché diventava d'oro anche il cibo.»

«Già,» commentò Morselli «a quel tempo non avevano le posate. Bene, forse abbiamo scoperto ciò che probabilmente ha dato origine alla leggenda.»

Ricossa lo guardò sconcertato: il commendator Morselli, presidente e amministratore unico del più vasto impero industriale del comparto ceramico, non si era mai occupato d'altro che di piastrelle, di ogni colore e formato, per ogni gusto e per ogni esigenza, per ogni mercato e per ogni cliente. Arrivava al punto di fornire piastrelle anche agli amici personali che si costruivano una casa o ristrutturavano un bagno, praticando naturalmente un prezzo di favore perché non sopportava l'idea che potessero usare materiali della concorrenza. Le piastrelle erano tutta la sua vita, il suo sogno era di poter pavimentare il mondo intero con le sue piastrelle, lastricare le strade, rivestire le facciate dei palazzi, i tetti delle case. Perché con le piastrelle si poteva fare tutto, si poteva imitare qualunque materiale: la pietra grezza, il granito, i sampietrini, tutto insomma. E tutto vuol dire tutto. Il suo ultimo brevetto aveva lasciato di stucco la concorrenza: tramite un sistema di scansione digitale era riuscito a imitare qualunque pietra naturale, marmo di Carrara incluso. Ovviamente i marmisti e i cavatori non erano molto contenti, ma lui rispondeva: «Gli restano sempre i blocchi per le costruzioni in massiccio o per le statue. Di che cosa si lamentano?». Come se il mercato delle statue fosse così vasto e popolare da far vivere un intero settore merceologico.

Perché diavolo quindi si occupava del re Mida e della sua nota leggenda? Non era da lui.

«Non sapevo che le interessasse la mitologia» rispose infatti Ricossa.

«A dirle la verità, è l'ultimo dei miei pensieri» fu la scontata risposta.

«Ma allora?»

«Stia bene a sentire, Ricossa, perché sto per darle una notizia fantastica che per ora è un segreto gelosamente custodito.»

«Sono tutt'orecchi» rispose Ricossa con un'espressione che tirava gli schiaffi da lontano un chilometro. Il commendator Morselli finse di non far caso a quell'aria di sufficienza, si accese un sigaro per caricare di aspettativa l'atmosfera del suo ufficio, sbuffò una grande nuvola di fumo e cominciò: «Un mese fa, come lei sa bene, abbiamo mandato un gruppo di tecnici nella filiale di Smirne per installare gli impianti della nostra linea di produzione. Uno di loro, il signor Florian, ha fatto visita alle cave di granito del monte Tauro. Lei sa di che cosa sto parlando».

«Certamente» annuì Ricossa. «Ho preparato io il viaggio del signor Florian e la bozza del contratto per l'acquisto delle cave.»

«Molto bene. Dunque, durante il sopralluogo Florian viene avvicinato da un tizio che, senza dirgli né il nome né il cognome, gli dà appuntamento in un localino della città vecchia dicendo che ha qualcosa di estremamente interessante da mostrargli. Florian cincischia, è incerto, poi alla fine la curiosità ha il sopravvento e va all'appuntamento. Il tizio gli mostra una pietra, un frammento di pochi centimetri quadri, con caratteristiche mai viste al mondo. È pietra, non un cristallo, ma ha lo splendore e il timbro cromatico dell'oro satinato con riflessi che virano verso il rosso rame a seconda dell'incidenza della luce...»

«Lei, l'ha vista?» chiese Ricossa.

Il commendator Morselli lo guardò con un'espressione quasi di compatimento, poi, senza rispondere alla domanda, andò alla cassaforte, l'aprì e ne estrasse una scatolina che depose sul tavolo: «Guardi lei stesso» disse.

Ricossa si rese conto a quel punto che doveva trattarsi di una cosa seria, aprì la scatoletta, ne estrasse una piccola lastra di forse due centimetri per uno e mezzo, leggermente irregolare sulla superficie, e la mise sotto la luce della lampada da tavolo. L'effetto era straordinario, quasi magico. Così aveva immaginato la pietra filosofale nelle sue fantasie di ragazzo; di quel materiale meraviglioso dovevano essere fatte le mura di Atlantide e forse davvero quel frammento era un tempo umile ardesia prima di essere trasformata dal tocco di Mida.

«Lei immagini...» cominciò Morselli «lei immagini che noi troviamo una lastra sufficientemente grande da poterne ricavare una copia in ceramica e che possiamo metterla in produzione per l'autunno dell'anno prossimo presentandola al CIRSAIE e a tutte le fiere internazionali, a prezzi sostenuti, molto sostenuti, direi a prezzi altissimi. Avremo brevetto ed esclusiva mondiale sicuramente per diversi anni con la prospettiva di realizzare immensi profitti. E ho anche il nome per questa meraviglia.»

«E quale sarebbe?»

«La pietra di re Mida. Non è geniale?»

«Ma come può essere sicuro di avere l'esclusiva? Quel tizio, come l'ha mostrata a Florian, può averla mostrata ad altri.»

«Ne sono sicuro e basta» rispose Morselli con un tono insolitamente imperioso, quasi scortese. Il che colse di sorpresa il dottor Ricossa. I due si punzecchiavano qualche volta a seconda degli umori giornalieri e degli andamenti di borsa, ma si rispettavano fondamentalmente e avevano l'uno dell'altro un'alta considerazione.

«Quand'è così...» commentò Ricossa piuttosto piccato.

«Stia bene a sentire,» disse Morselli con un tono più conciliante «io voglio che lei si occupi personalmente di tutta l'operazione nella massima segretezza e riservatezza. Di questa cosa siamo al corrente soltanto io, lei e Florian...»

«Allora anche l'amante di Florian, la moglie e la domestica.»

«Non è il momento di scherzare.»

«Non scherzo. Ma almeno si può sapere dove si trova questa meraviglia? Ce ne sono altri esemplari? Qualcuno li ha visti?»

«Certo. Ed è per questo che voglio che lei se ne occupi personalmente. Non posso fidarmi di nessun altro.»

«Parli, per l'amor di Dio!»

«Bene. Per quanto mi risulta, non esiste al mondo nient'altro come questa pietra, e se lo dice Florian che è uno specialista, devo credergli. L'unico esemplare noto è stato scoperto da questo turco nelle viscere di un vulcano spento in Anatolia orientale. È una lastra, incorporata in una colata lavica. Potrebbe essere il fronte di una vena, ma potrebbe essere anche l'unica lastra esistente. Bisogna controllare. In ogni caso, la voglio qui al più presto.»

«Ma è un posto pericoloso» obiettò Ricossa.

«Per questo lei se ne starà ad Ankara. È un tale impiastro che sarebbe più d'intralcio che altro. Ma di là dovrà coordinare tutto.»

«E chi guiderà la spedizione allora?»

«Florian. Chi altri? Assieme ad alcune guardie del corpo e un paio di tecnici: poca brigata, vita beata.»

«Se lo dice lei. E quando si parte?»

«Domani. Non mi piace aspettare. Il tempo gioca contro di noi.»

«Vuol dire che devo partire domani anch'io?»

«Lei può partire dopodomani. Sabrina le ha già comprato i biglietti e prenotato l'albergo.»

Ricossa sospirò: «Quand'è così...» disse. Diede un ultimo sguardo alla pietra favolosa mentre il commendator Morselli la ricopriva con la bambagia, poi prese la porta e uscì.

Ricossa arrivò ad Ankara alle tredici e trenta di un giorno di fine ottobre, ritirò il bagaglio e trovò all'uscita l'autista con il cartello che diceva "Mr Ricossa". Ad attenderlo in macchina c'era Florian in persona che lo salutò con una certa cordialità di maniera.

«Si può sapere che cos'è tutta questa fretta?» chiese Ricossa. Ho dovuto partire in quarantott'ore senza nemmeno poter sistemare le mie cose. Ho dovuto disdire appuntamenti importanti e cancellare anche quel po' di ferie che aspettavo da tempo e di cui avevo veramente bisogno e poi...»

«Non lo dica a me,» lo interruppe Florian «il commendatore ha voluto che approntassi la spedizione in dieci giorni quando di solito servono almeno due mesi. E con i turchi, creda, non è una cosa facile: *bakshish* di qua, *bakshish* di là, è tutto un *bakshish*.»

«E cosa sarebbe questo *bakshish*?»

«È la mancia. Insomma, la bustarella.»

«Ah. Allora è come in Italia. Dov'è il problema?»

«Sì, ma qui la cosa è più caotica, come dire, meno scientifica.»

Ricossa annuì con una cert'aria di compatimento e si diede a controllare i suoi incartamenti, l'agenda, il passaporto. Poi cambiò discorso: «Ha fatto analizzare quella pietra?».

«Sì, certo.»

«E allora di che si tratta esattamente, voglio dire, da un punto di vista chimico?»

«Eh, è qui il busillis. La composizione è molto complessa. Non è come quando ci troviamo di fronte, poniamo, a un onice: quello è carbonato di calcio con qualche sale di ferro o di rame che gli dà il verde o il rosso a seconda dei casi. Questo è un guazzabuglio di sostanze di molti tipi diversi, un concentrato di composti assai rari, con inclusioni di pagliuzze dorate e perfino di microscopici diamanti.»

«Che cosa ha detto?»

«È così. Sembra che il Padreterno si sia sbizzarrito in un'esibizione di virtuosismo creativo...»

«Ma allora è una pietra preziosa...»

«Sì e no. Lo è nel senso che non esiste niente di paragonabile a noi noto. Non lo è nel senso che non siamo di fronte a una gemma come il diamante, il rubino o lo smeraldo.»

«E lei pensa che il nostro sistema di riproduzione sarebbe in grado di ricrearla uguale?»

«Io credo di sì. Almeno, l'occhio umano non rileverebbe alcuna differenza. Ci serve soltanto un campione relativamente grande. Come si è già detto.»

«E se il giacimento naturale si rivelasse abbastanza grande?»

«Non fa alcuna differenza. In questo sta la grandezza del nostro brevetto: non occorre più sventrare la terra per strapparle i suoi tesori. Siamo in grado di riprodurne le caratteristiche e l'aspetto.»

Erano giunti al quartier generale di Florian, una palazzina a due piani con un giardino all'inglese nella zona residenziale di Ankara. Ricossa fu condotto nella sua camera perché potesse rinfrescarsi in attesa che fosse pronto in tavola. Sulla parete di fronte al letto, accanto al televisore, c'era una mappa della Turchia con un circoletto in pennarello rosso che isolava un punto preciso nella zona orientale. Ricossa inforcò gli occhiali e si avvicinò per leggere: si trattava di una montagna alta quattromilacinquecento metri che si chiamava Suphan Dag. Al centro, sulla vetta, una minuscola macchiolina azzurra indicava che c'era un laghetto: evidentemente un antico cratere vulcanico che si era riempito d'acqua. Sospirò, ripose gli occhiali nel taschino e scese per il pranzo.

Il cameriere portò in tavola le vivande alla maniera turca: verdure, salse, formaggi, piade, stufati di verdure e di carne. Pose al centro del tavolo una caraffa di birra locale e si ritirò.

Ricossa cominciò a servirsi mentre Florian estraeva dalla sua cartella un fascicolo con il logo di ASTRA, l'azienda ceramica di Morselli, e l'appoggiava sul tavolo.

«Ho visto la carta su in camera mia» disse Ricossa. «Immagino che quel circoletto rosso indichi l'obiettivo della spedizione. Un vulcano spento, se ho capito bene.»

«È così. Quello è il Suphan, ma non lo chiamerei spento. Direi piuttosto quiescente.»

«E qual è la differenza?»

«Che non c'è un'attività di tipo eruttivo ma tuttavia c'è attività: fumarole, microscosse telluriche, e geyser che sprigionano potenti getti di vapore bollente. D'inverno ricadono in una specie di spray ghiacciato che crea formazioni assolutamente fantasmagoriche.»

«Ci credo, ci credo» rispose Ricossa frettolosamente, temendo che quell'entusiasmo descrittivo mirasse a invogliarlo a prendere parte alla spedizione. Si riempì il piatto con piccole porzioni di tutte le leccornie che facevano bella mostra di sé sul tavolo e si versò un bicchiere di Maden Suyu, l'acqua minerale turca.

«Buona questa roba,» disse trangugiando il primo boccone «temevo peggio. Ma dica: quali sarebbero le mie mansioni oltre che farle da base di collegamento con la nostra casa madre a Sassuolo?»

«Lei, dottor Ricossa, dovrà intrattenere le relazioni politiche. Quella zona è controllata da una banda di ribelli curdi molto aggressiva. Ho già preso contatto con i loro emissari, ma potrebbero anche farsi vivi con lei dopo che io sarò partito.»

«Lei sta scherzando» rispose Ricossa. «Non ci penso nemmeno.»

«Oh no, che non sto scherzando. E lei oramai non può più tirarsi indietro. Siamo in ballo, caro dottore, e dobbiamo ballare.»

Ricossa tossì a quelle parole, convulsamente. Il boccone gli era andato di traverso.

Florian decise di partire di lunedì, come se si trovasse in Europa e non in un paese islamico, nonostante tutto. Aveva preparato quattro fuoristrada pick-up attrezzati di tutto punto con un equipaggiamento completo da roccia, in più una sonda smontata per prelevare carote stratigrafiche, cibi in scatola, integratori alimentari, tre pallet di acqua minerale e di bibite, casse di birra turca, sigari e sigarette, cioccolata e ogni altra grazia di Dio. Perfino una scorta di *lokum*, le classiche gelatine turche alla rosa. Florian era cresciuto, da ragazzo, leggendo letteratura di viaggio e d'avventura, e non gli pareva vero di curare lo stivaggio delle provviste e annotarne meticolosamente la qualità e la quantità, come se stesse per partire per *Il giro del mondo in ottanta giorni* o fosse in procinto d'imbarcarsi a bordo del *Pequod* per dare la caccia a Moby Dick.

Come equipaggio aveva quattro italiani e quattro turchi: ingegneri, tecnici operai specializzati. Uno di loro, Venanzio Massignan di Cortina d'Ampezzo, era una nota guida alpina che aveva scalato l'Annapurna e il K2; aveva quarantotto anni e un carattere determinato e testardo da montanaro, ma anche il tratto elegante da uomo di mondo abituato a frequentare il jet-set della Perla delle Dolomiti. Il capo della squadra turca era invece Amir Dorkat, un tecnico dell'università di Ankara, ma Florian aveva le sue buone ragioni per ritenere che fosse anche membro della polizia segreta. Si vedeva dai baffi, diceva lui, e da come si guardava intorno in continuazione quando gli parlavi, anche se non c'era nessuno, come dire che era uno abituato a pararsi le spalle, prima di tutto.

Avanzarono sull'altopiano centrale attraversando l'area del Tuz Gol, il grande lago salato esteso come il lago di Garda e profondo al massimo un metro e mezzo nella parte centrale. Poi presero verso Kayseri, annunciata già a grande distanza dalla mole incappucciata di neve dell'Erciyas Dag, il mitico monte Argeo di cui parlava la leggenda. «Dicevano che qui sotto fosse imprigionato il gigante Tifone,» spiegò Florian dalla radio ai quasi ignari compagni di viaggio «e pensavano che i grandi getti di fumi e vapori del vulcano uscissero dalla bocca stessa del gigante.»

A bordo dei pick-up gli equipaggi sbuffavano, specialmente quelli turchi che non capivano un'acca di italiano, a parte Amir Dorkat. E anche questa era una delle ragioni per cui Florian lo riteneva un agente in borghese. Il secondo giorno di viaggio raggiunsero Elazig affacciata su di un enorme lago artificiale che sbarrava il corso dell'Eufrate per alimentare una centrale elettrica e fornire acqua alle parti più aride dell'altopiano. A sud si vedevano le cime imponenti del Tauro, la grande catena montagnosa che delimitava l'Anatolia verso meridione e che si spingeva a est per scontrarsi, quasi, con l'immane corrugamento caucasico, uno dei laboratori geologici più imponenti dell'intero pianeta, tormentato per milioni di anni da eruzioni apocalittiche e da spaventosi sconvolgimenti tellurici. Durante una sosta per il pranzo Florian spiegò che la zona era ancora interessata da una forte attività sismica caratterizzata ogni anno da milioni di microscosse che improvvisamente potevano scatenare terremoti devastanti, fino alla magnitudine dieci della scala Mercalli. Il tutto era dovuto alla permanente pressione di due grandi placche continentali: quella asiatica e quella africana che avevano provocato, all'inizio dell'era quaternaria, il sollevamento del sistema montuoso che andava dai Pirenei fino all'Himalaya.

Il terzo giorno si addentrarono nell'Anatolia profonda tra le valli anguste e i vasti altopiani disseminati di villaggi minuscoli fatti di pietre a secco con tetti di pali di pioppo coperti di paglia. I costumi della gente variavano radicalmente: sia gli uomini che le donne portavano i larghi pantaloni ottomani e ciabatte di plastica bianca o nera con la punta all'insù. Florian notò che le donne usavano scope senza manico e dovevano quindi lavorare praticamente piegate in due. Chiese ad Amir se ne conoscesse il motivo, e quello rispose laconicamente che ciò che importava, per fare pulizia, era la scopa e non il manico. Florian attribuì una simile affermazione a quello che lui riteneva il supremo disprezzo dell'uomo islamico per la condizione femminile, al punto di speculare sul costo di un manico di scopa. Il terzo giorno passarono Dyarbakir con le sue mura grigie di pietra, risalenti all'età romana, e si trovarono in pieno Kurdistan. Ne diede notizia a Ricossa via radio e gli chiese di tenersi sempre disponibile a prestare sostegno logistico e politico in qualunque momento, dato il clima che si respirava da quelle parti e l'attenzione che attirava la sua appariscente carovana di fiammanti fuoristrada.

Erano ormai alla vigilia dell'ultimo balzo e nel piccolo ristorante ai bordi del bazar si riunirono attorno al tavolo per consultare la carta militare americana e preparare l'itinerario dell'ultima tappa. Uno dei tecnici, Arnaldo Baldini, un geometra di Nonantola, notò con sorpresa che la prima città che avrebbero incontrato l'indomani si chiamava Batman e si ripropose di fare una ricerca per stabilire se il padre dell'uomo pipistrello avesse mai viaggiato in Anatolia orientale.

«Non dica stupidaggini, Baldini» lo rimbrottò Florian. «"Batman" è una parola inglese che significa "uomo pipistrello" e non ha nulla a che fare con questa città. State attenti piuttosto. Da lì in poi è come dire *hic sunt leones*: dobbiamo tenere gli occhi aperti e stare in campana. I rapimenti e le estorsioni sono all'ordine del giorno, ma anche i furti di mezzi e materiali. I nostri fuoristrada possono far gola alla guerriglia e la polizia turca da queste parti esce solo per pattugliamenti in forze, altrimenti sta rintanata nelle caserme.»

Dorkat ribatté che non era vero e che la polizia turca era dappertutto e così pure la gendarmeria e che quindi si poteva stare assolutamente tranquilli. Si procedette dunque il giorno successivo a percorrere l'ultima tappa su di una strada piuttosto stretta e accidentata ma battuta dai pesanti autocarri che venivano dall'Iran e dal Pakistan e che non erano abituati a fare sconti in termini di precedenza. Giunsero a Bitlis, vicino al lago Van, verso il primo pomeriggio e presero l'itinerario più difficile: la strada ancora più stretta, ma di incredibile bellezza panoramica, che costeggiava la sponda settentrionale del lago, un tempo cuore della civiltà di Urartu e poi di quella armena, ambedue scomparse in modo violento.

E finalmente, sul far della sera, si trovarono in vista del Suphan Dag: un grandioso cono vulcanico coperto di neve da cui si dipartivano in tutte le direzioni colate laviche cristallizzate che spiccavano nere sul terreno rossastro dell'altopiano. Alcune si gettavano dentro il lago e scomparivano sul fondo dell'immenso bacino, altre si diramavano verso ovest e verso nord. La larghezza di ciascuna colata era impressionante e lo spessore ancora di più. In certi punti ci si poteva avvicinare direttamente al fronte lavico pietrificato in cui scintillavano grandi cristalli sfaccettati di ossidiana, splendenti alla luce del tramonto come diamanti neri. In lontananza, il sole faceva brillare anche le vette innevate di altri vulcani addormentati e distanti centinaia di chilometri: l'Ala Dag e lo stesso Ararat.

«Quello dell'arca di Noè?» chiese Baldini. «Io ho sentito un tale, una volta, al *Maurizio Costanzo Show*, che diceva di avere scoperto l'arca su quella montagna.»

«Stronzate, Baldini» lo zittì Florian. «Come può credere che il livello dell'acqua sia arrivato fin quassù solo perché è piovuto quaranta giorni e quaranta notti? Anche se fondessero tutti i ghiacci del pianeta il livello degli oceani crescerebbe di qualche decina di metri e non di tre o quattro chilometri. Se poi lei crede che il Padreterno si metta a giocare con le barchette e le appoggi in cima a una montagna di cinquemila metri, allora è un'altra storia. Lasci perdere che è meglio. Pensiamo alle cose serie.»

«Come quali, per esempio?» chiese Baldini.

«Come individuare un posto adatto per fare il campo, il che non è facile. Qui c'è lava dappertutto con selci e ossidiane che tagliano come rasoi.» Poi si rivolse a Dorkat: «Ma non dovevano arrivare delle guide locali a questo punto?».

Dorkat indicò due fari che zigzagavano sul terreno a un chilometro circa di distanza suscitando bagliori spettacolari dai cristalli sparsi dal vulcano su tutta la pianura: «Eccoli là» disse. «Stanno arrivando. Per loro il Suphan non ha segreti, ne conoscono ogni anfratto, ogni crepaccio.»

Florian seguì come ipnotizzato la luce dei fari, poi alzò lo sguardo all'imponente torrione vulcanico arrossato dagli ultimi raggi del tramonto.

«Speriamo» rispose.

La jeep delle guide curde si arrestò con una brusca frenata e ne scesero cinque individui dall'aspetto pittoresco: pantaloni a sbuffo, fascia in vita, turbante. Due di loro portavano una cartucciera di traverso sul petto a mo' di bandoliera e un AK-47 impugnato per la canna. Baldini li guardò con una certa inquietudine, scambiò una rapida occhiata con Amir Dorkat come per dire: "Ci si può fidare?". Dorkat gli rispose con un cenno tranquillizzante. I due appoggiarono i mitra e cominciarono a scaricare coadiuvati dagli altri tre che erano evidentemente i portatori: non avevano tenda né intendevano dormire in quella della spedizione. Appoggiarono in terra le stuoie di gommapiuma da tre centimetri e i sacchi a pelo da alta montagna, poi uno dei due accese un fornelletto da campo e mise a cuocere una *çorba*, la loro zuppa tradizionale con ceci, lenticchie e altri legumi.

«Non familiarizzano molto» disse Massignan all'ingegnere turco.

«Non ce l'hanno con voi» rispose Dorkat. «Ce l'hanno con noi. Siamo turchi, e fra noi non corre buon sangue. Il nostro governo li considera terroristi, il loro capo Oçalan, detto "Apo" è in galera su un'isola dei Dardanelli, con una condanna a morte sulla testa, il loro partito politico, il PKK, è fuorilegge...»

«È stato prudente associarli alla nostra spedizione?» domandò preoccupato Baldini. «Non vorrei che creassero turbative, o peggio. Abbiamo bisogno di lavorare tranquilli.»

«Non si preoccupi» rispose Dorkat. «A questi interessano solo i soldi. Li paghiamo bene per il loro lavoro e basta così.»

«E quei mitra?»

«Li paghiamo anche per quelli. La montagna è pericolosa sotto molti punti di vista.»

Baldini sentì un brivido lungo la schiena e non era solo la temperatura che cominciava a scendere. Pensò a Ricossa, che se ne stava tranquillo ad Ankara a lamentarsi di inesistenti disagi e sospirò. Intanto gli uomini montavano la grande tenda a vari comparti che sarebbe servita da campo base mentre Baldini, che era un po' il tuttofare, sistemò la cucina da campo a quattro fuochi con ripari per il vento e mise a bollire l'acqua per la pasta.

Massignan scaricò il piccolo frigorifero da campo, le derrate alimentari, e mise in moto il generatore che alimentava sia una stufa elettrica per la notte sia il frigorifero e l'illuminazione.

Quando fu pronto si sedettero tutti all'interno attorno a un tavolo abbastanza comodo nella parte adibita alle riunioni comuni, illuminata da un paio di lampadine, e cominciarono a mangiare.

«La pasta è scotta fuori e cruda dentro» protestò subito Florian.

«Non è colpa mia,» disse Baldini «è l'altitudine. L'acqua bolle a ottanta, novanta gradi, e quindi rammollisce la parte esterna ma non cuoce bene quella interna e, se si fa bollire di più, viene tutta una colla.»

«Benissimo» rispose Florian. «Allora evitiamo di fare la pasta. Avremo qualcos'altro, no?»

Baldini incassò senza reagire e la conversazione si trascinò senza eccessivo entusiasmo. Sparecchiata la mensa, furono stese sul tavolo le mappe del vulcano e tutti si avvicinarono.

Parlò per primo Amir Dorkat cui competeva l'organizzazione della parte finale della spedizione e, mentre parlava, evidenziava con un pennarello rosso l'itinerario da seguire l'indomani lungo i fianchi della montagna: «Dobbiamo partire molto presto,» disse «perché la strada è lunga e le giornate sono molto brevi in questa stagione. Ve l'avevo detto che sarebbe stato meglio nella tarda primavera».

Baldini avrebbe voluto imprecare alla fretta indiavolata del commendatore che l'aveva costretto a partire in quel periodo dell'anno, ma si limitò a sospirare: «Vada avanti».

«Verso mezzogiorno» proseguì Dorkat «dovremo essere al primo campo intermedio, approssimativamente in questo punto, dove faremo una breve sosta per la colazione e pianteremo una tenda stabile...»

«Mi scusi,» lo interruppe Massignan «ma che bisogno abbiamo di una tenda in quel punto se il campo di lavoro è più su di almeno seicento metri?»

«Perché potrebbe diventare un rifugio nel caso in cui il campo finale sia investito da una bufera.»

«Bufera? Nessuno mi ha parlato di bufere» disse Baldini piuttosto seccato.

«Forse non volevano spaventarla, ma io ho fatto pervenire alla sua direzione in Italia una dettagliata relazione sulle condizioni meteorologiche nell'area del Suphan Dag in questa stagione dell'anno. Mi dispiace che...»

«Lasci perdere» disse Florian. «Vada avanti.»

«Molto bene. Allora: il carico maggiore dovrà essere trasportato proprio al campo finale perché sarà molto vicino al punto in cui cominceremo a sondare la roccia. Sarà indispensabile portare su il secondo generatore di corrente con due taniche di carburante per alimentare il martello pneumatico e anche quello dovrà essere trasportato a spalle. I nostri portatori dovrebbero essere sufficienti perché quelli con il mitra sono anche in grado di trasportare carichi. Ovviamente tutti gli altri dovranno trasportare le cose personali: sacchi a pelo, stuoie, cambi d'abito e le razioni di cibo. Spero che siate in buona forma perché, in ogni caso, si tratterà di un sei, sette chili che a quell'altezza pesano parecchio. Mi sembra che sia tutto. Ci sono domande?»

«Una» disse Baldini. «I nostri amici curdi conoscono lo scopo della spedizione?»

«Sì e no» rispose Dorkat. «Sanno che dobbiamo prelevare dei campioni di roccia per un istituto di geologia in Italia, il che è cosa assai vicina alla verità. Non credo proprio che vorranno saperne di più.»

«Molto bene» disse Baldini. «Non c'è altro.»

«Allora andiamocene a letto» concluse Florian «e cerchiamo di riposare.»

Tutti si ritirarono e uno dei tecnici turchi andò a spegnere il generatore. Il campo piombò d'un tratto nel buio e nel silenzio.

L'indomani la carovana si mise in moto prima dell'alba guidata dal chiarore della luna che veleggiava in un cielo blu scuro in cui era rimasta visibile solo la stella del mattino. La mole del Suphan incombeva sulla valle deserta con la sua vetta coperta di neve e i fianchi tormentati da antiche, apocalittiche eruzioni. Si era alzato un vento freddo che spirava da nord e sollevava una densa nube di polvere rossa che copriva le sabbie vulcaniche nere come la notte. Davanti procedevano i portatori curdi, dietro veniva il drappello dei tecnici. Per ultimi Florian e i suoi con gli zaini e i sacchi a pelo. Percorrevano una sorta di sentiero da capre che si faceva sempre più erto e malagevole, a volte incassato fra le colate laviche, a volte esposto su costoni brulli, battuti da un vento sempre più freddo e tagliente.

Man mano che salivano Baldini, infagottato nella giacca a vento, si sentiva sempre più smarrito in mezzo a quella desolazione, sempre più piccolo al cospetto di quella natura maestosa e tremenda che a ogni passo sembrava diventare più ostile. Poi, finalmente, il sole si affacciò all'orizzonte e inondò di luce l'immenso altopiano, scolpì i fianchi del Suphan mettendo in drammatico rilievo ogni asperità della superficie, esaltando i colori delle rocce: il nero, l'ocra, il grigio piombo, e il bianco accecante della neve. Baldini si fermò per qualche istante a contemplare quello spettacolo superbo e per un attimo, in quel trionfo di luce cristallina, gli parve di rinascere.

Il sole portò con la luce anche un po' di calore, ma non per questo l'ascesa divenne più agevole. A parte i curdi, che abitavano quelle terre da millenni ed erano abituati a percorrere le montagne con qualunque tempo e a qualunque altezza, gli altri membri della spedizione non erano certo in grado di affrontare prove fisiche troppo severe. La salita, inoltre, si faceva sempre più ripida e dopo una certa quota anche la parvenza di un sentiero era completamente svanita. Si procedeva sul terreno vergine e sempre più accidentato, e le guide curde avevano cominciato a battere il suolo con i loro bastoni dalla punta ferrata.

«Che fanno?» chiese Baldini al suo collega turco. Un tecnico di nome Günes.

«Saggiano il terreno. In questa zona abbondano i condotti lavici che in gran parte sono vuoti all'interno. Il pericolo è che cedano sotto il nostro peso e chi sprofondasse avrebbe le gambe dilaniate dai bordi fratturati dei condotti, taglienti come il vetro. In queste condizioni farebbe in tempo a morire dissanguato, prima di poter essere soccorso efficacemente, lei capisce.»

Baldini lo guardò stravolto e maledì ancora di più in cuor suo Ricossa che non si era informato abbastanza sulle caratteristiche di quella spedizione o, se l'aveva fatto, si era totalmente disinteressato delle possibili conseguenze. Quella sera si proponeva di fargli una telefonatina e di dirgli quello che pensava di lui e delle condizioni generali del suo ingaggio.

«Capisco...» disse ansimando.

«Perciò è essenziale che da questo momento in poi tutti seguano, in fila indiana, le guide, e mettano i piedi esattamente dove li mettono loro. Avverta i suoi uomini, i miei lo sanno già, come vede. Florian passò voce ai suoi che si adeguarono immediatamente e la marcia proseguì sempre più dura e faticosa. I passi erano ineguali, i dislivelli improvvisi, e il fondo si faceva sempre più irregolare e accidentato. Verso mezzogiorno Dorkat diede l'alt approfittando di una piccola spianata al riparo di una spessa colata lavica che offriva un po' di protezione dal vento sempre più freddo e tagliente e annunciò che era tempo di fare colazione. Tutti tirarono un sospiro di sollievo, specialmente gli italiani, e ognuno si cercò un posto per sedere: impresa non facile, non si vedevano che superfici tormentate e profili taglienti. Quando finalmente trovarono un *ubi consistam* non troppo disagevole, aprirono gli zaini e ne trassero i generi alimentari che in quella situazione si rivelarono particolarmente confortanti. C'erano pane per tramezzini, cracker, petto di pollo e di tacchino affettato, cetrioli sott'aceto, formaggini morbidi da spalmare, sottilette e bevande in lattina d'ogni genere, inclusa la birra che sia i turchi sia i curdi bevevano tranquillamente nonostante la loro fede islamica. L'unico tabù era il maiale che, infatti, era stato bandito dalla dieta, ma in compenso c'era burro di arachidi e cioccolato in tavolette.

Massignan si era portato anche della grappa e ne ingollava ogni tanto un sorso di nascosto finché Florian gli fece notare che non era il caso: «Guardi là,» disse «sia i turchi sia i curdi bevono *rakì*, una specie di anice che fa almeno quaranta gradi. Questi qua sono musulmani di manica larga. Anzi, se ne offre un po' in giro, non farà che renderseli amici». Massignan eseguì a malincuore e vide la sua personale riserva di grappa assottigliarsi in modo preoccupante e in breve tempo, via via che passava di mano fra turchi e curdi. Quando gli fu restituita, ce n'era un dito sul fondo, sì e no.

Ripresero la marcia dopo poco più di mezz'ora: i curdi apparivano senz'altro rinvigoriti mentre gli italiani duravano fatica a tenere il ritmo appesantiti dal pasto e con i muscoli raffreddati dopo la sosta. Oramai avevano superato il limite della neve permanente ma si vedevano qua e là delle chiazze completamente scoperte.

«Vede quelle chiazze?» disse Dorkat voltandosi indietro verso Florian. «Quelle sono zone di attività vulcanica di una certa intensità. Il terreno è abbastanza caldo da far sciogliere la neve, si può dire anzi che scotti al punto che non ci si possono tenere le mani. Altrove invece la superficie è completamente fredda. Anche questo fenomeno, ovviamente, ha delle conseguenze...»

«Me l'immagino» rispose Florian con il fiato mozzo. «Nelle linee di confine tra rocce fredde e rocce calde ci deve essere un fortissimo dislivello del coefficiente di dilatazione...»

«Esatto,» proseguì Dorkat «e il fenomeno, in certi casi, può causare l'aprirsi di crepe improvvise, anche queste estremamente pericolose. Come vede, le nostre guide cercano di evitare queste linee di possibile frattura ma ci possono essere dei passaggi obbligati. In questi casi non bisogna mai dimenticare di tenere gli occhi bene aperti.»

Florian annuì e non mancò di osservare che una di quelle linee di frattura era già aperta un po' più in alto e alla sinistra della colonna in marcia e lasciava uscire una cortina di vapori sulfurei che subito veniva dispersa dal vento fra le asperità del terreno.

Raggiunsero il punto previsto per il campo intermedio verso le due. Il tempo era buono, a parte il vento sempre molto teso e molto freddo da nordovest. La superficie innevata rifletteva un bagliore accecante cosicché tutti avevano indossato gli occhiali scuri, a parte i curdi, che non sembravano avvertire il minimo fastidio. I portatori scaricarono a terra i pacchi e cominciarono a preparare le centine per montare la tenda, ma piantare i picchetti divenne subito un problema quasi insormontabile. Il fondo roccioso o resisteva, e i picchetti si piegavano, o si frantumava e non offriva più alcun ancoraggio. Florian fece mettere in moto il piccolo generatore di corrente che due dei curdi portavano su una specie di barella e usò il trapano elettrico ottenendo alla fine un risultato abbastanza soddisfacente. Per completare l'opera iniettò nei fori del silicone che bloccò i picchetti in modo definitivo. In un'ora circa il lavoro fu condotto a buon fine e la tenda apparve abbastanza solida e bene ancorata da resistere anche a un vento di tempesta. Furono inoltre collocati dei tasselli a espansione nelle rocce vicine che permisero di tendere altre funi di fissaggio dai fianchi e dalla sommità della tenda.

«Mi sembra che possiamo essere soddisfatti» disse Florian osservando compiaciuto.

«Sì,» rispose Dorkat «ma non si faccia troppe illusioni. Qui il tempo può cambiare molto rapidamente e il vento può raggiungere una velocità molto pericolosa. Auguriamoci di non dovere saggiare la robustezza delle nostre attrezzature, di non doverle mettere a dura prova.»

Non aveva finito di parlare che si udì un sordo brontolio.

«Che cos'è?» chiese Baldini che stava arrotolando poco distante il cavo del generatore di corrente.

«Il tuono» rispose Massignan per rassicurarsi.

«Non è il tuono» disse Dorkat. «È la montagna. Ma non dovete spaventarvi. Come ho detto, il vulcano è dotato di una sua bassa attività, e questi fenomeni rientrano assolutamente nella normalità.»

«Adesso che facciamo?» chiese Baldini.

«I curdi rientrano al campo base» rispose Florian «e torneranno domani con le taniche di carburante per il generatore, e il resto dell'equipaggiamento. Noi dormiamo qui e li aspettiamo, poi domani, tutti assieme, saliamo fino in cima e piantiamo il campo permanente: se tutto va bene, dopodomani si comincia a lavorare e spero proprio che al massimo in una settimana avremo prelevato il nostro campione e potremo tornarcene ad Ankara e poi in Italia. Per tutti i nostri dipendenti è prevista la concessione di due settimane di ferie pagate extra.»

I curdi partirono verso le tre, ma siccome c'era ancora luce, Dorkat e Massignan pensarono che valeva la pena raggiungere la vetta e dare un'occhiata al cratere.

«Vengo anch'io» disse Florian. Baldini invece scosse la testa: «Siete matti, non ci penso nemmeno. Io mi metto in tenda e schiaccio un pisolino, sono stanco morto. Svegliatemi quando tornate».

«Non dubiti,» rispose Florian «saremo di ritorno prima che faccia buio.»

«Come volete» disse il tecnico infilandosi nella tenda. «Ma state attenti: in montagna le distanze ingannano.»

Arnaldo Baldini aprì gli occhi senza rendersi conto dapprima di che ora fosse e di dove si trovasse. L'altitudine e la purezza dell'aria cui non era abituato ormai da moltissimi anni gli davano uno sgradevole senso di vertigine, e il sibilo del vento, improvvisamente acuto, gli feriva gli orecchi. Era buio ormai e si rese conto che non c'era anima viva sotto la tenda all'infuori di lui, né c'era nessun altro nelle immediate vicinanze. Accese il lume a gas e guardò l'orologio: erano le sette e mezzo: aveva dormito quasi quattro ore! Come non aveva pensato di puntare la sveglia? Mise il naso fuori dalla tenda e vide solo il debole, diffuso chiarore della neve che rifletteva il pallore della luna filtrato da nubi alte e sottili. La cima del Suphan si ergeva sopra di lui come la testa canuta di un gigante corrucciato. Bave di fumo strisciavano qua e là negli anfratti tra i dorsi scabri delle colate laviche che emergevano dal manto nevoso come schiene di draghi.

Provò a scandagliare i fianchi della montagna con la torcia elettrica ma non vide nulla. Si sentì cogliere da un'ansia improvvisa: lo spavento lo prese allo stomaco dandogli un senso di insopportabile oppressione. Provò a chiamare: «Florian! Ingegner Florian! Signor Dorkat, dove siete? Rispondete!».

Gli rispose soltanto l'eco deformata dal vento: possibile che uomini della loro esperienza si fossero persi su quella maledetta montagna? Pensò perfino a uno scherzo, si figurò che fossero tutti nascosti lì intorno, mimetizzati fra le rocce, e che da un istante all'altro sarebbero balzati fuori gridando come ossessi per spaventarlo. Ma scartò subito l'idea, evidentemente assurda.

La verità era che si trovava su quella montagna al buio e al freddo, solo come un cane, che se fosse successo qualcosa non avrebbe saputo a che santo votarsi, che se avesse gridato nessuno lo avrebbe udito. I curdi non sarebbero tornati prima di dodici o tredici ore, sempre ammesso che tornassero. E se fosse scoppiata una tormenta? E se si fosse verificata un'eruzione? E se qualche animale, qualche predatore famelico si fosse aggirato da quelle parti? Imprecò e compatì la dabbenaggine con cui aveva accettato quell'ingaggio. Era da dire che sarebbe finita male! La pietra del re Mida, che idiozia! Gli pareva di essere come Calandrino che cercava l'elitropia nel Mugnone ma il paragone, lungi dal farlo sorridere, aumentava e peggiorava ancora di più il suo senso di angoscia.

Il vento rinforzò e cominciò a cadere del nevischio. Erano minuscoli cristalli di ghiaccio che rimbalzavano sul terreno come palline di vetro. Poi cadde la neve: uno spettacolo affascinante e tremendo al tempo stesso, ma che aumentò ulteriormente la sua ansia già quasi insopportabile.

Ma dove diavolo potevano essere finiti quei tre? E se fossero stati in pericolo? Forse erano caduti in un crepaccio e invocavano aiuto da qualche parte lassù verso la cima senza che nessuno potesse udirli. Pensò che in fin dei conti era suo dovere andare a cercarli. Pensò a quello che aveva sentito dire solo poche ore prima sulle cavità dei camini lavici in grado di trasformarsi a ogni istante in trappole mortali, in tagliole micidiali, e quel pensiero gli gelò il sangue. Ma si fece coraggio: avrebbe saggiato il terreno con il manico della piccozza e sarebbe andato avanti seguendo le tracce ben visibili nella neve sotto la luce della lanterna a gas. Ma sì, le tracce lo avrebbero guidato e poteva stare sicuro che dove la crosta aveva retto il peso di tre persone avrebbe ben retto anche il suo, che diamine. Ma proprio mentre si accingeva a mettersi in cammino udì un suono lontano, una sorta di lamento acuto e straziante e subito spento, che lo paralizzò per il terrore. Che cos'era?

Gridò: «Ehi! Ehi! C'è qualcuno lassù? C'è qualcuno?». Gli rispose soltanto il sibilo intermittente del vento.

Tirò un lungo sospiro poi fece appello a tutte le sue risorse. Pensò che in fin dei conti si era arrampicato un paio di volte sulla Croda Rossa e sul Pelmo durante le ferie e che quella in fondo era solo una montagna un po' più alta. Cercò una bottiglietta di grappa fra i generi di conforto, la infilò nello zaino e si mise in cammino con una lanterna a gas dopo averne lasciata un'altra appesa al palo centrale della tenda perché gli facesse da faro nella notte quando avesse fatto ritorno. Se mai avesse fatto ritorno.

Finalmente si incamminò quando mancava un quarto alle otto e cominciò a salire di buon passo. Capiva che non aveva molto tempo: la neve che cadeva abbastanza copiosa avrebbe presto cancellato le tracce lasciate dai suoi compagni.

Avanzò ansimando sempre più man mano che aumentava il pendio e man mano che l'altitudine rendeva l'aria sempre più rarefatta e fredda. Ogni passo gli costava uno sforzo considerevole e questo gli faceva capire di aver superato ormai da tempo i quattromila metri.

Ogni tanto si fermava a gridare: «Signor Dorkat! Ingegnere! Dove siete?».

Più volte temette di perdersi nel turbinare della neve e più volte si girò verso il basso per non perdere di vista il debole chiarore della lanterna, appena percettibile in lontananza. Sarebbe mai riuscito a ritrovarla quando fosse rimasta nascosta dietro il profilo della montagna?

Raggiunse uno spuntone roccioso, relitto di un antico getto lavico pietrificato, e vi si arrampicò con enorme fatica aiutandosi con la piccozza per poter meglio vedere in lontananza e soprattutto per far sì che qualcuno vedesse la sua lanterna brillare da quel punto dominante quasi a mo' di faro nel buio della notte. Ora la neve si era fatta più rada e sottile e cominciava a filtrare un raggio lunare dalla fitta nuvolaglia. Ridiscese dall'altra parte e affrontò di nuovo la salita in direzione della vetta che non doveva essere più molto distante.

Si fermò in un punto in cui le rocce formavano una specie di imbocco a canalone e gridò ancora con quanto fiato aveva in gola: «Floriaaaan! Ingegnereee! Signor Dorkaaaat!».

A un tratto se lo trovò di fronte, Florian: pallido come un morto, le occhiaie profonde e scavate, sembrava uno spettro.

«Ingegnere...» balbettò Baldini «ma che cosa le è successo?»

Dorkat apparve poco dopo sbucando da un muro di nebbia.

«Dov'è Massignan?» chiese dopo essersi guardato intorno ripetutamente.

«È sparito» rispose Florian come se dicesse la cosa più naturale del mondo.

«Che cosa ha detto?»

«È sparito» confermò Dorkat. «Improvvisamente. Camminava dietro di noi a circa cinquanta metri di distanza quando abbiamo sentito una specie di urlo acuto e prolungato, nulla che io abbia mai udito prima in tutta la mia vita. Un suono spaventoso e agghiacciante. Quando ci siamo voltati, Massignan era scomparso senza lasciare la minima traccia.»

Baldini guardò in faccia prima Dorkat e poi l'ingegner Florian come se guardasse due fantasmi, poi mormorò: «Oh, mio Dio».

Amir Dorkat ruppe per primo il silenzio: «Dobbiamo rientrare al campo» disse. «Fra poco il freddo quassù si farà insopportabile.»

«E Massignan?» ribatté Baldini. «Lo abbandoniamo così? E se fosse ancora vivo? Se giacesse ferito da qualche parte e non potesse farsi sentire?»

«Andando in giro a quest'ora al buio rischiamo soltanto di subire altre perdite» disse Dorkat. «E di far fallire completamente la nostra missione.»

«Me ne frego della missione!» sbottò Baldini. «Chi l'ha organizzata è stato un pazzo incosciente, un figlio di puttana che ha badato solo al proprio interesse mettendo a rischio la vita altrui.»

«Si calmi, Baldini,» disse Florian «così facendo non risolviamo nulla e allo stato della situazione sarà meglio essere pratici. Massignan deve essere caduto in qualche crepaccio, non c'è altra spiegazione, e noi non abbiamo nulla con noi, né corde, né moschettoni, solo la piccozza. Se fosse ancora vivo si farebbe sentire, non crede? È triste ma dobbiamo rassegnarci. Rischiare la nostra vita non salverebbe la sua. Torniamo indietro, la tenda è l'unico nostro riparo per la notte. Domani, con la luce e con le attrezzature, esamineremo la situazione e stabiliremo il da farsi.»

Il vento aveva cambiato direzione e veniva ora da nordest, così freddo da tagliare la faccia. Baldini sentì il gelo penetrargli fin dentro le ossa e quasi afferrargli il cuore e si rese conto che il suo fiacco altruismo era già praticamente spento. I suoi superiori avevano ragione: l'unica cosa da fare era tornarsene al campo, e alla svelta.

Amir Dorkat andò avanti per primo seguito da Florian. Baldini seguì buon ultimo. La traccia che avevano battuto salendo era ancora abbastanza visibile, ma ricominciava a nevicare a larghe falde, e presto quella traccia sarebbe stata cancellata. Camminarono abbastanza rapidamente facendo attenzione a non scivolare e riuscirono a percorrere lo spazio che li separava dalla tenda in poco meno di un'ora.

Florian accese il fornello a gas, versò in un tegame delle uova liofilizzate, aggiunse dell'acqua e ottenne una poltiglia giallastra che riuscì in qualche modo a trasformare in una frittata di uova strapazzate. Poi fece abbrustolire delle fette di pane in cassetta e distribuì i sandwich caldi mentre Dorkat versava nei bicchieri di plastica della birra Efes ghiacciatissima. Mangiarono ma nessuno aprì bocca: Venanzio Massignan era il convitato di pietra che imponeva il silenzio a tutti, un silenzio greve e denso che dilatava all'inverosimile lo sbattere continuo della tenda investita dal vento.

«Ma secondo voi che cosa può essere stato?» chiese a un tratto Baldini non potendo più sopportare quel rumore da vele nelle tempesta.

«Gliel'ho detto» rispose Florian. «Io penso che sia caduto in qualche crepaccio.»

«Ma lei, Dorkat, dovrebbe essere pratico di questi luoghi, perché si è avventurato lassù senza rendersi conto del pericolo?»

«Lasci stare, Baldini,» lo interruppe Florian «le disgrazie accadono quando accadono. C'è gente che si ammazza il sabato sera andando in discoteca. Siamo in alta montagna dopo tutto.

Non siamo sicuri nemmeno qui, dove siamo adesso, cosa crede? E ora cerchiamo di riposare. Domani arriveranno i curdi e torneremo su a vedere quello che è successo esattamente.»

«Ma che cosa sta dicendo? Non avvertiamo nemmeno la famiglia?»

«Ci ho già pensato,» rispose Florian «ma il cellulare non prende. Aspetteremo che portino su la radio con il generatore di corrente e chiamerò Ricossa ad Ankara perché avverta la famiglia.»

«E dopo?»

«Dopo riprende tutto come previsto: abbiamo assunto degli impegni, firmato un contratto, se l'è dimenticato?»

«All'inferno!» replicò Baldini, e andò a rannicchiarsi nel suo sacco a pelo.

Dorkat spense la luce e i tre si accinsero a passare la notte con quel peso sullo stomaco, con il fischio del vento e lo sbattere della tenda che li avrebbe tenuti in quella strana condizione tra la veglia e il sonno, in un torpore greve di semincoscienza.

Verso le tre del mattino Baldini uscì dalla tenda per orinare e vide che lontano, in basso, in direzione dell'Ararat, c'erano bagliori di lampi e una tempesta si addensava da quella parte. Pensò che i curdi avrebbero anche potuto decidere di non salire o forse anche di andarsene con le attrezzature e le macchine, perché no? E si sentì soffocare da un'angoscia improvvisa. Poi sentì il russare tranquillo di Dorkat e pensò che lui doveva ben sapere che non c'era motivo di preoccuparsi troppo.

L'alba annunciò un giorno livido, illuminando un cielo plumbeo, ma il vento sembrava essersi attenuato e Dorkat cominciò a prepararsi un caffè turco sul fornello a gas. Florian si spinse fin sull'orlo del ciglione su cui avevano montato la tenda, guardò in basso e scorse le guide curde che stavano salendo lentamente portando le attrezzature da scavo, il generatore di corrente e altre provviste. Il pericolo, per il momento, sembrava scongiurato. Poi lo sguardo gli cadde sull'antenna radio che spuntava dalle spalle di uno dei portatori e si sovvenne del triste incarico che lo attendeva. Appena la radio fu appoggiata in terra, si sintonizzò sulla frequenza convenuta e chiamò Ricossa ad Ankara.

«È lei, Florian? Come vanno le cose?» risuonò giuliva la voce di Ricossa.

«Male, purtroppo. Abbiamo perso un uomo: Venanzio Massignan è morto.»

«Morto? Ma che cosa sta dicendo?»

«Purtroppo è la verità. Ieri sera abbiamo fatto una ricognizione sulla vetta del Suphan e deve essere caduto in un crepaccio: abbiamo sentito un urlo e poi più nulla. Sparito, dissolto. Volevo che avvertisse la famiglia, se non le dispiace.»

«Oh, santa pace!» esclamò Ricossa. «Questa non ci voleva. Ma che cosa avete combinato, accidenti! E l'assicurazione? Mi chiedo se l'assicurazione sia abbastanza consistente da coprire un simile evento. La famiglia potrebbe chiedere una cifra enorme per il risarcimento, lo sa? Senta, Florian, dobbiamo metterci d'accordo... voi dovete testimoniare che Massignan si è messo in pericolo contro il vostro parere e le vostre raccomandazioni, fidando sulla sua esperienza di rocciatore.»

«Ma cosa sta dicendo, Ricossa!» ribatté Florian fuori di sé. «Quel poveraccio è morto e lei sta a speculare sull'assicurazione? Vada al diavolo, lei e la sua assicurazione! Mi ha capito bene? Vada al diavolo!»

«Si calmi, Florian» disse Ricossa con un tono di voce assai più conciliante. «È che lei non ha idea di come mi troverò con questo guaio fra capo e collo. E qualcuno deve pur occuparsi di certe faccende. Stia a sentire, piuttosto: è proprio sicuro che sia morto? Qualcuno di voi l'ha visto? Intendo dire, il cadavere?»

«Be', il cadavere no... però abbiamo sentito un urlo, ci siamo voltati e lui non c'era più. Abbiamo guardato intorno e non abbiamo visto nulla. Eppure era a meno di cinquanta metri. Purtroppo ormai era buio, si era alzata una foschia molto densa mista ai vapori e alle fumarole del vulcano. Era troppo pericoloso andare in giro in quelle condizioni. Così siamo scesi al campo intermedio, abbiamo aspettato che i curdi portassero su la radio e mi sono messo in contatto con lei. Ecco tutto.»

«Se ho capito bene,» disse Ricossa con un tono di voce ancora più tranquillo «esiste una possibilità, anche se remota, che Massignan sia ancora vivo. Come sono le condizioni del tempo lassù?»

«Passabili.»

«Allora stia a sentire: prendete le guide e tornate sulla vetta a cercare Massignan. L'area in cui è scomparso è molto limitata se ho ben capito, quindi non dovrebbe essere troppo difficile passare al setaccio qualche centinaio di metri quadri di superficie e individuare il punto in cui è sparito. Se riuscite anche solo a vedere il corpo mi avverta subito, ma non affrontate altri pericoli per recuperarlo. Non è il caso di rischiare altre vite per recuperare un morto. Per il momento io non dirò nulla a nessuno, nemmeno al commendatore: ha già abbastanza le lune per traverso per quella maledetta filiale americana che perde soldi come un colabrodo. Ha capito bene quello che le ho detto?»

«Ho capito benissimo» rispose Florian. «Passo e chiudo.»

Ci vollero quasi tre ore per sistemare i curdi e le loro attrezzature di cui si occupò personalmente Florian mentre Amir Dorkat guardava preoccupato le nubi addensarsi all'orizzonte.

«Questa è l'unica zona del Vicino Oriente in cui le perturbazioni arrivano da est anziché da ovest» brontolò.

«Che differenza fa?» chiese Baldini. «Il brutto tempo è brutto tempo.»

«La fa e come» ribatté Dorkat. «Il brutto tempo qui è più brutto perché viene dalla steppa e dal polo, mentre il maltempo da occidente viene dall'oceano. Comunque è inutile parlare del tempo. Andiamo su e facciamo quello che dobbiamo fare.»

«Prendiamoci ancora una tazza di caffè» disse Baldini che giungeva in quel momento con la caffettiera in una mano e la bottiglia della grappa nell'altra. «Lassù fa fresco.»

Dorkat si sedette sul sacco a pelo e prese i bicchieri da tè che servivano ugualmente alla bisogna e intanto accese la radio per ascoltare il notiziario del mattino. Entrò un'emittente siriana in francese che parlava di spostamenti di truppe turche lungo il confine siro-iraniano.

Dorkat fece per cambiare stazione ma Florian gli disse: «No, lasci, mi interessa».

«... Ma sono solo notizie locali» obiettò Dorkat.

«Mica tanto» disse Florian alzando la mano come per chiedere silenzio. «Sta dicendo che c'è una mezza armata in movimento...» Tese ancora l'orecchio. «Quattromila uomini impegnati in una gigantesca operazione di rastrellamento contro il PKK.»

Dorkat scosse il capo come per dire "Sciocchezze".

«Ma che senso ha?» osservò Baldini. «Hanno già preso Apo, la maggior parte dei capi sono in galera, i superstiti migrano a ondate verso l'Europa.»

«Soluzione finale» commentò laconico Florian. «Che altro?»

«Non dica sciocchezze, Florian» ribatté Dorkat. «Sono parole grosse e...»

«Cos'è, una minaccia?»

«Ma quale minaccia, dico solo che è imprudente dare dei giudizi di quel peso senza cognizione di causa e...»

Florian alzò ancora la mano per segnalare che voleva ascoltare quello che diceva la radio. Il notiziario proseguiva: «Il governo turco, lacché della NATO e degli americani, sta preparando la più massiccia operazione di repressione degli ultimi vent'anni. Le truppe in assetto di combattimento stanno salendo verso le pendici orientali del Suphan Dag per aspettare l'ondata di profughi sospinti da un reggimento di Jandarma che sta conducendo massicci rastrellamenti a ovest di Dyarbakir. Masse di profughi sono in movimento con animali, carri, donne e bambini. La loro intenzione doveva essere quella di raggiungere un porto del Sud, Adana, probabilmente, ma i Jandarma gli hanno tagliato la strada e stanno incanalando il flusso dei profughi verso il Suphan, dove li attende un tragico appuntamento con la morte. Tutta l'area circostante è stata evacuata: sarà un massacro senza testimoni».

«Infami menzogne!» esclamò Dorkat spegnendo la radio con un gesto improvviso della mano. «E adesso muoviamoci, per favore. Abbiamo cose più importanti da fare che ascoltare queste assurdità.»

I due annuirono e, indossate le pesanti giacche a vento di goretex, uscirono all'aperto unendosi alla teoria di curdi che già salivano verso la sommità della montagna. Alcuni di loro portavano delle specie di barelle su cui avevano appoggiato attrezzature e rifornimenti per il campo da montare in quota.

Baldini si avvicinò a Florian: «Non le sembra strana tutta questa faccenda?».

«Se allude a questa bislacca spedizione, sono completamente d'accordo.»

«No, alludo a quello che diceva la radio. Se dice la verità, ossia che si prepara un massacro di proporzioni bibliche, come mai a noi è stato concesso di venire quassù e cioè nel bel mezzo della zona critica? E se invece la cosa non è vera, a che cosa alludeva quella emittente?»

«Se vuole che le dica come la penso,» rispose Florian «la cosa mi sembra alquanto improbabile anche se non mi sento di escluderla del tutto. Dorkat è probabilmente un agente dei servizi che ci è stato messo alle costole per tenerci d'occhio. Ma se veramente fosse in atto una simile operazione, col cavolo che ci avrebbero fatto salire fin quassù con il rischio che noi possiamo vedere qualcosa che non dovremmo vedere.»

«E la morte di Massignan? Come la mettiamo con quella? Non potrebbe essere invece che ci ammazzano uno alla volta?» insistette Baldini.

«Non dica sciocchezze. Era più semplice negarci il permesso e basta, non trova? Quello è stato un caso, una maledetta scalogna. Quanto alla radio, è probabile che i siriani stiano dando eccessivo peso a un'operazione di gendarmeria in atto contro qualche nucleo di resistenza della guerriglia del PKK o a semplici manovre militari di confine per sfruttarle a scopo propagandistico. Fra Siria e Turchia c'è una vecchia ruggine ma stia tranquillo: non succederà niente di strano.»

«Speriamo» commentò asciutto Baldini mentre il suo superiore si attardava a controllare che non andasse perduto niente durante l'impegnativa salita verso la cima della montagna.

Arrivarono sulla vetta verso le tredici e si fermarono per alcuni istanti a contemplare il fantastico spettacolo del lago vulcanico che si apriva come un occhio azzurro all'interno del cratere, quindi cominciarono a cercare un luogo dove porre il campo. Lo trovarono qualche tempo dopo in una zona a ridosso della parete del cratere sufficientemente pianeggiante e vi costruirono un piano regolare e uniforme con la neve pressata. Pranzarono verso le due e mezzo e, mentre i curdi proseguivano nel loro lavoro di sistemazione delle attrezzature e del generatore di corrente, Florian, Dorkat e Baldini con una guida curda si rimisero in marcia per cercare il punto in cui era sparito Massignan. Ci arrivarono a pomeriggio inoltrato e cominciarono a battere il terreno palmo a palmo senza risultati. Baldini provò a un certo punto ad allontanarsi verso l'orlo orientale del cratere per vedere se Dorkat avrebbe tentato di trattenerlo, ma non accadde nulla e nessuno sembrò farci caso.

A un tratto sentì la voce di Florian che chiamava: «Di qua! Da questa parte! L'ho trovato!».

Baldini accorse anche troppo velocemente su quel terreno tanto pericoloso. Finché si trovò vicino ai suoi compagni che fissavano immobili qualcosa che avevano di fronte. Avanzò ancora di pochi passi e vide il corpo di Venanzio Massignan appoggiato contro una parete come una drammatica statua di ghiaccio. Qualcosa lo aveva investito uccidendolo probabilmente sul colpo e scaraventandolo contro una roccia, poi, durante la notte le esalazioni di vapore gli si erano ghiacciate addosso rivestendolo di uno strato cristallino dai riflessi azzurrini. Dorkat si avvicinò, esaminò quel grottesco bassorilievo di ghiaccio con meticolosa attenzione, poi si volse ai compagni: «Niente di strano». Sentenziò. «È stato un geyser. A volte esplodono improvvisamente. Lo ha sicuramente ucciso sul colpo. Non credo che abbia sofferto molto.»

«Oh, mio Dio» mormorò Baldini.

I tre si guardarono in faccia senza dire altro. Fu Dorkat a rompere il silenzio: «Che cosa vogliamo fare?».

«Forse dovremmo portarlo giù.» rispose Florian.

«A me non sembra una buona idea» ribatté Dorkat. «È pericoloso, e non ha senso affrontare pericoli per recuperare un cadavere. È la regola della montagna: non si fanno rischiare i vivi per recuperare un morto.»

«Che vuole saperne lei delle regole della montagna?» sbottò Baldini.

«Allora fate come volete» rispose Dorkat. «Se volete spezzarvi l'osso del collo per portare giù quel pezzo di ghiaccio, accomodatevi. Io ho altro a cui pensare. Ora vado a controllare il campo e a collegare il generatore. Se il tempo dovesse peggiorare davvero, avremo bisogno di caldo e di luce. Ci vediamo più tardi.»

«Forse non ha tutti i torti» ammise Baldini dopo che Dorkat si fu allontanato. «E poi Ricossa...»

«Al diavolo Ricossa!» esclamò Florian. «Al diavolo tutto quanto!»

Baldini non disse altro e i due restarono per un poco a osservare il povero Massignan imprigionato nella sua crosta di ghiaccio. A un certo punto Florian batté una mano sulla spalla del compagno: «Venga. Tanto vale mettersi al lavoro. Prima finiamo e meglio è».

«Non chiedo di meglio» rispose Baldini. «Questa spedizione sta diventando un incubo. Allora che debbo fare?»

«Prenda quattro curdi e la guida, caricate tutte le casse della polvere da mina e portatele verso quel piccolo cratere secondario, laggiù in fondo, dall'altra parte del lago, lo vede?»

«Lo vedo» rispose Baldini. «Ma ci vorranno due o tre ore per arrivare laggiù.»

«Quello che ci vuole ci vuole» rispose Florian. «La polvere da mina va messa tutta dentro il cratere. È là che c'è la vena della pietra del re Mida, se abbiamo deciso di chiamarla così. Facciamo un botto e mettiamo in luce il giacimento, piccolo o grande che sia. Morselli sarà felice, ci liquiderà i nostri compensi e ce ne torneremo a casa. Vada, adesso. Io chiamo Ricossa, poi vi raggiungo.»

Si avvicinarono al campo ormai del tutto sistemato e, mentre Baldini preparava il suo trasporto, Florian accese la radio e cominciò a chiamare. Ricossa rispose poco dopo: «Dica, Florian».

«L'abbiano trovato» rispose Florian. «È morto. È stato il getto improvviso di un geyser. Pare che sia un fenomeno non infrequente in questa zona.»

«Povero diavolo... mi dispiace.»

«Pensa lei ad avvertire la famiglia?»

«Sì, d'accordo, ci penso io. È giusto.»

«E non stia a pensare a quelle stronzate sulle assicurazioni. Faccia in modo che la sua famiglia abbia tutti i risarcimenti possibili.»

«Stia tranquillo, Florian. E voi fate attenzione: ci mancherebbe che succedessero altre disgrazie.»

«Faremo del nostro meglio, Ricossa. E avverta subito anche il commendator Morselli, tanto vale.»

«Già, tanto vale. E non affrontate rischi inutili per riportare il cadavere. Massignan era uno scalatore. Starà bene lassù.»

«Sì, forse ha ragione lei. Passo e chiudo.»

Florian lasciò la radio accesa, poi prese lo zaino con la sua attrezzatura personale e si incamminò lungo la riva del lago seguendo le tracce di Baldini e dei curdi che lo accompagnavano con l'esplosivo.

Avanzò di buon passo e in capo a un'ora raggiunse il gruppetto che lo precedeva a passo più lento per via del carico. Sostarono verso mezzogiorno per mangiare qualcosa e poi ripresero la marcia fino alla destinazione che si erano prefissata: un piccolo cratere secondario che si ergeva al bordo orientale della caldera vulcanica. Qui giunti, Florian ordinò di posizionare l'esplosivo e Baldini si mise all'opera coadiuvato dai portatori curdi. Vide con la coda dell'occhio Florian che confabulava sottovoce con la guida e la cosa gli parve un po' strana perché non gli risultava che Florian parlasse il curdo in modo tanto scorrevole, né che la guida curda parlasse l'inglese con la stessa facilità.

Florian ordinò di scaricare l'esplosivo e Baldini cominciò a sistemarlo all'interno del cratere: erano dei candelotti di dinamite e di polvere da mina che veniva inserita in una serie di fori praticati sulla parete di lava solidificata. A un tratto, dalla foschia che copriva il lago provenne uno sciacquio ritmato.

«Cos'è?» chiese Florian improvvisamente allarmato.

Baldini si fermò e salì verso l'orlo del cratere per vedere meglio: «Sembra quasi...».

«Un gommone» soggiunse Florian mentre appariva un canotto spinto a remi dal quale in pochi attimi balzò a terra Amir Dorkat. Il turco guadagnò l'orlo del cratere e a Baldini non sfuggì la reazione innervosita di Florian.

«Ma che cos'è tutto questo esplosivo?» disse allarmato Dorkat. «Florian, le ha dato di volta il cervello? Qui c'è abbastanza roba da far saltare in aria mezza vetta della montagna. Si rende conto di che cosa...»

Non ebbe il tempo di finire la frase. Florian estrasse una pistola dalla giacca a vento, fece scorrere il carrello mettendo il colpo in canna e la puntò contro Dorkat.

«Ma che diavolo...» cominciò a dire Baldini stupefatto.

«Lei stia calmo e non si immischi, Baldini» gli intimò Florian senza nemmeno voltarsi e tenendo sotto tiro Dorkat.

Il turco lo fissò dritto negli occhi e la fermezza del suo sguardo indicava ciò che tutti avevano pensato da sempre: che fosse un agente della sicurezza. «Non faccia sciocchezze, Florian. Mi dia quell'arma e farò finta di non aver visto niente.»

«Ma siete diventati tutti pazzi?» gridò Baldini. «Io ne ho abbastanza, me ne vado. Non resto un istante di più in questo posto maledetto.»

«Non credo che lei possa fare nulla del genere» replicò gelido Florian, puntandogli contro la canna della pistola. «Anzi. Continui a sistemare l'esplosivo, faccia come dico e non le succederà nulla.»

Baldini scosse il capo come se non credesse a ciò che vedeva e udiva. Quella improvvisa metamorfosi del tranquillo e posato ingegnere non era comprensibile, né aveva senso la luce gelida del suo sguardo, la luce di un improvviso e impensabile fanatismo che faceva gelare il sangue nelle vene.

Il fronte tempestoso continuava ad avvicinarsi da oriente preceduto da folate di vento gelato e da un convulso palpitare di lampi fra i nembi.

«Florian,» disse ancora Dorkat «la morte del suo collega non è stata colpa di nessuno... non deve pensare che...»

Una risata più forte del fischio del vento interruppe quelle parole: «Ma che cosa sta dicendo, Dorkat? Lei non ha capito niente. Non ho intenzione di suicidarmi...».

«Ma, allora...»

«Non mi chiamo Florian. Il mio vero nome è Falurjan: sono armeno. Le dice niente questo?»

«Armeno...?»

«Esattamente. Discendente di una delle innumerevoli vittime delle vostre stragi, delle vostre atrocità, come lo sono questi curdi che mi hanno aiutato a portare fin quassù tutto questo esplosivo.»

«Ma allora la spedizione... la pietra di re Mida...»

«Tutto inventato. Anche la pietra. L'ho costruita io in laboratorio. Non è mai esistito niente del genere. È stata solo una copertura per poter muovere tanto esplosivo... tanto da...»

Dorkat scosse il capo incredulo: «Non è vero... non può essere vero... lei è un pazzo, Florian o come diavolo si chiama, se pensa di fare una cosa simile è pazzo da legare. Non si salverà nessuno. L'esplosione innescherà una reazione sismica catastrofica e...».

«L'esplosione» lo interruppe Florian «aprirà una frattura nella caldera; il lago si rovescerà in basso sul fianco del vulcano spazzando via in un colpo solo quattromila soldati turchi. Anche le vostre famiglie dovranno piangere, come piangono le nostre, da sempre.»

Baldini cercò di farlo ragionare: «Senta, Florian, io cosa c'entro? Non sono nemmeno turco... E poi Dorkat ha ragione: l'esplosione innescherà una tale reazione che potrebbe addirittura risvegliare il vulcano, scatenare un'eruzione apocalittica: morirebbe anche lei, cosa crede?».

«Sarà una buona morte» replicò gelido Florian «se potrò portare quattromila turchi con me all'inferno.»

«Ci pensi, la prego,» insistette Baldini «se risveglia il vulcano molti altri innocenti soffriranno.»

«Non ci sono più armeni in questa terra...»

«E questa le sembra una buona ragione? Questi curdi che la stanno aiutando, lo sanno? Sanno che il disastro potrebbe coinvolgere i loro villaggi, le loro famiglie?»

«È un rischio che devo correre. Non succederà nulla: il magma è abbastanza profondo all'interno del cratere. Non c'è un vero pericolo. L'unica cosa che succederà è che salterà in aria il bordo orientale della caldera e il lago si rovescerà lungo il pendio annegandoli come topi. E noi ci godremo lo spettacolo. Posso innescare le cariche con un telecomando. E adesso continui, se non vuole fare una brutta fine.»

Baldini obbedì e riprese a sistemare l'esplosivo seguendo l'indicazione di Florian, disseminando le varie cariche lungo una linea che partiva dal piccolo cratere secondario e andava a raggiungere l'orlo esterno della caldera.

Ormai tutto l'esplosivo era in posizione, disseminato in modo da creare una crepa dal bordo del lago all'orlo esterno della caldera. Non restava che farlo brillare. I curdi osservavano apparentemente impassibili. Era evidente che facevano parte di tutto quel complotto e che dovevano avere le loro buone ragioni per collaborare senza discutere.

«Adesso l'innesco» intimò Florian. «allontanatevi tutti.»

Dorkat e Baldini arretrarono mentre Florian si avvicinava all'esplosivo tenendo in mano una scatolina di plastica rossa da cui uscivano due contatti elettrici e una piccola antenna. In tasca doveva avere il telecomando che avrebbe lanciato il segnale per il contatto elettrico. Applicò i contatti dell'innesco all'esplosivo e poi cominciò ad allontanarsi fino a raggiungere il bordo del cratere. Gridò: «Non vi muovete di lì finché non ve lo dico io. Se fate una mossa falsa, faccio brillare l'esplosivo. È chiaro?».

Dorkat si rivolse a Baldini: «Dobbiamo fermarlo» disse «ad ogni costo».

«Ma come?» rispose Baldini.

«Ho una pistola» rispose Dorkat.

«Me l'ero immaginato... Ma se fallisce?»

«Non fallirò. E in ogni caso non c'è più nulla da perdere. Io sparerò quando lui prenderà il binocolo per vedere dove si trovano le truppe turche. Quando estrarrò la pistola, si getti a terra e si metta al riparo.»

Baldini aveva la fronte coperta di sudore freddo: alzò il capo e vide che il cielo sopra di loro era ormai completamente coperto di nubi nere. Una foschia leggera, strisciava invece sul suolo, un misto di nebbia e vapori sulfurei che velava i contorni e attutiva i suoni. Un brontolio di tuono annunciò che il temporale era prossimo.

«Se questa nebbia raggiunge l'orlo del cratere, Florian non potrà vedere un bel niente in basso. Tutto sarà coperto dalla foschia.»

«Ragione di più per agire quanto prima» rispose Dorkat. «È talmente fanatico che farà brillare le cariche ugualmente.»

Florian si stava ora arrampicando verso l'orlo superiore del cratere. Quando fu sulla sommità si volse indietro e gridò: «Adesso venite da questa parte, tenetevi sulla vostra destra».

I due si misero in marcia nella direzione indicata.

«E i curdi?» disse Baldini. «Se lei spara, ci faranno fuori tutti e due.»

«Non ho alternativa...»

«Ma io non c'entro...»

«Mi dispiace, Baldini, non posso permettere che quell'uomo squarci la vetta del vulcano e faccia morire chissà quante migliaia di persone.»

Baldini si sentì gelare il sangue. Si rese conto che non aveva scampo: Dorkat avrebbe sparato di lì a poco e i curdi li avrebbero falciati tutti e due immediatamente dopo. Capì che non aveva un istante da perdere e, mentre Dorkat metteva la mano nella tasca interna della giacca, gli si lanciò addosso e lo fece cadere a terra.

«Baldini! Ma che diavolo...» fece appena in tempo a dire Dorkat mentre rotolava a terra.

«Maledizione, non opponga resistenza» gli ringhiò Baldini nell'orecchio. «So quello che faccio.» Ma non potendo prevedere la reazione di Dorkat, gli afferrò il polso e lo sbatté contro una roccia acuminata facendogli lasciare la presa sul calcio della pistola. Poi, con un colpo di reni, rotolò da parte e afferrò l'arma puntandogliela contro. Un lampo illuminò a giorno la vetta e si rifletté sulla superficie del lago come in uno specchio proiettando su tutto il cratere un bagliore spettrale. Un tuono fragoroso esplose subito dopo e, quando il rombo si attenuò perdendosi lontano, si sentì solo un sibilo leggero provenire dal sottosuolo.

«Maledizione, Baldini, se mi salverò gliela farò pagare» disse Dorkat.

«Stia buono e tenga le mani in alto. Se l'avessi lasciata fare avremmo solo ottenuto di farci ammazzare. È impossibile colpirlo da questa distanza.»

I curdi che avevano estratto le armi le abbassarono a quella vista e si limitarono a scortare i due verso Florian che aspettava in piedi sull'orlo del cratere con il binocolo in mano.

Il fischio si fece ancora sentire, più forte, e Baldini bisbigliò: «Lo sente? È questa la nostra unica possibilità di salvezza. Non certo la sua pistola». Poi, rivolto a Florian, gridò: «Dorkat voleva spararle, e così ci avrebbe fatti ammazzare tutti e due. Senta, Florian, io glielo consegno, e lei mi lasci andare, per favore! Le ho salvato la vita, no?».

Florian esitò, poi disse: «Venga su, presto!».

Baldini piegò verso destra deviando dal cammino che stava percorrendo e rispose: «Venga di qua, da questa parte, a sinistra, il cammino è troppo accidentato. Non voglio fare passi falsi!».

Florian acconsentì e cominciò a scendere verso ovest per andare incontro a Baldini e all'uomo che quello teneva sotto la minaccia delle armi. Raggiunse un piccolo spiazzo coperto di sabbia e si fermò. In quello stesso attimo il sibilo crebbe d'improvviso in una frazione di secondo fino a diventare lacerante e subito dopo il getto violento di un geyser si sprigionò dalle rocce vicine investendo in pieno Florian, scagliandolo di peso contro un pinnacolo di lava, a poca distanza dal cadavere congelato di Venanzio Massignan.

I curdi rimasero impietriti a quella vista e Baldini consegnò di nascosto la pistola a Dorkat.

«Ma come ha fatto a...» chiese Dorkat.

«Ho visto che ci avvicinavamo al punto in cui è morto il povero Massignan. Ho sentito il sibilo, ho calcolato il tempo e, soprattutto, ho avuto fortuna. Adesso racconti qualcosa a questi curdi: che la montagna si è vendicata perché lui la voleva squarciare... quello che le viene in mente. Funzionerà.»

Dorkat, ancora incredulo, puntò la pistola verso i curdi interdetti e sbalorditi: «Che nessuno si muova!» gridò nella loro lingua. «Gettate le armi a terra e indietreggiate!»

I curdi obbedirono e Dorkat si rivolse a Baldini: «Raccolga le armi e le porti qua. Io vado a vedere cosa ne è di quel pazzo».

«No, senta,» rispose Baldini «io non riesco a tenerli a bada. Non so come fare, non mi lasci solo.»

«Non si preoccupi, ci riuscirà benissimo. Gli tenga puntato contro un mitra e non si muoveranno.»

Baldini capì che non aveva scelta e fece come gli era stato chiesto mentre Dorkat si avvicinava al corpo esanime del suo nemico. Il geyser esaurì in poco tempo la sua spinta e del grande getto di vapore non restò che una nube biancastra che si sprigionava dall'imbocco del camino lavico. Florian giaceva con le vesti strappate, le carni orrendamente ustionate, completamente immobile. Dorkat si avvicinò per accertarsi che fosse morto ma, come si chinò verso di lui, quello aprì gli occhi e con una smorfia di dolore e di trionfo al tempo stesso mostrò il telecomando del detonatore su cui premette il pollice per innescare l'esplosione. Non accadde nulla e Dorkat si rese conto che Florian non doveva avere più alcuna sensibilità nelle dita e che quindi non aveva percepito dove stava esattamente il pulsante. Gli bastò una frazione di secondo per reagire ed esplose tutto il caricatore sul corpo di Florian che si afflosciò come un cencio su quel sabbione infernale.

Dorkat tornò indietro e raggiunse Baldini: «È tutto finito» disse. «Possiamo tornarcene al campo.»

Rivolse ai curdi un breve discorso nella loro lingua di cui Baldini non capì una parola, poi, con suo grande stupore, restituì loro le armi e si avviò verso il campo.

«Che cosa gli ha detto?» chiese Baldini.

«Che saranno pagati regolarmente e che riceveranno un bonus di cinquecento dollari a testa se riporteranno al campo l'esplosivo e poi dimenticheranno tutto quello che hanno visto.»

«Capisco» rispose Baldini.

Raggiunsero il campo e Dorkat gli indicò la radio: «Avverta i suoi capi,» disse «domani stesso ce ne torniamo ad Ankara».

«Avvertirli? E che cosa gli dico? Era Florian che aveva il comando e la responsabilità. Io non so cosa...»

«Gli dica quello che vuole» rispose Dorkat. «A questo punto non fa una grande differenza. Non trova?»

Baldini assentì con il capo e si mise in trasmissione: «Qui campo operativo Suphan Dag, rispondete».

«Qui base» rispose dopo un poco la voce di Ricossa. «Chi parla?»

«Sono Baldini, signor Ricossa.»

«Ah. Salve, Baldini. Come vanno le cose?»

«Male. Florian è morto.»

«Morto? Ma che diavolo sta dicendo? Che accidente è successo?»

«È stata una disgrazia, signor Ricossa.»

«Un'altra? Ma non è possibile, maledizione, non è possibile!»

«Purtroppo è come le ho detto. Ovviamente abbiamo deciso di rientrare.»

«Mi rendo conto... Ma, la pietra di re Mida?»

«Quella? Era una fregatura.»

«Una... fregatura? Ma che diavolo...»

«Una fregatura, signor Ricossa» ribadì Baldini. «Passo e chiudo.»

Nota

I racconti presenti in questo volume (a eccezione di *Turno di notte*, mai pubblicato) sono il frutto di rielaborazioni, attraverso tagli, integrazioni e ampliamenti, di testi già apparsi altrove. In particolare *I cento cavalieri* è uscito per la prima volta sulla strenna della Cassa di Risparmio di Vignola, 1991; *Hotel Bruni*, *ibid.* 1993, poi in *Storie d'inverno* (con Giorgio Celli e Francesco Guccini), Mondadori 1994; *Ortensia* in *Emilia e le altre*, Franco Cosimo Panini Editore 1996 (per la Cassa di Risparmio di Vignola); *L'ora di notte* in *Novellara di delitti e di fantasmi*, Diabasis Edizioni 1997; *La statua di neve* in «Lo Specchio» 2000, suppl. settimanale di «La Stampa» per la serie "Gli amori del millennio"; *Il vasaio di Acarne* in «Ceramicanda» 2000; *La spada d'oro* in «Almanacco 2000» (per ACIF Ceramiche – Fiorano); *La strada*, Mucchi Editore 2001 (per TRANSMEC Trasporti Internazionali – Campogalliano); *L'epigrafista* in *Aelia Laelia. Un mistero di pietra*, 2000 (per la Regione Emilia-Romagna); *Il kriss di Emilio* in *Mompracem!*, Mondadori 2002; *De imperio* in *Di fronte ai classici* (a cura di Ivano Dionigi), Rizzoli 2002; *Il tesoro del Suphan* in «Ceramicanda» 2002.

Indice

VALERIO MASSIMO MANFREDI
in Oscar bestsellers

AKROPOLIS

Un viaggio ideale nell'antica Grecia alla ricerca dei luoghi che sono stati teatro di gesta e leggende: tra dei, eroi, poeti, filosofi e condottieri, scopriamo la civiltà che da più di duemila anni costituisce il modello di riferimento per tutto il mondo occidentale, la patria della tragedia, dell'arte e della libertà.

(n. 1160), pp. IV-246, cod. 449138 € 7,40

ALÉXANDROS

In tre volumi l'entusiasmante epopea di Alessandro Magno, il giovane re che creò il più grande impero mai visto: i suoi sogni ardenti, le violente passioni che lo consumarono fino a distruggerlo, le imprese straordinarie, il destino di morte precoce e di gloria imperitura di un uomo che i contemporanei credettero un dio.

1. Il figlio del sogno

(n. 1274), pp. 300, cod. 450968, € 7,80

2. Le sabbie di Amon

(n. 1275), pp. 300, cod. 450969, € 7,80

3. Il confine del mondo

(n. 1276), pp. 300, cod. 450970 € 7,80

CHIMAIRA

Un mistero sembra avvolgere la famosa statuetta etrusca *L'ombra della sera*. Un mistero pericoloso, legato a inquietanti omicidi compiuti forse da una belva terrificante, a oscuri rituali, a una storia d'amore travolgente e di odio bruciante, capaci di varcare i secoli.

(n. 1211), pp. 252, cod. 450111, € 7,80

IL FARAONE DELLE SABBIE

Mentre la polveriera mediorientale sembra sul punto di esplodere, il famoso egittologo William Blake viene chiamato per esaminare una strana tomba, che da millenni custodisce un inquietante mistero, capace di sconvolgere gli equilibri mondiali... Un originale thriller archeologico ricco di atmosfera e suspence.

(n. 987), pp. 384, cod. 447080, € 7,40

L'ORACOLO

Atene, 1973: la Grecia è sconvolta dal susseguirsi di misteriosi quanto efferati omicidi. Riti annunciati da oscure profezie. La spiegazione degli orrendi fatti sembra essere nascosta nell'antico vaso d'oro del mitico indovino Tiresia, che un insigne archeologo ha da poco portato alla luce. Così, tra passato leggendario e crudo presente, si riannodano i fili di una millenaria avventura.

(n. 261), pp. 364, cod. 436133, € 7,40

PALLADION

Dalla Turchia alle sponde del Tirreno, un archeologo insegue le secolari tracce del mitico Palladio, la più sacra tra le immagini di Atena, sottratta da Ulisse alla Rocca di Troia. Ma gli intrighi di un tempo sono ancora carichi di minacce, e l'archeologo si trova braccato da tanti, troppi nemici... Un romanzo originale e carico di suspence.

(n. 206), pp. 308, cod. 435005, € 7,40

LE PALUDI DI HESPERIA

Al ritorno da Troia l'eroe greco Diomede si trova tradito e odiato dalla moglie. Lascia dunque Argo, la sua patria, per cercare rifugio lungo le coste italiche e, ancora una volta, incontra il grande Enea ormai stabilitosi nel Lazio, per ingaggiare con lui l'ultimo duello. Un'avventura epica e commovente che trae ispirazione dai poemi di Omero e degli antichi aedi.

(n. 658), pp. 336, cod. 440752, € 7,40

LO SCUDO DI TALOS

Abbandonato in tenera età dai genitori per la sua deformità, lo spartano Talos riuscirà a diventare comandante di battaglione e a distinguersi come lucido e implacabile sterminatore di nemici. Un romanzo spettacolare e storicamente rigoroso sullo sfondo della guerra persiana.

(n. 153), pp. 336, cod. 433371, € 7,40

LA TORRE DELLA SOLITUDINE

All'inizio dei tempi un popolo eresse una misteriosa torre nel cuore del Sahara. Per ritrovarla, tre uomini si avventurano nel deserto, uniti da un bizzarro destino: un archeologo, un colonnello della Legione Straniera e un sacerdote. Davanti alla torre si compirà la sorte di ognuno di loro, mentre dai confini dello spazio e del tempo riecheggerà il più superbo e sconvolgente dei messaggi.

(n. 784), pp. 308, cod. 442781, € 7,40

in Oscar storia

I CELTI IN ITALIA

(con Venceslas Kruta)

Due grandi storici ci svelano il vero volto dei Celti: non barbari indomabili, ma raffinati agricoltori, uomini evoluti e colti che costruivano città e coniavano monete. Un ritratto approfondito di un popolo enigmatico e affascinante che, con Etruschi e Latini, è alla base del tessuto etnico italiano.

(n.212), pp. VI-222, cod. 447710, € 8,26

I GRECI D'OCCIDENTE

(con Lorenzo Braccesi)

L'entusiasmante avventura di centinaia di giovani Greci che, privi di avvenire in patria, osarono solcare un mare ignoto e pieno di pericoli per raggiungere le coste italiane. E qui fondarono la grandiosa civiltà della Magna Grecia, animata da una fervida attività economica e da una straordinaria vita culturale e artistica.

(n.217), pp. VI-282, cod. 448060, € 7,75

MARE GRECO
(con Lorenzo Braccesi)

Una lunga navigazione storica attraverso le varie terre che si affacciano sul Mediterraneo: tra letteratura, storia, arte e archeologia, un appassionante viaggio lungo le antiche rotte dei mitici navigatori greci, da Ulisse a Enea, da Diomede ad Antenore, alla ricerca di terre leggendarie, dall'isola di Calipso alla terra dei Ciclopi.

(n.137), pp. VIII-244, cod. 443094, € 7,75

in Omnibus Italiani

L'ULTIMA LEGIONE

Anno Domini 476: il barbaro Odoacre depone Romolo Augustolo e il sipario cala definitivamente sulla civiltà di Roma. Ma un pugno di legionari ha ancora un'ultima, disperata missione da compiere: liberare il giovane imperatore dal suo dorato esilio di Capri. Inizia così una caccia all'uomo senza esclusione di colpi... Dal genio narrativo di Manfredi, un romanzo avvincente sulla fedeltà agli ideali, l'amicizia, il coraggio e l'amore.

pp. 480, cod. 45363, € 17,60

OSCAR BESTSELLERS

Follett, Il Codice Rebecca
Follett, L'uomo di Pietroburgo
Ludlum, Il treno di Salonicco
Cruz Smith, Gorky Park
Krantz, La figlia di Mistral
Forsyth, Il giorno dello sciacallo
Follett, Triplo
Follett, La cruna dell'Ago
Tacconi, La verità perduta
Fruttero & Lucentini, Il palio delle contrade morte
Follett, Sulle ali delle aquile
Forsyth, Il Quarto Protocollo
De Crescenzo, Così parlò Bellavista
Forsyth, L'alternativa del diavolo
Robbins, Ricordi di un altro giorno
Forsyth, Dossier Odessa
Lapierre - Collins, Il quinto cavaliere
Forsyth, I mastini della guerra
Bevilacqua, Il Curioso delle donne
Agnelli, Vestivamo alla marinara
Fruttero & Lucentini, A che punto è la notte
Lapierre - Collins, «Parigi brucia?»
Lapierre - Collins, Gerusalemme! Gerusalemme!
Tacconi, Lo schiavo Hanis
De Crescenzo, Storia della filosofia greca. I presocratici
De Crescenzo, Storia della filosofia greca. Da Socrate in poi
Lapierre - Collins, Alle cinque della sera
Bevilacqua, La Donna delle Meraviglie
Fruttero & Lucentini, L'amante senza fissa dimora
Follett, Un letto di leoni
Lapierre - Collins, Stanotte la libertà
Pilcher, I cercatori di conchiglie
Russo, Uomo di rispetto
Manfredi, Lo scudo di Talos
Harris T., Il silenzio degli innocenti
Le Carré, La spia perfetta
De Crescenzo, Oi dialogoi
Bevilacqua, Una città in amore
Follett, Lo scandalo Modigliani
Rutherfurd, Sarum

Olivieri, Il caso Kodra
Sgorlon, L'ultima valle
Allegri, A tu per tu con Padre Pio
Messaoudi, Una donna in piedi
Schelotto, Certe piccolissime paure
Mafai, Botteghe Oscure, addio
Vergani, Caro Coppi
Follett, Un luogo chiamato libertà
Zecchi, Sensualità
Ellroy, American tabloid
Castellaneta, Porta Romana bella
Asimov, Lucky Starr e le lune di Giove
Asimov, Fondazione anno zero
Gallmann, Il colore del vento
Rota, Curs de lumbard per terùn
Høeg, I quasi adatti
Dick, Il disco di fiamma
Hatier (a cura di), Samsāra
Simmons, I figli della paura
D'Orta, Il maestro sgarrupato
Bevilacqua, Questa specie d'amore
Manfredi, La torre della solitudine
Katzenbach, Il carnefice
Le Carré, La passione del suo tempo
Olivieri, Madame Strauss
Sclavi, Tutti i demoni di Dylan Dog
Bonelli - Galleppini, Tex. I figli della notte
Madre Teresa, La gioia di amare
Giussani, Diabolik. Le rivali di Eva
Gallmann, Notti africane
Cotroneo, Presto con fuoco
Rendell, La morte mi ama
McBain, Romance
Fosnes Hansen, Corale alla fine del viaggio
Rossi, Diario di bordo del Capitano
De Crescenzo, Panta rei
Castelli, I mondi perduti di Martin Mystère
Rushdie, L'ultimo sospiro del Moro
Sontag, L'amante del vulcano
Asimov, Lucky Starr e i pirati degli Asteroidi
Weis - Hickman, L'ala del drago
De Crescenzo, Il dubbio
Cornwell, La fabbrica dei corpi
Bevilacqua, I sensi incantati
Augias, I segreti di Parigi
Bocca, Il viaggiatore spaesato
Olivieri, Il Dio danaro
Dolto, Solitudine felice
Evangelisti, Il mistero dell'inquisitore Eymerich
Dujovne Ortiz, Evita
Harris, Enigma
Brooks, Il primo re di Shannara
Vespa, La svolta
Forattini, Il forattone
Allegri, Il catechismo di Padre Pio
Schelotto, Perché diciamo le bugie
Follett, Il terzo gemello
Pasini, I tempi del cuore
Rendell, Il tarlo del sospetto
Bevilacqua, Lettera alla madre sulla felicità
Costanzo, Dietro l'angolo
Simmons, La caduta di Hyperion
Weis - Hickman, Nel labirinto
Baldacci Ford, Il potere assoluto
Laurentin, Lourdes

Cruz Smith, La rosa nera
Gates, La strada che porta a domani
Spaak, Oltre il cielo
Fruttero & Lucentini, Il nuovo libro dei nomi di battesimo
Forattini, Giovanni Paolo secondo Forattini
McCarthy, Il falconiere
Forsyth, Icona
Pilcher, Ritorno a casa
García Márquez, Scritti costieri 1948-1952
Volcic, Est
De Crescenzo, Ordine e Disordine
Sgorlon, La malga di Sîr
Maurensig, Canone inverso
De Mello, Chiamati all'amore
Bonelli - Letteri, Tex. El Morisco
Gibson, Aidoru
Angela P. e A., La straordinaria avventura di una vita che nasce
Dalai Lama, Incontro con Gesù
Høeg, La donna e la scimmia
Cardini, L'avventura di un povero crociato
Dolto - Hamad, Quando i bambini hanno bisogno di noi
Sclavi, Tutti gli orrori di Dylan Dog
Simmons, Il canto di Kali
Krantz, Collezione di primavera
Bocca, Italiani strana gente
AA.VV., Tutti i denti del mostro sono perfetti
Giussani, Diabolik. Le grandi evasioni
Citati, La colomba pugnalata
Guccini- Machiavelli, Macaronì
Grisham, La giuria
De Filippi, Amici di sera
Bevilacqua, Anima amante
Sgarbi, Lezioni private 2
Willocks, Re macchiati di sangue
De Crescenzo, Socrate
Iacchetti, Questo sì che è amore
Høeg, Racconti notturni
Baldacci Ford, Il controllo totale
García Márquez, Notizia di un sequestro
Castelli, I mondi segreti di Martin Mystère
Schelotto, Il sesso, probabilmente
Di Stefano - Buscemi, Signor giudice, mi sento tra l'anguria e il martello
Ravera, Nessuno al suo posto
Knight - Lomas, La chiave di Hiram
Boneschi, La grande illusione
Forattini, Io e il bruco
Alten, Meg
Quilici, Cielo verde
Leroux, Il fantasma dell'Opera
Citati, La luce della notte
Vespa, La sfida
Bonelli - Galleppini, Tex e il figlio di Mefisto
Clancy, Stormo da caccia
Katzenbach, Il Cinquantunesimo Stato
Silva, La spia improbabile
Barbero, Bella vita e guerre altrui di Mr. Pyle, gentiluomo
Zecchi, L'incantesimo
Fede, Finché c'è Fede
Grisham, Il partner

Rendell, Il segreto della casa
De Crescenzo, Nessuno
Cornwell, Il cimitero dei senza nome
Matheson, Al di là dei sogni
Galli, Gli Agnelli
Milingo, Guaritore d'anime
Bettiza, Esilio
Robertson, Oasis
Sclavi, Non è successo niente
Evangelisti, Cherudek
Di Stefano, Alle sogliole del Duemila
Cornwell, Il nido dei calabroni
Gervaso, I sinistri
Bevilacqua, L'Eros
Harrer, Sette anni nel Tibet
De Crescenzo, Sembra ieri
Braghetti, Il prigioniero
Jacq, Il faraone nero
Castellaneta, Racconti d'amore
Zadra, Tantra
Manara, Le avventure africane di Giuseppe Bergman
Messori, Qualche ragione per credere
Cotroneo, Otranto
Clancy, Cavalleria corazzata
Pinketts, Il conto dell'ultima cena
Blauner, Il nero dell'arcobaleno
Zimler, Il cabalista di Lisbona
Sclavi, Dylan Dog Il castello della paura
Parsi, L'amore violato
Schelotto, Nostra ansia quotidiana
Cornwell B., Excalibur. Il re d'inverno
Cornwell B., Excalibur. Il cuore di Derfel
Cornwell B., Excalibur. La torre in fiamme
Cornwell B., Excalibur. Il tradimento
Cornwell B., Excalibur. La spada perduta
Bonelli - Ticci, Tex. Sulle piste del Nord
Tomizza, Franziska
Castellaneta, L'amore immaginario
Castellaneta, Gli incantesimi
Pezzali, Stessa storia, stesso posto, stesso bar
Kanon, Los Alamos
Greggio, È lui o non è lui? (cerrrrto che è lui)
Fly, Il re del mondo
Jacq, Il grande romanzo di Ramses
Quilici, Naufraghi
Cornwell, Causa di morte
Jacq, Kheops. L'inferno del giudice
Manara, Kamasutra
Bevilacqua, Gialloparma
Rota, Il pirla del 2000
Salvalaggio, Ricco a parole
Pasini, Desiderare il desiderio
Bettiza, Via Solferino
Collins, Salvate il soldato Ryan
Lovett, Un silenzio disperato
Jacq, Kheops. Il testamento degli dèi
Tani, Assassine
Rutherfurd, London
Zavoli, La lunga vita

Forattini, Il libro a colori del post-comunismo

Levi, La vecchiaia può attendere

Høeg, La storia dei sogni danesi

Bocca, Voglio scendere!

Angela P. e A., Viaggio nel cosmo

Augias, Modigliani

Luttazzi, Cosmico!

Cornwell, Il romanzo di Excalibur

Manfredi, Il faraone delle sabbie

Maurensig, Venere lesa

Brooks, Il demone

Camilleri, Un mese con Montalbano

Cruz Smith, L'ala della notte

Baldacci Ford, Il biglietto vincente

Sgarbi, A regola d'arte

Allegri, Padre Pio

Boneschi, Santa pazienza

AA.VV., Ridono di noi

De Carlo, Di noi tre

Fede, Privé

Grisham, L'avvocato di strada

Guccini - Macchiavelli, Un disco dei Platters

Harrer, Ritorno al Tibet

Manara, Il profumo dell'invisibile

James, I figli degli uomini

Vespa, La corsa

Zecchi, L'artista armato

Clancy, Marines

Gervaso, I destri

Mazzantini, Manola

Pasini, La vita è semplice

Sgorlon, Il processo di Tolosa

Wangerin, Il libro di Dio

Jacq, Kheops. Il ladro di ombre

James P.D., Una certa giustizia

Parsi, Trilogia della città di R.

Christie, La casa dei sogni

Costa, L'Italia degli sprechi

De Carlo, Treno di panna

Turow, La legge dei padri

Ellroy, L'angelo del silenzio

García Márquez, Gente di Bogotá

De Crescenzo, Il tempo e la felicità

Bettiza, L'ombra rossa

Bond, Il furore dell'aquila

Simmons, Endymion

Lasky, Il giardino che fioriva di notte

Lovett, Movente accertato

Zavoli, C'era una volta la prima repubblica

Cornwell, Morte innaturale

Harris, Archangel

Lapierre, Mille soli

Palombelli, C'era una ragazza

Schine, L'evoluzione di Jane

Parsi, Le mani sui bambini

Simmons, Il risveglio di Endymion

Castagna, La mano sul cuore

Hermann, Per lettera

Lapierre, Artemisia

Pieraccioni, Trent'anni, alta, mora

Reich, Il conto cifrato

Angela, Da zero a tre anni

Gates, Business @lla velocità del pensiero

Bonelli - Nicolò, Tex. La cella della morte

Brayda, Clone

Limiti, Bugiardo e incosciente
Ravera, Maledetta gioventù
Allegri, La vita e i miracoli di padre Pio
Jacq, Salomone
Parsi, L'amore dannoso
Carr, L'angelo delle tenebre
Gallo, Il grande romanzo di Napoléon
Mawson, La bambina Lazarus
Dolto, Il bambino e la città
Manara, Il gioco
Turow, Quel giorno a Eagle's Point
Bernabei, L'uomo di fiducia
Fo, Ti amo, ma il tuo braccio destro mi fa schifo, tagliatelo!
Zadra, Tantra per due
Giacobini, Un bacio nel buio
Rendell, La strada delle farfalle
De Carlo, Uccelli da gabbia e da voliera
Evangelisti, Magus
McBain, Nocturne
Forattini, Oscar alla regia
Verdone, Fatti coatti
Manara, Storie brevi
Parsi, Il pensiero bambino
Stella, Schei
Follett, Il martello dell'Eden
Messner, Non troverai i confini dell'anima
Nijké-Bergeret, Passione d'Africa
Silva, October
Williams, La parola amore nella terra di Clare
Acquaviva, La ragazza del Ghetto
Collins, La spada di Dio
Cornwell, Punto di origine
Schine, Il letto di Alice
Costanzo, Un paese anormale
Luttazzi, Barracuda
Baldacci, La semplice verità
Bettiza, Il diario di Mosca
Oufkir - Fitoussi, La prigioniera
Angela, Viaggio nel mondo del paranormale
Bocca, Il secolo sbagliato
Hutton, I miei anni con Freddie Mercury
Parsi, I quaderni delle donne
Boralevi, Linee d'ombra
De Carlo, Macno
Fede, L'invidiato speciale
Forattini, Millennium flop
Grisham, Il testamento
Kean, Fraternity
Manara, Tre ragazze nella rete
Maraini, Case, amori, universi
Mughini, Un secolo d'amore
AA.VV., L'uomo ragno. Nascita di un eroe
AA.VV., X-men. Caccia ai mutanti
Sclavi, Dylan Dog Apocalisse
Tani, Coppie assassine
Brooks, Il cavaliere del verbo
Clancy, Ali d'acciaio
Parsi, Più furbi di Cappuccetto Rosso
Pasini - Francescato, Il coraggio di cambiare
Quilici, Alta profondità
Roversi - Ragusa, Il barzellettiere mondiale

Sgarbi, La casa dell'anima
Vespa, Dieci anni che hanno sconvolto l'Italia
Zecchi, Capire l'arte
Zucconi, Storie dell'altro mondo
Blanchard, Tenebre
Cornwell, Croce del Sud
Findley, La figlia del pianista
Andreotti, Piccola storia di Roma
De Crescenzo, Le donne sono diverse
Redmond, L'allievo
Wolfe, Un uomo vero
Stella, Lo spreco
Bettiza, Mostri sacri
Dalai Lama , L'arte della felicità
Camilleri, Gli arancini di Montalbano
Harris, Hannibal
Harrer, Parete Nord
Bocelli, La musica del silenzio
Manara, Gulliveriana - Ballata in si bemolle
De Carlo, Nel momento
Pelù, Perfetto difettoso
Porter, Il giorno del tradimento
Rifkin, L'era dell'accesso
Schelotto, Equivoci & sentimenti
Muhsen, Ti salverò!
Angela, Alfa & Beta
Forsyth, Il fantasma di Manhattan
Vitale, La casa di ghiaccio
Castellaneta, Tracce dell'anima
Jacq, La misteriosa sapienza dell'antico Egitto
Bonelli - Galleppini, Tex. Nel regno dei Maya
Chendi, Il principe Siddharta
Russo, Né vendetta né perdono
Allegri, Il Papa buono
Martin, Il grande inverno
Martin, Il trono di spade
Carrano, Illuminata
Bevilacqua, Sorrisi dal mistero
James P.D., Scuola per infermiere
Geronimo, Strettamente riservato
Jacq, Claire
Le Carré, L'onorevole scolaro
Jacq, L'architetto
James P.D., Il tempo dell'onestà
Weis - Hickman, La settima porta
Jacq, Nefer
McBain, Ultima speranza
Manfredi, Akropolis
Smith - Quesada, Devil. Il diavolo custode
Stella, Chic
Disney, Paperinik il vendicatore
Lombardo Radice - Ravera, Porci con le ali
Castelli, Martin Mystère. Il segreto delle Ande

«I cento cavalieri»
di Valerio Massimo Manfredi
Oscar bestsellers
Arnoldo Mondadori Editore

Questo volume è stato stampato
presso Mondadori Printing S.p.A.
Stabilimento NSM – Cles (TN)
Stampato in Italia. Printed in Italy

49117
2003